仰望星空，

奋力奔跑

许CMS

炽烈

霏倾 著

天津出版传媒集团

天津人民出版社

目
录
Contents

第一章　蒋凡晞和圣诞老爷爷

> 她是标准的瓜子脸。下颌线条柔和流畅，下巴坚挺，鼻尖小巧精致。如此清秀的脸，又配上一对魅惑的桃花眼，眉宇间全是明媚肆意。

光线迷离的酒吧里，电流音来回穿梭，射灯在一张张年轻肆意的脸庞上横扫而过，空气中飘荡着汗液混合荷尔蒙的亢奋。

这里正在进行一场小型摇滚演唱会。

简易搭建的舞台上，贝斯手反钩贝斯弦，键盘手十指在双层黑白琴键上翻飞，吉他手兼主唱则撕裂了声带般唱着独立摇滚乐。

存在感最强的，还属舞台中央的女鼓手。

她双手挥舞着粉色鼓棒，身体随着节奏律动，双臂虽纤细，却打出了颇为有力的鼓点。

舞台上表演的是械客乐队。

舞台下，歌迷疯狂尖叫："械客！械客！械客！"

蒋凡晞下了舞台，随手将鼓棒塞进牛仔裤后袋，单手扯掉高马尾上的发绳，甩了甩头，挑染了几撮紫蓝色的长鬈发随即灵动地散开来。

不停歇地演了一晚上，她又累又热，以最快的速度回到后台，瘫倒在沙发上。

其他乐手在打包自己的乐器。

蒋凡晞仰头盯着天花板，没说话。清亮的双眸，翻涌着不安的情绪。

"你咋了？"键盘手曾嘉将电子琴塞进琴包，到她身旁坐下说，"你知道自己晚上打错了几个鼓点？"

蒋凡晞不知该如何跟他解释自己今晚的心神不宁，闭了闭眼睛，站起身，将鼓棒塞进背包里，招呼道："我先出去，你们整好了就出来。"

酒吧位于东门某条夜生活热闹的小巷内。

夏夜凉快，晚风习习地吹着，即便已经夜深，也还有不少年轻人驻足在各家酒吧门口聊天说笑。

蒋凡晞背着单肩运动包，双手抄在牛仔裤口袋里，散漫随性地倚在门边吹风。

她是标准的瓜子脸。下颌线条柔和流畅，下巴坚挺，鼻尖小巧精致。如此清秀的脸，又配上一对魅惑的桃花眼，眉宇间全是明媚肆意。

她身高虽只有一米六几，比例却十分完美，腰细臀翘，两条长腿被浅蓝色高腰牛仔裤紧紧裹着，白皙的皮肤因为燥热而微微泛着红。

不远处几位衣着不俗的男士，频频投来惊艳的目光，甚至有人已经拿着手机朝她这边走来。

蒋凡晞没打算应酬这些人，嘲讽地笑了下，站直身子，准备折回酒吧找队友。可就在她转身的瞬间，斜前方一抹熟悉的身影冲进视线。

对方和友人站在路边说话，似乎是感觉到她目光灼灼的注视，笑着看过来。

俩人的视线在空中短暂交汇几秒。

蒋凡晞立刻就认出那是当年带自己出国的领队，快步迎过去，惊喜道："井总，您回国了？"

井勤目光陌生地打量着她，不相信眼前这位打扮时尚、高挑苗条的姑娘，是十一年前那个其貌不扬的小胖妞。

他难以置信地问："你是小蒋，蒋凡晞？"

蒋凡晞激动道."对！我是蒋凡晞！"

井勤再度上下打量她，诧异道："你在这里做什么？"

"我今天刚好有演出。"蒋凡晞口气急切，"井总，韩叔叔他……"

话还未说完，就被回过味来的井勤严厉打断："演出？韩先生当初花那么多钱送你去G国留学，是为了让你回国做这种工作的？你真是太不争气了！"

"不是的，我……"

蒋凡晞正要解释，一辆黑色轿车停到井勤身边，井勤留下一句"好自为之"，便和朋友上了车。

深夜的金城街头，浮华与静寂仅一墙之隔。人潮散去的街巷里，有着各种各样的故事与情绪。

同车的乐队成员聊着今晚的演出，蒋凡晞窝在后排座位里，心事重重地望着窗外忽闪而过的繁华夜景。

她眼眶微红，咬着唇，十指狠狠绞着，绞得指关节泛白。两股情绪撕扯着她的神经。

刚才见到井勤的一瞬间，她以为这次终于能联系上资助人韩叔叔，多年的执着瞬间燃起来。可井勤后来几句话，又像刺骨冰水，朝她兜头浇下。

蒋凡晞越想越闹心，生怕井勤告诉资助人她在酒吧工作，干脆拿出手机给井勤发去一条短信解释。

凡星：井总，我没忘记当年对韩叔叔的承诺，之所以回国，也是出于这个原因。您有时间我们见一面吧！我有几句话想麻烦您转达给韩叔叔。

蒋凡晞一晚上没睡好，频频惊醒查看微信，早上上班差点迟到。

一到办公室，她立刻给压根不回微信的井勤拨去电话。

井勤："你好，哪位？"

蒋凡晞口气急切："井总，您最近有时间吗？我们一起吃个饭吧？"

电话那头沉默了几秒，传来井勤无奈的叹气声："小蒋，你就别再跟我打听韩先生的下落了，无可奉告！他既然不想让你知道他的情况，你就学聪明点！你说你都已经是载入史册的人物了，怎么偏偏在这件事上那么不通透呢？"

"我……"蒋凡晞没来得及多说，耳边已传来电话被挂断的忙音。

她瞬间蔫了，将手机丢到桌上，身体窝进办公椅内，长长叹了一口气。

十一年了，井勤还是不愿意告诉她关于资助人的任何消息。

她甚至都不知道对方是否还健在……

"蒋工，开会了！"有人敲办公室的门。

蒋凡晞回神，站起身："好的，就来。"

看到陈总经理矮胖的身影飘进隔壁办公室，她赶紧拿下衣架上的砖红色西装外套穿上，带着笔记本电脑，去了隔壁办公室。

小会议桌旁立了视频会议的设备，投影幕布显示正准备进行视讯连接。

蒋凡晞找了个离摄像头最远、最不起眼的位置入座。

公司一众高管都来了，个个看上去愁云惨雾，低声抱怨几千万元一条的智能生产线竟跟废铁没两样，并没人注意到刚入职几天的蒋凡晞。

蒋凡晞静静听着，面上泰然自若。

陈总见人到齐，打着官腔点明主题："今天要跟A国总部的唐总开个视频会议，主要是关于这条智能生产线量产不顺的问题。"

众人脸色白了一道。

视频会议信号接上，几秒电流声过后，会议桌中央的扬声器传出男人干净的声音："各位早上好，人都到齐了？"

陈总谄笑道："唐总晚上好！都到齐了，都到齐了。"

"智能生产线的问题查出来了？"

男人声调偏低，语速不快，音色清润温和。

真好听。

蒋凡晞耳廓一热，扶了扶金丝框眼镜，看向大屏幕，想把这副嗓音与它的主人对上号。

屏幕里，那位唐总坐在办公桌后的大班椅上。藏蓝色双排扣西服、白色法式衬衫、打出饱满有力的温莎结的深灰色领带——即便西装穿得严实，也看得出体格精壮。

蒋凡晞掩在镜片后的视线，不动声色地一路往上。

喉结锋利，下颌线条利落紧绷，薄唇紧抿着。高挺的眉骨与鼻梁之间，深邃的双眸正淡淡看着众人。

很英俊的一张脸，这会儿脸色却不大好看……

蒋凡晞没敢再多瞧，视线飘回到笔记本电脑屏幕上。

原来这就是盛华集团的CEO唐熠。

蒋凡晞是听说过这个人的，只是没想到他如此年轻。

"啊，唐总，那条智能生产线啊，"陈总含糊其词，"厂家的人还在调试，据说效果还不错……应当很快会有好消息……"

蒋凡晞唇角勾着嘲讽的弧度。

几个月前，盛华集团斥巨资为金城分部购进三条智能生产线，并配套了无人车间。可等一切准备就绪，首次试产却失败了，做出来的全是次品，量产遥遥无期，订单积压了一堆。

厂家几次派人来调试，都收效甚微，盛华集团这才委托猎头找上她，聘请她担任技术顾问。可入职大半个月，她几次提出看看智能生产线，均被陈总以厂家的人还在调试，过阵子再说为由打发。

被拒绝的次数多了，蒋凡晞觉得浪费时间，渐渐萌生出辞职的念头。

嘭！

扬声器忽然传来一道闷响，蒋凡晞吓一跳，下意识看向屏幕。

唐熠的脸色难看到极点，握紧的拳头砸在几页文件上。过了几秒，拳头又松开，骨节分明的手指动着，似乎正在把玩什么小玩意儿。

蒋凡晞眯了眯眼睛，还没来得及看清楚唐熠的掌中之物，唐熠又将手掌收拢成拳状。

他脸颊咬肌凸起，看得出此时正紧咬后槽牙极力隐忍，声音因为愠怒而变得更加低沉："前些日子不是新请了一位技术顾问？是哪一位？"

众人旋即看向坐在角落的蒋凡晞。

汗涔涔的陈总也看过来，神色微妙。

蒋凡晞心里一个咯噔，暗想：不是吧？不是吧？拿我开涮啊？

迟疑几秒，只能是硬着头皮站起身，对着镜头微微颔首："唐总您好，我是技术顾问蒋凡晞。"她已经做好听唐熠开骂的准备了。

然而，唐熠只是蹙眉静静打量她片刻，便示意她坐下。

蒋凡晞如蒙大赦，赶紧落座，继续神隐。

大洋彼岸的芝城，夜里十一点。

结束与金城分部一众高层不太愉快的会议，唐熠用力盖上笔记本电脑，把领结松了松，起身走到落地窗前。

从高处往下看芝城夜景，璀璨壮丽，犹如星际倒置。

助理周恒候在一侧。

唐熠问："金城分部新来的技术顾问什么资历？"

周恒说："蒋工曾是G国APEX集团的智能生产线设计师。"

唐熠转身回到桌前，拿起一份简历，快速扫了几秒："二十六岁？会不会太年轻了？确定她能处理金城分部的烂摊子？"

周恒说："APEX集团是世界上最大的智能生产线供应商，蒋工在那里参与过众多智能生产线的设计与调试，我认为值得让她试一试。"

同一时间，金城分部。

会议终于结束，蒋凡晞回办公室。

助理林珂端着咖啡跟进来，办公室门一关，随即兴奋地问："蒋工，唐总说什么了？让您查智能生产线了吗？"

蒋凡晞摇摇头，入座后，双肘往扶手上一搭，仰头深吸一口气："唐总知道我是技术顾问，但他什么都没交代。"

"真奇怪啊，"林珂疑惑地说，"订单交货期快到了，再没法量产，要付巨额违约金，唐总很着急的。在您之前，也来了几个技术顾问，但都因为没办法解决问题而被唐总炒了，他对您怎么可能一点交代都没有呢？"

蒋凡晞也觉这件事处处透着诡异。

她没对下属多言，转过椅子，看向窗外。

对面大楼是公司库房，这会儿几辆集装箱车正进行装柜，将打包成柜的零部件一车一车运往最近的口岸，走海运到欧美。

盛华是多家世界百强企业的优质供应商。工业4.0时代，制造行业将传统生产模式转变为智能模式。国内许多顶尖企业已经全面实现智能生产，盛华这时候才建立无人车间开展智能生产，已经晚了。晚了还不算惨，最惨的是各种不顺。

"蒋工，蒋工……"林珂接连喊了两声。

蒋凡晞回神，转过椅子："怎么？"

林珂指了指手中的座机听筒，压低声音："唐总找您。"

蒋凡晞没料到唐熠会私下给自己打电话，怔了几秒才坐正身子，接过话筒："您好，我是蒋凡晞。"

"蒋工，我是唐熠。"

电话那头，唐熠口气很淡，分明没多说什么，蒋凡晞却莫名觉得紧贴听筒的那侧耳朵烧了一下。

她下意识拿开听筒，看向林珂，下巴点了点门口方向。

林珂乖巧地关门离开。

蒋凡晞收回目光，再度将听筒贴近耳廓，问："唐总找我有事？"

"智能生产线的问题，你了解多少？"

其实蒋凡晞连无人车间都没进去过，陈总推三阻四的，就是不想她进去查。

不过她不想跟唐熠打小报告，就只说："如果能让我自由出入无人车间，最迟一周，我能回答您的问题。"

电话那头沉默了几秒，说："一周时间太长。"

蒋凡晞一噎，心想：大半年都没见你们解决的问题，到我这儿，一周时间太长了？

她心里略有不快，但没松口："我会尽快！"

唐熠倒也没在这件事情上跟她坚持，留下一句"以后你的工作直接向我汇报"，挂了电话。

下午一上班，便有人给蒋凡晞送来无人车间的通行卡，走的时候还告诉她，已经跟监控室打过招呼——言外之意，你放开了去捣鼓，不会有人干扰。

在盛华被人怠慢了半个月的蒋凡晞，对唐熠的效率很是满意，斗志昂扬地带上林珂去了无人车间。

占地数万平方米的车间里刷有绿色地漆，不同颜色的油漆线条按功能分出若干个区域，三条规模庞大的智能生产线安静地林立在各自的区域里。

蒋凡晞戴上护目镜，拿着相机，刷卡进入其中一条生产线。

她没启动设备，在静止状态下认真观察生产线细节，拍照存档。林珂手捧笔记本电脑，根据她的指示做记录。

偌大的无人车间，只有她们俩安静、专注地忙碌着，一会儿还好，时间长了，年纪小一些的林珂绷不住了，小声和蒋凡晞聊起八卦。

"蒋工，您见过唐总真人吗？"

蒋凡晞正仰头查看控制柜，神色严肃，精致利落的侧脸透着冷气："没见过真人。"

"听陈总的秘书说，唐总真人长得又高又帅，明星都比不上他！"

周遭除了林珂因为八卦老板而略显兴奋的声音，便只有机械工具与设备发出的细微碰撞声。

蒋凡晞用力盖上控制柜门，戴着白色棉纱手套的手抚上浮雕Logo（标志），仔细观察几秒后，举起相机连拍数张。

林珂还在一旁八卦："听说唐总的未婚妻是A国的名媛，很漂亮，还演过电影，他们……"

蒋凡晞忽然抬了抬右手。

林珂登时闭上嘴。

气氛归于静默，蒋凡晞低头查看照片，交代道："查一下这个厂家什么资质。"声音老练中透着凝重，有别于平时的和气，林珂怔了一怔，竟愣在那儿。蒋凡晞一个严厉的眼神飞过来，她才手忙脚乱地低下头去，在笔记本电脑上一通搜索。

"厂家是一家专业机械设备公司，除了生产这些设备，还生产冶金零配件。"

蒋凡晞抬头看着金属的浮雕标志陷入了沉思。

她俩从无人车间出来，天已经黑透。

蒋凡晞回宿舍吃好饭洗过澡，掐点给人在A国的唐熠拨去电话。电话接通几秒被按掉。这会儿国内是晚上十一点，蒋凡晞平常要休息了，见唐熠拒接电话，她干脆不再打过去，躺在床上看了一会儿书，迷迷糊糊地睡着了。

这一觉睡沉了，直到手机发出一阵急促的铃声。

蒋凡晞惊醒，捞过手机，眯眼一看。

十二点多了。

唐熠拨了视频通话过来。

蒋凡晞有点蒙，撑起上身开了床头灯。暖橘色的灯光像一层暖金柔纱覆在她身上，衬得她刚睡醒的脸色很是温柔。她抓了抓头发，身子软软地靠在床头，接受视频通话邀请。

手机屏幕发出的蓝光刺得她眯了一下眼睛，眉心皱着，嗓子因为刚睡醒而沙沙的："唐总，这么晚了……"

屏幕里，唐熠穿着正式的深色西服坐在大班桌后，身后是一大面落地窗和欧美风格浓厚的建筑。阳光从落地窗外洒进来，晕得画面一片橘暖，也衬得男人眉目清秀、干净俊朗，看上去比昨天更年轻一些。

"蒋工，"唐熠抬起正看文件的目光，瞥一眼屏幕，又落眸看回文件，"抱歉，刚才在开会。你那边方便视频吗？"

蒋凡晞这才想起自己晚上给唐熠打过电话。

她重振精神，拢了拢头发，掀开被子下床："您稍等，我开电脑和您谈。"

说完，她急急忙忙坐到书桌前，把手机架好，调整好角度才打开笔记本电脑。

唐熠一直在看文件，时不时拿笔勾勾写写，脸色温和，好像并不介意等待。

蒋凡晞把电脑里的文件夹打开，说话之前，拿起桌上的保温杯，习惯性喝几口水润润嗓子。安静的夜里，吞咽液体的声音异常明显。

视频那头，唐熠闻声看过来，目光在蒋凡晞身上停留几秒，很快移开，继续看手中的文件。

她今晚穿了一件白色V领短袖T恤，仰头喝水时，下颌微抬，线条流畅柔和的脖颈令唐熠想到了传说中的——天鹅颈。

"你学过舞蹈？"

"什么？"蒋凡晞把保温杯盖拧好，视线落回电脑屏幕，"什么舞蹈？"她丝毫没注意到唐熠的目光在她脖颈处停留过。

唐熠笑笑，没说什么。

"您看一下我现在发给您的邮件，"蒋凡晞双手在键盘上敲击着，又移动几下鼠标，"这是我下午在无人车间拍的智能生产线的细节照，以及将它与G国APEX集团一款同质产品做的对比图，还有相关专利文书扫描件。"

唐熠收了笔，看向电脑屏幕。

他起先还移动鼠标往下拉页面，看了一会儿，目光似乎就固定在某一页面上。他浓眉蹙着，双肘撑在办公桌上，十指搭成塔状，抵在唇上，脸色沉沉地盯着电脑。

蒋凡晞不动声色地观察着他。

男人抵在唇上的十指修长、骨节分明，一丝多余的肉都没有，指关节处的皮肤皱褶很浅，甲床呈健康的粉，甲缝干干净净。

真是一双漂亮干净的手。

蒋凡晞下意识地想：他掌心的肌肤，是否也是温暖细腻的？

"结论是什么？"

蒋凡晞回神，坐直身体，清了清嗓子，说："我的结论是——盛华三条智能生产线是仿品。APEX的产品，核心技术全申请过专利。仿品能用，那必然是仿到核心技术，但同时构成侵权，这其中的利害关系我就不多说了。反之，仿品没仿到核心技术，那肯定是不能用的，是废品，可以拆了。"

她的意思很清楚——盛华这三条智能生产线横竖不能用，扔了吧！

唐熠没说话，但脸色已是难看到极点。

三条价值加起来过亿元的智能生产线就这么被判定为废品，对今年的财报影响之大，他身为集团CEO，要怎么跟股东交代，跟董事会交代，跟客户交代？

蒋凡晞都替他心塞。

她挺想问他为什么要贪小便宜买山寨货，但看他那张黑脸，又没好意思问，只能静静坐着，等他决定。

又过了几分钟，唐熠终于开口："你有没有办法处理？"

蒋凡晞想也不想就摇头："没有。"

唐熠看过来，唇角弯了弯，反问："你确定你无法处理？"

蒋凡晞心虚，眼睛转了几转。

她能处理，但问题是值不值得，有没有必要。

"唐总，我可以问您一个问题吗？"

"请说。"

蒋凡晞直言："采购这三条智能生产线之前，您知道这是仿品吗？"

如果唐熠不知情，主观上并没有不尊重产权，且以后也不会再买山寨货，蒋凡晞觉得自己或许可以考虑帮他收拾烂摊子。

但他如果明知而为，且以后还会买，那她是一次也不会帮他处理的，因为不值得。

屏幕那头的唐熠笑了下："不管我事先知不知情，我身为盛华的CEO，理应为这件事负责，也承受它带来的损失。"

他这话说得敞亮又好听，看似很有担当，但实际上却透出一个信息——在盛华，他受到掣肘，很多事情不是他能杜绝的。

蒋凡晞听懂了。

她觉得自己没必要蹚浑水，帮了一次，以后会有无数次等着她。

她郑重且笃定地回道："唐总，我确定我无法处理！"

唐熠敛笑："早点休息，过几日再谈。"说完便率先结束视频通话。

蒋凡晞也退出Skype（一款通信软件），熄了手机屏幕，笔记本屏幕发出的白光照亮房间一角。她整个人窝到椅子里，抱着双膝，下巴顶在膝盖上想事情。盛华高薪聘请她，是奔着她能处理智能生产线的问题，现在她正式拒绝了，那就没有待在盛华的必要了。做好辞职的决定，蒋凡晞关了笔记本电脑，起身回床上。经过穿衣镜，瞥见镜中穿着白T恤当睡衣的自己，惊愕得顿住脚步。

自己刚刚穿睡衣与唐熠视频！

这事闹得蒋凡晞一晚上没睡好，翻来覆去祈祷最好辞职之前都不要和唐熠碰面，丢不起那人。之后几天，她启动生产线，准备出具详细的调查报告。

三条生产线都仿了正品的外观和大部分硬件配置，却没仿到核心技术，制造系统更是问题一大堆，所以做出来的产品全都存在精度不良的问题。

报告发给唐熠，蒋凡晞又过起闲得发慌的日子，干脆把设备图纸画出来，并尝试改制，权当练手。

彼时九月底，秋老虎肆虐，午后热得人心情烦躁。

蒋凡晞从车间出来，灰色夹克脱掉，只剩轻便的衬衫扎进高腰牛仔裤里。脚上蹬一双黑色休闲鞋，显得整个人年轻不羁、腰细腿长。

A0尺寸的图纸铺满整张办公桌，她背对办公室门，俯身在图纸上画线路走向。

"咚！咚！咚！"，有人敲门。

她过了几秒才收笔，抬头转身时，满脑子都是复杂的线路图。

透明玻璃门外，林珂身后站着两位身穿西服的男士。

蒋凡晞扶了扶眼镜，看清楚其中一人似乎是唐熠，她顿时怔在原地。

门被推开，林珂探进脑袋，脸色微红，声音紧张："蒋……蒋工，唐总找您。"

还真是唐熠。

蒋凡晞一瞬间就想起了那天视频自己穿睡衣的事情，红着脸把夹克穿上，拉链拉到顶。

她伴装镇定迎过去，笑道："……唐总，下午好。"

唐熠看上去神色正常："蒋工，下午好。"

蒋凡晞祈祷他最好忘了那天的事情，不自在地摸了摸后颈，侧开身子："唐总请进来坐。"

站在唐熠身旁的年轻男人对她微微颔首："蒋工你好，我是唐总的助理周恒。"

蒋凡晞："周助你好。"

唐熠先进入办公室，入座前，视线在办公桌的图纸上落了几秒。

周恒把办公室的门带上，在唐熠身旁坐下。

蒋凡晞客气地问道："二位喝点什么？"

"直接说正事吧。"唐熠下巴点了点自己身旁的单人沙发，"请坐。"

办公室不到二十平方米，一组L形办公桌、一个大的立面书柜、一套3+1的沙发和茶几把整个空间塞得满满当当。身高腿长的唐熠和周恒往沙发上一坐，空间顿时局促起来。

蒋凡晞面对唐熠本就尴尬，这会儿还要坐他旁边，便生出扭捏。

她在国外待了十多年，观念不算保守，但前脚刚发生穿睡衣跟领导视频的事，后脚又要跟领导近距离谈话，顿觉整个人像被放在火上烤，横竖不舒服。她勉为其难入座，视线飘忽地盯着空气，偶尔用眼角余光观察唐熠。

唐熠今天穿一套深灰色单排扣西服，没打领带，白衬衫最上头两颗扣子解开，露出麦色皮肤。深棕色的蓬松头发自然地拨到额边，看上去浓密、粗硬。

他坐在沙发一侧，双腿分开，手肘撑在腿上，上身微微前倾，双手交握，手背的青色血管粗壮明晰，腕间一块经典系列鳄鱼皮机械表。

他身子稍向她那侧倾斜，高大的身躯为了迁就她，上身微俯，无形中拉近了俩人之间的距离。不知情的，还以为他们是亲密的老朋友。

透明玻璃墙外，经过的同事投来好奇、打量的目光。

蒋凡晞备感不自在。

"蒋工，"唐熠低声说道，"考虑到后续一系列问题，我还是希望你能改制那三条智能生产线。"

蒋凡晞蹙眉瞧他。

她以为自己上次说得够清楚了，唐熠也接受了，但似乎不是。她只能再次表态："可我确实没办法处理，希望您能理解。"

唐熠笑笑，目光越过她的肩膀，看向她身后的办公桌。

办公桌上摊开的图纸，黑色线条的设计上，穿插着代表修改的红蓝色手画线条。

唐熠回眸看她，微弯的眼里，掠过一丝狡黠："你是没办法处理，还是不想处理？"

口气笃定。

蒋凡晞有点回过味来。

唐熠莫不是已经知道她就是这三条智能生产线的原版设计师之一？

可怀疑归怀疑，她不会傻到主动承认。她在心中快速组织措辞。

唐熠对周恒说："你先出去。"

周恒带上门离开。

唐熠倾身向前，高大的身躯又低了一些，与蒋凡晞平视。他认真看人的时候，目光很深，带着探究，似乎要看到对方心里去。

蒋凡晞咽了咽口水，上身稍稍往后退了点，背部紧贴沙发。

"你尽管提条件，"唐熠态度真诚，"我们争取谈一个对双方都有利的方案。"

"条件？"蒋凡晞眼睛一亮，"现金激励吗？"

唐熠唇角弯了弯："所以，你能处理。"

蒋凡晞一噎："我……"糟糕，被他诓进去了。

唐熠敛笑，坐回去，后背靠向沙发，左腿交叠在右腿上，脚心向着蒋凡晞，右手手肘搭着沙发扶手，已是一副胸有成竹的样子："你开个价。"

资本家要发动金钱攻势了。

蒋凡晞内心有点动摇，作为一个想在大城市扎根的新人，她确实差钱，太差了。如果唐熠给出的报酬合理，也不是不可以试一试。琢磨半晌，她起身从办公桌上拿了计算器过来，在上头按下一串数字，然后递给唐熠。

唐熠单手接过，瞥了一眼，立马又抬眸看向蒋凡晞，神色稍显意外，似乎是没想到她敢开出这个价。

蒋凡晞也不多言，静静坐着等他决策。

唐熠按了计算器上的AC键，数字归零。

"蒋工，据我所知，你的年薪是这个数。"他在计算器上按出一个"1"，后面带六个"0"。

一百万元。

蒋凡晞点点头，提醒道："税后。"

唐熠食指按下加号键，然后再按下一个"2"和五个"0"。

一百二十万元。

他把计算器推到蒋凡晞面前："如果你能在两个月内让智能生产线进入量产状态，你以后的年薪就是这个数，税后。"

蒋凡晞瞥一眼计算器，顿时就笑了，差点没说：唐总您是来搞笑的吗？

她拿过计算器，将数字归零，修长的手指熟练地在按键上快速按着，数字不断跳动变化，位数不断增加。

她一边进行复杂的计算，一边还能拨出注意力和唐熠谈判。

"唐总，我作为技术顾问服务于金城分部，当初谈好的工作内容是智能生产线在生产过程中有任何问题，通过我的指导、调试或检修，重新投入正常生产，保证生产进程顺利推进。”

她音色冷静，条理清晰，按计算器的手没停：“但这一切的大前提是设备不能是废品。你现在等于拿一个空壳子给我，要我往里头投放价值超过千万元的核心技术。”

话说完，计算同时结束。

计算器放到茶几上，往唐熠面前轻轻一推，包裹在牛仔裤里修长匀称的右腿优雅地搭到左腿上，后背重新靠向沙发，看向唐熠的目光自信而盛气凌人：“G国的智能生产线为何价格高昂？因为有核心技术。”

她下巴点点计算器：“这是原版智能生产线的价格，欧元。我不知道盛华一条山寨生产线买过来多少钱，但我想你应该明白，两个数字之间的差，便是你们应当付出的核心技术费用。”

唐熠脸色变了变，尽管仍是一副淡然的模样，但蒋凡晞已从他脸颊边微鼓的咬肌看出他此刻正紧咬后槽牙。

他到底是不高兴了。可能是因为那串数字位数太多、太刺眼，也可能是因为蒋凡晞讽刺盛华买废品，或者二者皆有。

但要说不高兴，蒋凡晞才该不高兴，不是吗？

唐熠提出一年给她加二十万元，让她给盛华做三条智能生产线的核心系统，她真的觉得被冒犯了，所以后面说话才那么不客气。

她一点都不想给这种不尊重知识产权、不尊重他人劳动成果、光想着剥削员工剩余价值的资本家面子。

年仅十五岁就手捧青少年机器人世界杯冠军奖杯的女孩，平时虽谦逊有礼，但心性到底是骄傲的。

气氛陷入诡异的静默。

唐熠默默看着计算器，直到数字消失，才重新看向蒋凡晞。

“你给出的这个数字，里头包含了品牌价值、企业费用、制造成本。但你现在是个人与盛华合作，改制的一切费用由盛华支付，你敲这个数字出来，显然不合理。”

资本家开始讨价还价了。

蒋凡晞自认讲不过他，也不想多废话。

她嘲讽地笑了下："倒也不用这么多。我只有两个条件，唐总同意了，我立刻开始改制工作，争取一个月后量产。"

唐熠挑了下眉梢，完全被勾起兴趣："什么条件，说说看。"

"智能生产线的问题一旦解决，我要立刻离职，并且公司必须一次性支付我三年的薪资作为我改制智能生产线的报酬。"

蒋凡晞嘴上这么说，但同时做好了唐熠会因为三百万元的报酬跟她扯半天的心理准备。

不想，唐熠仅思考了几秒，便干脆地回道："一个月后三条生产线可量产，报酬三百万元，没问题！"

就这么轻易答应了？一百二十万元和三百万元之间可是差一百八十万元哪。

蒋凡晞大感意外，以她对老板的了解，这一百八十万元的差额里，肯定还有唐熠要她付出的其他价值。

她不免就想，自己除了技术，还有什么能让唐熠压榨的？难道唐熠觊觎她的美貌，要用一百八十万元收买她？

可他看上去并不像那种男人啊。

蒋凡晞被自己搞笑到唇角不由自主往上扬，无声笑了片刻，又觉得这样颇不严肃，正跟领导谈公事呢，于是敛笑清嗓，身子坐正一些。

"两个要求。"唐熠说，"第一，你投入智能生产线的一切技术、一切权利属于盛华集团，过后申请专利，你必须配合；第二，由你改制的技术，将来出现任何问题都由你负责，责任终身制。"

蒋凡晞："……"

不是免费帮公司培训技术人员，好保证她离职后生产线量产顺利，而是专利加终身制责任。

蒋凡晞是完全没想到，一个买仿品的人，竟有脸提出拿改制后的技术去申请专利。

真是抠搜的奸商！净想着占便宜！

她在心里翻了个白眼，收起脸上的客气："你这是要买断我的技术？买断就不是这个价格了。"

唐熠姿态随意地拿背靠着沙发，两条长腿交叠着，弯唇看着她，颇有一种已经吃透她心理的自信。

"蒋工，你知道这三条生产线只生产一种产品吧？"

"我知道啊。"

"盛华是这个产品在大中华地区唯一的供应商，除非你有本事跑到客户位于S国的总部，顺利见到他们总裁，并推举国内一家资质强过盛华的企业，接下来再进行一系列的客户考察、标准建立、考核通过，成功从盛华手中拿走一部分订单，接着买设备，设备还要出问题，否则你这些不愿意让盛华买断的技术还有谁需要？"

"唐总！"蒋凡晞眯了眯眼睛，声调陡然高了几度，"偷换概念什么意思，你知道吧？我在跟你聊产权的价值，你在讽刺我的技术只能卖给你，否则卖不出去？"

唐熠笑了下，并不在意她言语中淋漓尽致的反感，继续循循善诱："技术放在脑子里不会变成钱，何不拿出来互利共赢？一个月的工作量，换三百万元的收入，你不亏。"

他说话的时候，双眼就一动不动地瞧着蒋凡晞，把她脸上所有的摇摆不定、心动都瞧进去。

"据我所知，你在G国一年收入不到十万欧元。现在，盛华直接加到四倍给你，说出去，人人都会羡慕你遇到圣诞老爷爷。"

蒋凡晞心想：什么鬼？这资本家把自己比作圣诞老人？哪儿来的脸？

她觉得自己今天可算领教了唐熠的嘴皮子，第一次知道他能一次性说出这么多话，并且阴阳怪气地挤对她是等待圣诞老人送礼物的小孩。这不就是在骂她又傻又天真吗？这哪里是求人合作的态度？

不过冷静下来，她认为唐熠说的也没错。正版生产线价格高昂是因为有其他附加价值，她现在是个人与盛华合作，三百万元，确实也亏不到哪里去。最主要的，相关技术目前除了盛华，也确实没人要。

这事如她同意了，唐熠确实是占了大便宜。可抱着不让唐熠占便宜的心态拒绝合作，她也没什么好处。

想到这，蒋凡晞只能点头同意。

"行，让法务准备协议吧。"

"很好！"

唐熠起身，脸上又恢复了客气，好像刚才那精明抠搜的模样只是演戏。"我办公室就在你隔壁，有事随时找我。协议拟好了，周恒会送来给你过目。"他说完笑笑，长腿迈出沙发区，回了隔壁办公室。

蒋凡晞没起身，目送领导离开。从她现在坐着的这个角度，可以看到隔壁唐熠办公室的沙发区。因为隔断墙全是钢化玻璃，或全透或磨砂，外头的人可以清晰地看到里头的人在做什么，里头的人也能一览无余地观察外头的动静。也就是说，唐熠此时和周恒坐在隔壁沙发区泡茶谈话，蒋凡晞看得一清二楚。

她看到唐熠一进办公室，就将西服外套脱了。白衬衫扎在浅灰色西裤里，宽肩窄腰的，看上去身材极好。能将浅色西服驾驭得如此出色，不仅不能胖、不能矮，对比例、肌肉轮廓也有很高的要求。

只是长得再好，抠搜算计的本质也是丑陋的。蒋凡晞不齿地想。

在隔壁办公室里，周恒问："蒋工同意了？"

唐熠点点头，透过透明玻璃墙看向隔壁办公室。只见蒋凡晞还坐在原处，一脸不高兴。

"她承诺一个月后三条智能生产线可量产，但要求三百万元的报酬，拿到钱还要辞职。"

唐熠收回视线，拿起茶杯轻轻吹了吹。

周恒感到意外："这？"

唐熠轻抿一口茶，茶杯放回茶盘上，食指沿着白玉瓷杯口转了一圈，低声说："我要求她必须配合申请专利，责任终身制；再者，我的底线是五百万元。"

周恒听明白了，开心地说道："一个月后量产，走空运，还赶得上交货期。"

"得看蒋工搞不搞得定。"

唐熠再度看回隔壁办公室，沙发上已没了蒋凡晞的身影，转而对周恒说："去叫陈总过来！"

蒋凡晞本来打算接下来几天都加班做改制计划，但临下班前，乐队成员们决定明晚去糖果酒吧演出，她便又取消了加班。她爱好不多，除了工作时捣鼓机器人和各种智能设备，剩下的唯有敲架子鼓。糖果酒吧的周末场人特多，演一场能分大几千，还能宣泄压力。

翌日，键盘手曾嘉开他那辆霸气的车来工业区接蒋凡晞。

蒋凡晞刚上车，车门还没关，就听他啧啧道："我说你待这地方跟修行似的，够清心寡欲的。"

蒋凡晞白他一眼，用力拉上车门，运动包往后座一丢，边系着安全带，边漫不经心道："可不？本来昨晚想约个弟弟浪漫一下的，结果微信附近的人都快刷烂了，也没遇着一个年轻帅气的。"

曾嘉"嘻"一声，脚下油门一踩，车子顿时狂奔出小道。

"工业区只有大叔好吗？你上哪儿找年轻帅气的弟弟？下次想找人浪漫，给我打电话！我自己送上门！"曾嘉单手把控方向盘，另一只手摩挲冒出胡茬的下巴，"我虽然不是弟弟，但美貌还是有的。"

蒋凡晞差点没一脚踢他脸上："妄想！"

曾嘉和乐队另外两名成员，都是蒋凡晞在G国亚琛工大的师兄。她大一开始与他们一起组乐队，一直到现在，十年了。

她读书早，中间还跳级，高二拿到青少年机器人世界杯冠军，就被资助人送到G国念预科，到亚琛上大一时才十六岁。乐队其他成员当时都是大三学生，都大她四五岁。

大五岁的曾嘉经常半开玩笑地跟她表白，每次都被她以只爱弟弟为由打发。

其实她哪里是喜欢弟弟，只是不喜欢曾嘉罢了。

俩人在一路的互损中接到吉他手司辰和贝斯手魏楠。

大家聊到蒋凡晞在盛华的处境。

听闻唐熠拿三百万元哄蒋凡晞做生产线改制，曾嘉当即严肃警告道："你可别给他改那玩意儿，万一被APEX知道了，要找你麻烦的！"

司辰笑说："蒋蒋又不侵权，APEX能拿她怎么样？"

魏楠皱眉："但惹一身臊也脏啊。"

曾嘉看一眼蒋凡晞："来我家厂子，我给你弄一技术总裁当当。"

蒋凡晞挖了挖耳朵："你有那本事，先把自己技术员的牌子给换了。"

周一上班，蒋凡晞有事找唐熠汇报，结果人并没在隔壁，说是周日又和周恒回A国了。

分明周五还交代，有事随时去隔壁找他。

蒋凡晞觉得这人说话跟放屁似的。找不到人，她只能给他打电话，但他不知抽的什么疯，连续三次给她按掉。蒋凡晞抬手看一眼腕表——他那儿的时间是晚上十点半。

这个点，莫不是他在跟未婚妻亲热，所以把来电按掉？

见唐熠一时半会儿不会回电话过来，蒋凡晞便把桌上的计划案收好，起身走到窗边活动筋骨。

外头下着雨，绵延不绝的雨滴铺天盖地连成线，寒意透过玻璃一点点渗进屋内。

蒋凡晞摩挲着双臂，失神地望着窗外的烟雨。

十一年前，也是这样的雨天，她一个人乘坐大巴，从老家来到金城，跟十来个同样受韩先生资助的学生一起前往G国留学。

资助人承担了一切费用，因此留学那几年，她从未为学费和生活费烦恼过，精力得以全部投入到学习和实验项目中，除了机械和电气工程，研究生时期还修了机器人学。研究生一毕业，就被世界首屈一指的智能生产线集团聘为设计师，在五年时间里，参与研发多条智能生产线，甚至离职前，APEX已经决定让她带团队做工业机器人。

这样的履历不算极好，但她也从来不用担心饭碗。

这不，一回国，年薪就是百万元起步。蒋凡晞一直记着资助人的恩情。如果不是资助人当初的资助，现在的她，也许只是某个小工厂的技术员，窝在狭小窒闷的环境里，日复一日地对着电脑，在CAD（制图软件）上画各种毫无技术含量的小零件工艺图，麻木不仁地消耗着青春和人生的无限可能。

雨还淅淅沥沥地下着，蒋凡晞发了会儿呆，随后坐回书桌前，从抽屉里拿出一本信纸翻开，提笔写下——

韩叔叔：

您好！

我回国一个月了，现在人在金城。

金城今天下雨了，挺冷的，您那边天气好吗？

您身体还健……

写到这里，手机突然进了来电。

是唐熠。

蒋凡晞赶紧接起，屏息听着那头的动静。

"蒋工，"电话那头，唐熠音调沉稳，"有事找我？"

蒋凡晞这才想起自己刚才给他打了三个电话都被按掉。

这是已经跟未婚妻亲热完了？

蒋凡晞眼前不由得闪现一幕香艳大戏。她笑着将椅子转了半个圈，拿鞋尖顶墙角，眼睛望着窗外的细雨："我需要多加几个人。"

唐熠没多问，干脆地回道："行！我一会儿就跟设备部打个招呼，你过去挑人。"

设备部大多是维护机器的工程师大叔，蒋凡晞更喜欢跟年轻人一起工作，便问："能上技术部挑人吗？"

"技术部？"唐熠诧异，"设备部有几位机械领域的高级工程师，配合你做生产线改制不是更合适？"

"这事用不到高级工程师。"

电话那头安静几秒，传来唐熠和周恒的低语声。

周恒在旁边？

那唐熠刚才不是在和未婚妻亲热，而是在办公？

发现自己把人想歪了，蒋凡晞不自在地轻咳一声。

"我让周恒去沟通了，晚点你直接找技术总监要人，有问题再找我。"

蒋凡晞回神："哦好。"

"还有没有其他事？"

"暂时没了。"

"那先这样。"唐熠先把电话挂了。

蒋凡晞继续给资助人写信。结果才写了两三行，技术总监就过来喊她去开会。

会议室里，十几位年轻帅气的技术员排排坐，供蒋凡晞挑选。

这场面，跟选妃似的。蒋凡晞选了四位技术员。

人员一到位，蒋凡晞立刻率领团队进行第一阶段的改制。

技术部过来的四位技术员配合度很高，并且愿意听同样年轻的蒋凡晞指挥，改制工作进行得很顺利。

这天早上，蒋凡晞正跟技术员苏磊一起拆解机械手，林珂慌慌张张跑进车间："蒋工，唐总来了！"

透明护目镜下，她浓密卷翘的睫毛扇子似的轻轻动了一下，明亮的双眸缓慢地移动着，将调整好的细微精度再次检查一遍，这才随口问道："谁？"

林珂故意压低的声音难掩兴奋："唐熠唐总！"

蒋凡晞没表态，跟苏磊把事情交代好，这才停下手中的事，转身，视线越过林珂的肩膀投向生产线外区域。

两个男人站在安全闸口外，背对着这边看另一条生产线。

蒋凡晞下巴点了点那个方向："在那里？"

林珂回头看一眼，脑袋直点："唐总和周恒。"

蒋凡晞神色淡然地收回目光，没多言，将机械手的主臂降下。

林珂一愣，小心翼翼地问："您不出去迎接唐总吗？"

连续加班一个月，蒋凡晞忙到大姨妈都不来了，正躁着呢，这会儿听说唐熠要她出去迎接，气上来了，冷冷回道："没见我在忙？"她严肃起来还挺吓人，林珂不敢再多问，看看候在外头的唐熠，又看看蒋凡晞，左右为难。

蒋凡晞把机械手调好，带着苏磊，转身又去拆解伺服电机。刚把电机和编码器分离，一阵沉稳的脚步声出现了。

苏磊拉了拉她的袖子，小声说："晞姐，唐总和周助进来了。"

蒋凡晞慢悠悠放下拉力器，转过身，就那么戴着护目镜，大大方方将唐熠从下到上打量了一遍："唐总今天怎么有兴趣下车间看我们技术人员干活？"

唐熠一脸常色："过来看一下改制到哪里了。"说完，看向苏磊，伸出手："辛苦了。"

苏磊受宠若惊，赶紧把棉纱手套摘下，同唐熠握了握手。

唐熠又把右手移到蒋凡晞面前。

蒋凡晞垂眸看着他那双骨节分明、修长白皙的手，很快伸出右手，同他重重握上。

唐熠眉心轻蹙。

蒋凡晞扬起脸，挑衅地瞧着他，手上的力道又加重几分，小爪子狠狠握着他干净白皙的右手。

唐熠本能地想收回手，她还不让，再次加重力道狠狠抓着。

唐熠的脸逐渐变僵硬。

一旁的周恒也白了脸，很快离开车间。

就这么过了一分钟，蒋凡晞终于放开唐熠的手，视线从他那只不知如何安放的黑油手上收回，心情大好："我带唐总看看改制进度？"

唐熠右手五指僵硬地拢了拢，嗓音紧绷："好。"

蒋凡晞转身，一脸得逞地笑着，走在前面，领唐熠往生产线深处走。

她详细汇报了生产线具体存在哪些问题，又该如何解决。

唐熠认认真真听着，偶尔提出一两个跟专业有关的问题。

候在不远处的林珂摇了摇苏磊的手臂："唐总的手是咋啦？怎么都是黑色的机油啊？"

苏磊哭笑不得："唐总跟我握完手，去跟蒋工握，结果蒋工直接戴着手套伸过去，那手套上都是机油。"

林珂"啊"了一声，惊奇地问道："那唐总都没发飙啊？没狠狠骂蒋工一顿？"

"没呢，我感觉唐总好像没什么脾气。"

林珂低呼："唐总没脾气？你说唐总没脾气？你们总监没跟你们说唐总在会议上捶桌子的事情？"

苏磊耸耸肩，看向微俯着高大身躯与蒋凡晞一起看设备的唐熠，怎么看都觉得唐熠对蒋凡晞很包容。

蒋凡晞带唐熠转了一圈出来，唐熠没做出任何评价，也没多说其他，只交代："这段时间我会在分部办公，你有事尽管来找我。"已经被他"鸽"过一回的蒋凡晞明显不信，没吭声。

俩人一起走到闸口，唐熠忽然顿住脚步，也不说话，就那样瞧着她。

蒋凡晞被瞧得心中发毛，以为他要为油手的事"报仇"，不由得一阵后怕。

结果，唐熠却只是下巴点了点站在不远处的四位年轻技术员："那几位就是你上技术部挑来的？"

"是啊？怎么？"

唐熠轻晒："男孩们颜值很高啊。难怪你非闹着上技术部要人。"

蒋凡晞一脸问号。等她反应过来，唐熠已经走到车间门口。

周恒刚好进来，及时递上湿巾，唐熠接过，优雅地擦了几下手，随即一脸烦躁地把湿巾丢到垃圾桶里，阔步离开车间。

湿巾怎么可能擦得掉机油？

蒋凡晞哈哈大笑，清脆的笑声回荡在偌大的无人车间里。

车间外，唐熠听到笑声回头，看到身穿灰色夹克的年轻女孩转身钻进一堆设备里。

他低头看向自己的右手，无奈地弯了弯唇。

"橄榄油已经买好了，一会儿您用橄榄油加肥皂搓一下就可以去掉手上的机油。"周恒为蒋凡晞说好话，"生产线改制工作确实繁重，蒋工最近一直在加班，刚刚可能是忘记摘手套了，您别生气。"

唐熠甩了甩黑油油的右手。

刚才跟蒋凡晞握手，她不仅使劲抓、使劲捏，在他要收回手时，还死死握着不放。这哪里是忘记摘手套，分明是故意的。

是打击报复没错了。看着斯斯文文的女孩子，没想到这么记仇。

中午下班时，蒋凡晞手头还有工作没处理好，便叫苏磊留下来帮忙，让其他人先去吃午餐。等她忙完，员工餐厅已是座无虚席，自助台上的食物所剩无几。

蒋凡晞随便打了点粗粮和肉菜，端着餐盘，和苏磊坐到角落的位置。

一早上没开微信，朋友圈有小红点提示，蒋凡晞边吃饭边刷朋友圈。她其实并不关心朋友圈都有些什么，每天抽空刷一刷，不过是想看看井勤在不在金城，考虑她还有没有跟井勤见面的机会。

余光瞥见堆满扬州炒饭的餐盘轻放在桌上。

蒋凡晞眼睛不离手机，笑着调侃苏磊："这是打第二份炒饭了？吃这么多碳水，很升糖的，你也不怕六块肌变成一块腩。"

"多运动就好。"

苏磊的声音什么时候变得这么成熟、低沉了？

蒋凡晞听着不对，抬起头。

唐熠神色自若地坐在她面前，这会儿正用汤匙挖一口炒饭送到嘴里。

蒋凡晞扭头寻找苏磊的身影。

看到苏磊和周恒坐在别桌，就知道是唐熠故意把苏磊支走的。

她顿时食欲全无，放下汤匙，熄了手机屏幕，冷冷淡淡地看着唐熠："唐总您好像坐错地方了。"她下巴点一点靠窗的位置："那儿才是高层坐的地方。"

唐熠侧过脸看一眼，陈总和其他高层正瞧着这边。

他无所谓地笑了下，拿起水杯喝一口柠檬水。放下杯子的同时，看向蒋凡晞："你也是高层，怎么不过去那边一起坐？"

蒋凡晞特别想说"看着你们我吃不下饭"，但忍住了，转而说："您坐这儿是有什么事吗？不可能只是为了跟我一起吃午饭吧？"

"客户有追加订单的想法。生产部计算过，智能生产线投产后，一天二十四小时不间断生产，可以满足追加订单的需求。"

蒋凡晞面无表情地看着他："所以？"

"我想知道你有没有把握。"

蒋凡晞心里蓦地起了火。她没日没夜改生产线，唐熠身为负责人，不关心关心她有什么难处就算了，竟还在生产线没改好的情况下提出追加订单给她施压？

资本家果真无情！

"既然生产部都跟您合计好了，那您找生产部要保证去啊！我只是技术顾问，生产的事情轮不到我来说把握！"蒋凡晞冷冷说完，端起餐盘，先行离开。

唐熠笑笑，一点都不恼，好似她的拒绝才是他想要的。

坐在不远处的高层们看得一愣一愣的。

陈总低声问技术总监："你说这唐总咋回事？上次一来他就往蒋工办公室钻，今天也是，一到单位，还没上楼呢，就先往无人车间跑。听说他们还一起干活了，把手整得都是机油。这不，中午又一起吃饭了。"

技术总监扭头看一眼，小声说："听说唐熠和唐焌暗地里争得你死我活，这回无人工厂要是能顺利投产，产能和利润上去了，他兴许能把唐焌压下去。这一切，蒋工很关键，所以唐熠能不供着吗？"

唐熠在公司待了不到两天又走了，去青城参观海氏空调的智能工厂。隔壁办公室一空出来，蒋凡晞顿觉自在不少。

日子在忙碌的工作中悄然流逝，改制工作到了尾声，盛华内部开始紧锣密鼓准备试样仪式。

蒋凡晞知道这天客户也会过来，便没再穿牛仔裤、帆布鞋，换上了套装和细高跟。砖红色掐腰小西装、白色深V丝质衬衫、与西装同色系的九分西裤，搭配一双黑色小羊皮尖头细高跟，整个人看上去又飒又漂亮。

她人刚进办公室，包还没放下，唐熠就从电梯出来，直接走进她办公室："蒋工，十点整试样，不要迟到。"

蒋凡晞没吭声，往滤杯里铺滤纸、放咖啡粉。她神色专注，冲个咖啡都认真得让人不忍心打扰。唐熠无奈笑了下，站着等她。直到咖啡冲好，她才款款走到唐熠面前，一手叉腰，一手拿着咖啡杯，微仰起脸看他："我是小朋友吗？"

"嗯？"

"要不然你为什么特地提醒我不能迟到？小朋友都懂的道理，我都多大了，你觉得我会迟到？"

她刚起床不久，声音的质感因为一整夜滴水未进而沙沙的，语气则因为不待见唐熠而不客气，可唐熠竟没恼，笑着反问："所以你是多大？"

蒋凡晞转了转眼睛，傲娇地扬着下巴，唬道："三十六了啊！怎么？"

唐熠点点头："哦，倒是比我还要大上几岁。"

他笑着拍拍蒋凡晞的肩膀："辛苦你了，蒋姐。"说完，他转身回隔壁办公室了。

蒋凡晞朝他的背影扮了个鬼脸。

唐熠回到办公室，问周恒："隔壁那位怎么了？最近脾气挺大。"

周恒透过玻璃墙看一眼蒋凡晞拿着咖啡杯款款往茶水间走的窈窕身影，笑道："连续加班一个多月，可能是太累了。"

唐熠若有所思地说道："等智能生产线顺利量产了，给她放个长假。"

同一时间，在茶水间里，蒋凡晞往杯子里倒开水，林珂从外头进来，见她脸色不好，忙问："蒋工你怎么了？不舒服吗？"

蒋凡晞叹了口气，后腰抵上料理台，双手捧着马克杯取暖，小声说："我那个迟了三周还没来，堵得慌。"

"啊？"林珂下意识看向她的小腹，"怀了？"

蒋凡晞也吓到了，立马站直身子，露出纤细平坦的腰腹曲线："别瞎猜，不是你想的那样。"

林珂捂着嘴巴偷笑，说："跟唐总请个假吧，看看中医调理一下。"

蒋凡晞不说话了，低头喝水，过了会儿，又说："那你知道金城哪个医院的中医看这个比较厉害吗？"

林珂摇摇头，捧着牛奶转过身，与蒋凡晞平行而站："要不让周恒问问唐总？唐总人脉广，肯定有朋友认识调经的医生。"

蒋凡晞光是想象那画面就觉得可怕，忙说："别别，千万别！我自己想办法！"

试样仪式颇为隆重，唐熠和金城分部的一众高管齐齐出席，连客户那边也派来几位代表。十点一到，生产部和技术部的领导一起启动了生产线开关。

闸口上方的工作灯瞬时亮起，生产线投入自动生产：送料、下料、切割、车片，机械手将车好的金属片板传送至点焊台点焊，最后完成组装。

用时不到一分钟，一块蒋凡晞也叫不上名字的金属元件制作完成。整个过程一气呵成，十分顺利流畅。候在一旁的质检人员拿到元件，即刻进行初检和复检。

众人屏息等待结果。

看到样品顺利做出来，高管们都很激动，但唐熠看上去十分平静。如果不是知道他对这个项目的重视，蒋凡晞会以为他无所谓。

几分钟后，经过两轮检验，质检人员高声宣布："试样合格！"

众人欢呼。

唐熠唇角弯了弯，终于露出满意的笑。

客户和一众高管都在恭喜唐熠，唐熠应酬片刻，目光寻到和技术总监站在一起的蒋凡晞，低声和周恒交代几句，就阔步朝蒋凡晞走去。可就在他快走到蒋凡晞面前时，却见她拿着手机匆匆走到角落。

给蒋凡晞打电话的人是猎头。

之前为了挖蒋凡晞来盛华，对方曾经三次前往G国为盛华当说客。

听闻她要离开盛华，猎头直言："其实一开始我就看出来了，你帮盛华把那三条生产线的难题解决了，他们大概要卸磨杀驴。这不，要你走了？"

蒋凡晞感到好笑："是我自动请辞的，不是被他们撵走的。"

"辞了也好，你在盛华是屈才了。没事，你找工作的事就交给我！我给你联系一家比盛华更好的！"

蒋凡晞客气应了声"麻烦你了"，瞥见唐熠朝自己走来，赶紧挂了电话。

"蒋工，中午和客户吃饭，你一起来。"

蒋凡晞最反感应酬，直接拒绝："不去！我这岗位没必要搞应酬吧？"

唐熠垂眸看着她，她就觉得他此刻的眼神像神秘的黑洞，令人猜不透他到底在想什么。

蒋凡晞要走。

身后，唐熠说："你想一辈子待在技术岗？"

蒋凡晞顿住脚步，反问："不然呢？"

"我认为……"唐熠话没说完，后头有人喊了一声"唐总"，他顿了顿，拍拍蒋凡晞的手臂，"听话，去准备一下，一小时后周恒去办公室接你。"说完，便朝客户走去。

蒋凡晞抬手揉了揉被他拍过的地方，"喊"了一声："手劲那么大……都把我拍疼了，大老粗！"

蒋凡晞压根没打算和唐熠一起去应酬，试样仪式一结束，立马回办公室处理其他工作。

她刚写了一页报告，周恒过来了。

蒋凡晞直接下逐客令："周助你请回吧，我不会去的。"

周恒在沙发入座，大有一副她不去他就不走的架势："客户对生产线能否实现二十四小时不间断生产还存有疑虑，唐总很希望您代表公司给出专业权威的结论，让客户放心。这对公司有好处，对您也没什么坏处。"

蒋凡晞心想：我都要走了，公司再好跟我也没多大关系。可一想到盛华是她回国的第一份工作，又没狠下心。她敲键盘的十指没停，抽空问周恒："应该不是什么酒肉场合吧？我可先说明，我是不喝酒的。"

周恒忙回道："您放心，不用喝酒的，就简单吃个午餐，跟客户解释几个问题。"

蒋凡晞听明白了，终于不再那么反感，开玩笑道："唐总要是能有周助你一半的口才，那也不至于得罪人啊。"

听出她意有所指，周恒笑笑，没说什么。

蒋凡晞把编辑到一半的文档保存好后，与周恒一起下楼。

车子驶出工业区，不到半小时的车程，很快到了一家六星级酒店。

蒋凡晞下车，跟周恒一起进了中餐厅的包间。入目是二十人大圆桌，转盘中央放着硕大的摆花，室内铺着富贵花色的地毯和壁纸，红色窗帘紧贴白色飘纱，墙壁上挂着中式油画和壁灯。

唐熠和几位高层陪客户坐在窗边的会客区，看到她进来，立刻起身迎了过来。

"蒋工，这边。"唐熠绅士地做了个"请"的手势，把她带到客户面前。

"这位是盛华集团金城分部的技术顾问蒋凡晞女士。这次智能生产线的难题，全靠她带团队攻克。"他垂眸看着蒋凡晞，声音忽然低了些，"她很有才华，我很欣赏她。"

中文说完，他又用德语重复一遍，因为客户来自S国，母语是德语。

在座的高层都从这番话里听出点苗头。

唐熠的管理方式虽然人性化，但他这个人向来少言，更从没这样高调夸过下属。今天这样的场合，他给足了蒋凡晞面子，看来是真的宝贝。

高层们互相递了个眼色。

另一边，客户投来赞赏的笑。

蒋凡晞用德语跟客户问好，在唐熠的安排下坐到他身旁，开始详细回答客户的问题。她在G国待了十一年，德语流利，聊起自己的专业领域更是眼里有光，整个人散发着自信干练的风采。

客户听完她的结论，仍是一脸纠结，问道："如果我们一年再追加五百万个产品的订单，你们做得过来吗？"

蒋凡晞不敢打包票："我有些事情得先和唐总确认。"

说完小声问唐熠："可否借一步说话？"

唐熠起身："去外面说。"

俩人一起离开包间，到长廊尽头的阳台说话。

深秋时节，草坪绿意尽褪，只剩浅浅的黄；远处的枫叶却红红火火，画出秋之绚烂。

蒋凡晞双臂环胸，扬起脸看着唐熠。

"我就大实话告诉你吧，没人能保证三条智能生产线未来的产能。虽然三条生产线的核心技术是我做的，但因为缺乏出厂测试数据的支持，我也不敢保证它未来一年在不间断生产的过程中会不会出现什么问题。"

说完，她还故意强调："这就是买仿品的遗憾。"

"我明白你的意思。"唐熠丝毫不恼，平静地问道，"所以你的意思是——只要这一年顺利度过，明年大约也不会出现什么问题？"

"理论上是这样。"

唐熠若有所思地点着头："行！那就暂时不让客户追加订单了。接下来这一年就辛苦你了。"

蒋凡晞一脸问号。

"好了，进去吧。"唐熠转身回包间。

蒋凡晞快步跟上，压低声音："什么接下来一年？您当初可答应过我，生产线改制结束，就同意我离职的！"

"但你别忘了，咱们当初谈好的是终身责任制。你自己也承认生产线未来一年还处于观察期、不稳定期，那怎么能视为改制结束？"话到这儿，唐熠忽然顿住脚步转过身。

蒋凡晞跟得急，惯性使然，整个人撞进他怀里。

第二章　清纯漂亮的女鼓手

舞台中央的架子鼓旁站着一个女孩。她穿着浅蓝色高腰牛仔裤和黑色帆布鞋，白色短袖T恤扎进裤腰里，看上去身材很好，腰细腿长。

被蒋凡晞这一撞，唐熠顿时后退两步，双臂下意识抬起，将蒋凡晞结结实实拢到怀里。

蒋凡晞仅蒙了一秒便从他怀里挣扎出来，可细高跟来不及跟上身体大幅度后退的动作，崴了一下，整个人瞬间就要往后倒去，幸亏唐熠及时搂了她一下，把她带到自己怀里。

蒋凡晞惊魂未定，愣怔半响后回过神来，双手压着唐熠的胸膛借力，站直了身体。

她捂着胸口长长呼出一口气，可下一秒，那口气又倒吸了回去。

唐熠的白衬衫领子上，有一个完完整整的珊瑚色口红印。

意识到那是自己的唇印，蒋凡晞赶紧伸手去擦，大拇指刚按到衬衫领子，立刻就被唐熠摁住了手背。

唐熠垂眸看着她，眸色晦暗不清。

蒋凡晞咽了咽口水，尴尬到结巴："你……你……领子有……有……有口红！"

"口红？"

"对……可能是刚才我撞到你的时候印上去的……"

唐熠这才放开她的手，掏出手机，打开前置摄像头看了一眼，立刻就抽出胸帕去擦。

可口红印实在顽固，怎么都擦不掉，他干脆放弃，随手将胸帕塞到口袋里："我让周恒买件新衬衫，我们先进去，客户在等。"

见他转身要进包间，蒋凡晞赶紧拉住他的手臂："你现在穿这样进去？不好吧？被陈总他们看到，会想歪的吧……"

唐熠转身，脸上挂着笑。

蒋凡晞觉得他这个笑特别有深意。

"那我总不能把衬衫脱了，'真空'穿西服跟客户吃饭吧？"

"真空"？

有个恐怖的画面从蒋凡晞脑中闪过——

一个月前的晚上，她和唐熠视频谈工作，一着急，穿着睡衣就开了视频……

羞赧如激浪涌来，刺激得蒋凡晞面红耳赤，脑子一炸，气道："你看到就算了，干吗还故意提醒我？"

唐熠敛笑："我故意提醒什么了？"

"'真空'！"蒋凡晞逼近一步，仰起脸，恶狠狠看着他，"不就弄脏你的衬衫吗？大不了让你扣工资！你至于故意提醒我吗？"

"我到底提醒你什么了？"

"你故意说什么'真空'，不就是在'内涵'我上次跟你视频穿睡衣吗？"

这会儿已是餐点，过道不断有酒店的工作人员和其他包间的客人来来往往，听到这对外形靓丽的男女在聊睡衣，纷纷看过来。

唐熠轻咳一声，把蒋凡晞拉到一旁，低声解释："那次视频，我不知道你已经休息了，发生那样的事我很抱歉，是我没考虑周全，你别放心上。"

蒋凡晞不买账，还气呼呼的，双手叉腰站在那儿怒视着他。那件事是她的奇耻大辱。前阵子因为工作太忙，加上也不怎么和唐熠见面，就算了。可今天他竟然主动提，就很有必要清算一轮了。

蒋凡晞正要发难，就听他说："你弄脏我的衬衫，我不小心提到你不开心的事情，扯平了。"

"扯平？这两件事是一个性质？"

唐熠急着回去应酬客户，见蒋凡晞实在难哄，只好问："那你要怎么样才能不生气？"

蒋凡晞脱口而出："你明天给我签离职申请我就不生气。"

唐熠哈哈大笑："那我宁可你继续生气。好了，人都等着呢，回去吧。"

蒋凡晞气得朝他的背影比了一个拳头。

俩人再度回到包间门口。

可唐熠并没有进去，而是让蒋凡晞叫周恒出来。

这下，唐熠和周恒都不在，应酬客人的事情就交给了现场唯一会德语的蒋凡晞。

因为已经和唐熠商榷好，蒋凡晞对客户坦言今年并不是追加订单的最佳时期。

几分钟后，唐熠回来了，深灰色的双排扣西服里换了一件浅灰色的衬衫和黑白斜纹领带。

衬衫和领带都是周恒的，搭配周恒今天穿的黑色单排扣西服倒是合适，搭配唐熠的双排扣西服，怎么看都有点不伦不类。

其他高层似乎也发现唐熠换了衣服，互相递了个眼神，无声交流：这唐总出去一趟还换了衣服，怎么会弄脏了衣服呢？

众人于是看向一脸不自在的蒋凡晞，顿时就猜到了什么。

午餐很丰盛，皆是名贵、地道的金城菜，老外客户对此感到很新奇，席间笑声不断。

蒋凡晞坐在唐熠身旁，认真听他用德语讲故事。

"我第一天到学校，见到大门上方挂着一个猪头铜像，还以为自己走错地方。后来才知道猪头是为了提醒学生们不要恃才自傲，要像猪一样谦虚……"

说起求学那几年，唐熠笑声朗朗，眉宇间泛着少年气，和平时很不一样。

他与客户碰杯，透明高脚杯里的果汁顺着他微扬的唇咽入食道，锋利、性感的喉结上下滚了滚。他的鼻梁和眉骨都很高，侧面看尤为明显，真的很英俊。他除了外形出色、气质卓越，也相当擅长谈判与商务应酬，难怪年纪轻轻就是跨国集团的CEO。

对唐熠的某些能力，蒋凡晞是很认可的，看不起的只是他的精明抠搜与算计。

结束午餐回到公司，蒋凡晞就听说所有原材料都已到位。唐熠下令从今天起，三条生产线二十四小时不间断工作，加班加点进行量产。

蒋凡晞担心生产线在初期量产过程中会出现问题，整个下午都在车间巡视，一直忙到晚上十点多，才拿包准备下班。刚走到电梯间，就遇上刚好从电梯出来的唐熠。

唐熠似乎喝了不少酒，脸色红红的，问："晚上加班？"

蒋凡晞知道他晚上应酬客人，点点头："你折回来是有事？"

"刚和客人吃完饭，过来无人车间转转，看生产顺不顺利。"唐熠转身按下楼键，"这么晚了，我送你。"

蒋凡晞客气道："没事，我就住在附近，走一会儿就到了。"

唐熠没再言语，抬手挡住电梯门框，示意蒋凡晞先进。

俩人一前一后进电梯。电梯下行，谁都没有说话，空气里飘着淡淡的酒味……还有唐熠身上不甚明显的木质香味。

他双手抄兜而立，抬眸看着变化中的楼层数。电梯反光墙照出他挺拔的身姿。蒋凡晞发觉自己即便穿了十厘米高跟鞋，身高也只到他下巴。

楼下，车停在大门口。

周恒下了车，打开后排车门。

唐熠低头看蒋凡晞："上车吧，太晚了，你一个女孩子回家不安全。"

蒋凡晞奔波了一天确实也累，见周恒也在，便没再拒绝。

车离开厂区，驶入僻静的工业区小路。

蒋凡晞静静看着窗外，没说话，偶尔用余光打量唐熠。

他换了套藏蓝色的新西服，还是双排扣。质地上乘、修身的西裤包裹着他的长腿，白色法式衬衫扣得严实，钨灰色的温莎结优雅饱满。他的肤色是自然健康的小麦色，浓密蓬松的头发随意拨到额边一侧，弧度自然，发质看上去粗硬，质感很好。

蒋凡晞暗暗地想：突出的喉结、精壮的肌肉、低沉有磁性的嗓音、茂盛的毛发，都是雄性荷尔蒙旺盛的标志。

"你之前在G国上大学？"唐熠忽然低声问起。

许是酒精的关系，他的声音褪去白天的公式化，变得柔和了。狭小昏暗的车内空间，让人莫名心动。

蒋凡晞觉得靠近他那侧的耳朵有点烫，轻轻"嗯"了一声。

"APEX的offer（录取名额）很难拿吧？为什么回国？"

蒋凡晞轻晒："你知道APEX之前给我的年薪是十万欧元，可国内的企业能给到将近十五万欧元。"

唐熠意味不明地笑了下："既然是为钱回来的，为什么一定要离开盛华？"

他抬手捏了捏山根，浅浅地呼出一口气，看上去似乎很累。

"改制智能生产线的报酬三百万元人民币不算，我另外每年再给你二十万欧元年薪，你继续留在盛华帮我。"

面对如此诱人的条件，说不心动是假的。

可蒋凡晞太了解唐熠的风格，深知这二十万欧元年薪背后必然要她付出其他代价。就如三百万元人民币的改制费背后，是专利卖断与责任终身制。

蒋凡晞不喜欢这种模式。

恰好此时到了宿舍楼下，她回头对唐熠笑了下："不了，我还是想辞职，过几天拿单子给您签字。您慢走。"说完，跟周恒打了一声招呼，很快就下了车。

车子驶出小区。

唐熠合眼休息，过了会儿，主动问："周恒，你有什么办法留下蒋工？不能让她走，我需要她。"

周恒说："或许您需要多一点跟蒋工相处的机会，知道她想要什么，也好投其所好。"

唐熠烦躁地松了松领结："这件事交给你去办。"

周恒："……"

蒋凡晞睡到半夜，被电话吵醒。

智能生产线出问题了。

她赶紧起床换衣服回公司。

等事情处理好，天已大亮，她便没再回宿舍，直接在办公室休息。说是休息，其实就是戴上颈枕，坐在办公椅上仰着头，稍稍眯一会儿。

她定好了闹钟，八点半起来。可就这么两三个小时的时间里，她愣是做了一个长长的梦。

她梦到自己终于联系上资助人韩先生，把自己这些年的小成就一股脑告诉他，除了盛华这三条她羞于启齿的生产线。她在电话里恳求韩先生和自己见一次面，她要还他东西……

一眨眼，韩先生来到她面前，就在她想看清楚韩先生的脸时，心脏忽然一阵狂跳，忐忑不安，震得她人瞬间清醒过来。

大脑混沌间，蒋凡晞看到了唐熠，吓得"嗬"了一声，人往后仰去。

唐熠就坐在她面前，神色严肃地看着她："听说智能生产线半夜出问题了？"

蒋凡晞惊魂未定地坐正身体，一手捂着狂跳不止的心脏部位，一手扯下脖子上的颈枕，嗓子沙沙的："芯片故障，我已经处理好了。"

唐熠点点头，面色缓和一些："你这阵子辛苦了，这几天回去好好休息吧。生产线有问题再过来。"

"唐总，"蒋凡晞站起身看着他，"三条生产线连续运作一周，如果没问题，以后也不会再出什么大问题了。"

"所以？"

"我希望您到时候能兑现先前答应我的事情。"

唐熠思考了几秒，说："跟着财务制度走，三百万元报酬下月支付。"

蒋凡晞提醒："还有辞职的事。"

"再说。"唐熠说完，转身回了隔壁办公室。

蒋凡晞心里忽然有种不好的预感。她立刻拉开抽屉，把一个月前就写好的辞职单拿出来，签好名字，揣着去了隔壁办公室。

唐熠的办公室和她一个朝向，只不过要深一些，外侧是沙发区，中间有小型会议桌，最里头是靠着窗的大班桌。

这会儿，办公室的门开着，唐熠坐在大班桌前，手中拿着座机话筒，好像要打电话。

蒋凡晞敲门。

唐熠看过来，把座机话筒放下："进来坐。"似乎并不意外她会过来。

蒋凡晞提了提气，走到大班桌前，将辞职单放到桌上。

唐熠睨一眼，然后看着她，没说话。

"您怎么能说话不算话？"蒋凡晞有点生气，声调高了一度，"食言而肥您听说过吗？"

唐熠笑着拿起辞职单，工工整整对折，打开抽屉放进去："这个问题我们上次说过了，未来一年，生产线仍处于观察期，无法视为改制完成。这个时间也是你自己提出来的，所以，你的辞呈，我明年这时候批准。"

蒋凡晞觉得他这是存心耍赖没错了，冷笑着点点头："行，明年是吗？那我从今天开始请假！一直请到明年这时候！"

此时，唐熠坐着，她站着。

由于是睡到半夜被喊来公司处理生产线问题，她一头长及腰的鬈发只是松松抓成马尾，身上穿一件带帽卫衣，外头套一件薄羽绒马甲，牛仔裤、运动鞋，再配上连口红都没来得及擦的素淡小脸，怎么看都有点像在校大学生。

她这会儿却一手叉腰，居高临下地睨着领导。

唐熠大概也是一时没将她和那个干练的蒋工联系起来，言谈间没了公事公办的口气："你累了，回去好好休息一天。明天早上九点半开经营会议，记得参加。"

"我明天也要请假！"蒋凡晞别开脸，不去看唐熠。

"别任性。"

见唐熠开了电脑准备工作，一副不想多说的样子，蒋凡晞咬了咬牙，转身回自己办公室。

午餐时间，周恒进来请示唐熠要在哪里用餐。唐熠想邀请蒋凡晞一起吃午餐，便去了隔壁。

见到蒋凡晞办公室门关着，说："蒋工已经下去吃饭了？今天动作这么快？"

周恒笑道："蒋工请假了。"

唐熠这才想起她早上闹脾气，说要请假一年，他当时准了她一天假回家好好休息。

餐厅座无虚席，唐熠不得不跟陈总等人同桌。

陈总饭不吃，口沫横飞地捧唐熠，唐熠笑笑听着，一并接受，也不跟他们谦虚。

只是众人说着说着，话锋一转，忽然提到蒋凡晞。

先是陈总问："这蒋工今天怎么没见着人呢？"

技术总监说："说是请假了，但也没写请假单让我签字。"

陈总"哼"一声，浑浊的眼珠子一瞪："不像话！这是旷工！一点纪律都没有！散漫！技术好又怎么样？这种不服管理的人迟早捅娄子！"

唐熠神色淡淡地吃着午餐，不发一言。

他很清楚俩人这是在自己面前唱双簧，目的是破坏蒋凡晞在他心中的形象，瓦解他们之间的信任，最后将蒋凡晞踢出盛华。

蒋凡晞现在事事直接向他汇报，连买山寨设备的事情都捅出来了，不排除未来还能捅出更多高层的舞弊行为。

所以这帮人容不下蒋凡晞。这些唐熠都知道。

"依我看，这蒋凡晞得全公司通报批评，并扣光当月绩效！"陈总义正词严道，"如果她缺席明天的经营会议，唐总，您必须慎重考虑她的转正，甚至劝退！"

唐熠眉梢抬了抬，心想：她本来就想走，我留人都来不及呢，你跟我在这儿说劝退？

"陈总，"唐熠放下筷子，用纸巾摁了摁唇角，"蒋工早上跟我请过假了，请假条在我桌上压着，晚点我让周恒送过去给你过目。"

"跟您请假了？"陈总收敛口气，"既然有请示唐总，虽然还是不合规矩，但看在她是新人的份上，算了！"说完，看一眼技术总监，二人心照不宣。

翌日上班，唐熠进办公室之前，先去蒋凡晞办公室看了眼，门依旧锁着。

九点二十分，已经过了上班时间，正常这个点她该在的。

唐熠立刻拿出手机给蒋凡晞打电话。

电话响了很长时间才被接起，蒋凡晞睡意浓重地出声："喂？"

"你在哪里？"

"在家里啊。"

唐熠转身，开门进自己办公室："怎么还不来公司？"

"我今天要请假。"

听到她又请假，唐熠有点烦躁，提醒道："今早开经营会议，你忘了？"

蒋凡晞不说话了。

唐熠耐心劝道："今天跟总部的人一起开会，一周一次，最好别缺席。"

"我身体不舒服，想请假！"

见她冥顽不灵，唐熠一时无言，走去开了窗，然后在沙发上坐下。他后背靠着沙发，一手将手机举在耳边，一手捏了捏山根。他从蒋凡晞中气十足的声音听出她身体应该没大碍，想起她昨天扬言要请假一年，着实有点恼。

蒋凡晞是天才，他需要她，因此能包容她的一些小任性，但无视公司重要会议只为与他赌气这种事，已经触及底线。

"请病假可以。把医生开的疾病证明发我，否则你今日算旷工。"

许是他从未如此严肃、强硬地说过蒋凡晞，电话那头瞬间安静下来。

就在他打算按掉电话时，那头传来蒋凡晞颇不自在的声音："我例假来了，肚子痛。"

唐熠："……"

那头气焰又高起来："还需要找医生开疾病证明吗？"

唐熠胸口的气下去了一些，口气温和地说道："我把会议延迟到周五下午两点，你好好休息。"

翌日，周五下午。

唐熠和金城分部的一众高层在会议室等了蒋凡晞足足半小时，蒋凡晞没出现。

唐熠没想到她今天竟然还旷工！

国外现在是深夜一点，集团几位高层为了跟金城分部开会特地熬夜。

陈总趁机煽风点火："这已经是周五下午了，本周的经营会议再开不上，这周就等于没开会。我在公司这么多年，从没发生过这种事情！从来没有人敢缺席会议！董事长向来重视会议，蒋工这么做，不就等于在挑战咱们盛华集团的企业文化，挑战董事长的原则吗？"

坐在投影幕布对面位置的唐熠，双手搭成塔状抵着鼻尖，浓眉紧蹙，不言不语，脸色难看至极。

"这位蒋工是？"连线那头，集团副董事长唐焌问，"要不绕过她，先把会议开了？"

陈总忙解释道："蒋工是智能生产线的技术顾问！"

唐焌意味不明地笑了下，看向沉默的唐熠："再有本事，如此不负责任也是不行的，唐总用人要慎重。"说完，移眸看向众人，"好了，我们先开会！"

众人纷纷打开笔记本电脑。

唐熠忽然起身："今天的会议延期，具体时间另行通知！"说完，带着周恒离开了会议室。

灰沉沉的办公室里，仿佛连空气都裹上了情绪，气压极低。男人神色严肃地坐在沙发上，双腿随意交叠着，一手横在沙发背靠上，一手把玩着手机。

思索片刻，他拨出一通电话。

"女孩子经期肚子痛，一般要持续几日？"

电话那头的人吃了一惊，首先问："阿熠，你恋爱了？"

唐熠解释："不是不是，不要误会。"

对方笑了下，说："体质不同，情况也有所不同。女孩子几岁？"

"二十六岁。"

"这年纪，一般也就痛个一两天。"

一两天……

今天刚好是第二天，所以蒋凡晞有可能还痛着？可也不好打电话去问她"你还痛吗"，唐熠心想这会议得延到下周一了。

"行，我知道了，那先挂了，有时间出来吃饭。"

对方笑着说"可以"，最后交代道："痛经严重的话，记住不要让她吃冰的，平时多注意补铁，刚来那会儿多喝点热饮，做好小腹保暖。还有啊……这种时期你控制一下，不能做坏事，不然女孩子会生病的。"

唐熠："……"

他打断喋喋不休的对方："我还有事，先挂了。"

将手机丢到一旁，他起身开窗通风，没过几秒，又把身上的西服外套脱下，手摁上领结松了松。

都快冬天了，这天怎么还这么热……

自智能生产线开始量产，唐熠只要晚上没应酬，就会在公司待到十点再回家，周五也不例外。可今天下班前接到姥姥的电话，她说舅舅一家外出过周末了，让他晚上回家吃饭。

唐熠本就孝顺，对抚养他长大的姥姥、姥爷感情更是深厚，五点一下班就开车回家了。

姥姥家的四合院在一条胡同里。他去A国之前在这里住了十几年，去A国定居后，回国也是住在这里。

眼下正值深秋，四合院门口两颗楠木枯黄的叶子掉落一地，有些飘在风挡玻璃上。

唐熠下了车，将别在雨刮器上的叶子抽出，丢进一旁的垃圾桶里，转身正想进院门，忽然见到一辆白色小车停下。

车窗降下，年轻男人摘下墨镜，露出一张灿烂的笑脸："阿熠，啥时候回来的啊？"

唐熠这才认出对方是小时候的玩伴顾炀，走上前隔着车门，跟对方轻轻碰了下拳头。

"顾四，好久不见。"唐熠寒暄道，"我回来大半个月了，之前一直在忙单位的事情。"

顾炀递来一根烟，笑嘻嘻地说："晚上出来喝一杯？我刚好约了阿杰。"

唐熠一句"我不抽烟"给挡了回去："几点？哪里？"

"八点吧！星光现场。"

"没问题。"

顾炀比画了个喝酒的手势，车窗重新升起，朝胡同深处开去。

星光现场，是一处可容纳千人的演出场地。

每晚都有乐队在此演出，唐熠回国的时候，偶尔也会跟朋友过来喝酒，看乐队表演。

他熟门熟路地找到位于二楼的VIP卡座。

顾炀和霍傑姿态慵懒地坐在沙发上品酒，见他过来，霍傑兴奋地放下手中的酒杯，上前抱了他一下，揽着他坐上了一眼可见整个舞台的位置。

"咱俩到底有多少年没见了？"霍傑从烟盒里拿出一支烟塞给唐熠，口气夸张，"唐总你可是越长越回去了啊！"说着，去扒拉唐熠的眼角，"是不是做了微整？我鱼尾纹都快夹死苍蝇了，你皮肤咋还这么光滑？"

唐熠笑着把烟挡回去："我不抽烟。"右手手臂往沙发靠背上一横，目光投向一楼的舞台："今晚是专场还是'拼盘'？"

顾炀跷着二郎腿，嘴巴叼着烟，拿出手机滑了几道："一个叫械客的乐队，我也没看过这乐队表演，估计是新乐队。"

"我倒是在工体附近的糖果看过一次，是个新乐队没错，据说成员都是G国回来的高才生。"霍傑目光飘向一楼舞台，眼神亮了亮，"那女鼓手呀，气质简直了……啧啧。"

"女鼓手倒是少见。"唐熠笑着拿起顾炀倒好的洋酒轻抿一口。

顾炀吐出一口白烟，一脸不耐烦地看着霍傑："气质简直咋了？你倒是说完啊！"

霍傑皱眉狠吸一口烟，在自己的手臂上比画着："搞摇滚的女生嘛，一般都喜欢整个大花臂，那头发五颜六色跟水彩笔似的，让你看了一点兴趣都没有！可这位不一样……"

他说到这里，痴痴笑起来："天使的脸蛋、惹火的身材。最重要的是……没有大花臂，身上没画半点东西，纯得让你有一种想跟她恋爱的冲动……"

"你怎么知道人家身上没画半点东西？"顾炀投来一记白眼，倾身向前，将烟头摁灭在烟灰缸里，"兴许人家后腰盘一条大龙呢！"

霍傑一脸哀怨："别瞎说……"

顾炀"喊"一声，小拇指掏了掏耳朵，鄙视道："反正就是一长得挺清纯漂亮的女鼓手。你小学语文课在睡觉？明明一句话能说清楚的事，你啰啰唆唆整出这么一大段？"

霍傑扬了扬手，懒得理顾炀，一手搭上唐熠的肩膀，身子往唐熠那儿蹭了蹭，凑到他耳边说："唐总，别听顾四瞎说，一会儿人出来你就知道我说的是真是假了。"

唐熠勾唇，拿起酒杯轻晃几下，包裹着晶透冰块的橙黄色酒液翻滚出好看的弧度。

他优雅地举到唇边，轻抿一口，目光淡淡地投向楼下。

舞池里放着一排排塑料椅，控制台在右侧，整个环境呈现出暗暗的色调。射灯照出来的一条条光束里，灰尘飞舞着，舞台中央的古铜色镲片发出旧旧的光泽。

身处这般简陋的环境，唐熠浑身的血液却在欢腾着，为接下来这一场摇滚盛会。

他年轻时也曾热爱过摇滚乐，如果当初没去A国念高中，现在的他极有可能已经组了乐队，成为一名穷困潦倒却活得恣意快乐的地下音乐表演者。

"快看！"霍傑忽然大叫一声，"就那姑娘！穿白T恤那个！"

唐熠回神，目光往舞台扫去。

有几个人正往舞台上搬乐器。

他看不清楚他们的脸，只依稀可见是三男一女，都长得挺高，看体态很年轻。

舞台中央的架子鼓旁站着一个女孩。她穿着浅蓝色高腰牛仔裤和黑色帆布鞋，白色短袖T恤扎进裤腰里，看上去身材很好，腰细腿长。

唐熠莫名觉得此人眼熟。

舞台准备就绪，颜色绚烂的射灯在场内无死角地横扫，舞池里黑压压都是人，年轻男女的脸上透着亢奋，空气中弥漫着年轻的荷尔蒙气息。

"哐哐哐！"舞台中央传来几下有节奏的镲片声，年轻的声音回荡在LiveHouse（小型现场演出场所）内，"大家好！我们是械客乐队！带来一首 *Berlin Sky*（柏林的天空）！"

短暂的寂静后，鼓声、键盘声、吉他声、贝斯声聚合成一段气势磅礴的节奏。主唱低吟浅唱，用一种毫不摇滚的唱法唱着一首摇滚乐，却把听众的肾上腺素都调动起来。舞池里的男女挥舞手中的荧光棒，尖叫着，摇摆着年轻的身体。

这首歌走情怀，歌词描写留学生渴望回国的心情。唐熠静静听着，心底某处被击中，原本淡然的心绪忽然变得炽烈。

他已经很多年没体会过如此热血的感觉了，没想到今天在这里能感受到……

一曲结束，他收回目光，举起酒杯："这支乐队可以啊，唱得不错。"

顾炀倾身向前与他碰杯："确实不赖！下次再一起来！"

霍傑全程盯着女鼓手作花痴状，唐熠和顾炀聊着天。

聚光灯不断在几位乐队成员身上变换聚焦，最后扫向了坐在昏暗处的女鼓手。

唐熠恰好在此时看向舞台……

第三章　肚子痛还喝冰雪碧？

蒋凡晞蒙了几秒才坐直身体，将字条打开，上头龙飞凤舞地写着——

"肚子痛还喝冰雪碧？演出结束后，我们谈一谈。"

落款：你老板。

乐队连续唱了一个半小时，最后迎来歌迷点歌环节。

吉他手兼主唱司辰拿着话筒走到舞台中央，面向台下的歌迷："接下来，大家把最想听的一首歌写到字条上，传过来给我们。最先到达的五张字条就是我们接下来要唱的最后五首歌，大家加油！"

歌迷们顿时沸腾起来，有的从包里翻笔和纸，有人跑去外头找保安或酒保借纸、笔。

蒋凡晞揉着酸胀的手臂稍事休息，口渴难耐，抓起脚边刚送来的冰雪碧，拧开就喝。

她双腿微敞、姿态帅气地坐在鼓凳上，身上腻出了汗，白T恤早已变成半透明，露出里头黑色运动背心的轮廓。

前方，原先正在和歌迷互动的乐队成员忽然沉默了，转头看了她一眼。

"这位叫老板的歌迷，不好意思，我们没有这一首歌。"曾嘉举起手中的字条，"这张歌单作废！麻烦大家再传一张上来。"

蒋凡晞以为有人恶作剧，没多想，继续喝雪碧。

过了一会儿，五首歌集齐，开始进入下一轮表演……

表演结束，已是深夜。

蒋凡晞又累又饿又热，鼓棒一收，先回了后台。乐队其他成员陆续进来，看着她的眼神透着疑惑。

大家在一起搭档十年了，彼此一个眼神都知道对方在想什么。蒋凡晞抬腿踢了踢坐在自己身旁的曾嘉："怎么回事？刚作废那个，是谁点的歌？"

曾嘉挨过来，小声问："你今天来那个了？"

蒋凡晞再踢他一脚："关你何事？"

曾嘉这就明白了，从牛仔裤后袋摸出一张字条丢给她："你老板写给你的。"

蒋凡晞蒙了几秒才坐直身体，将字条打开，上头龙飞凤舞地写着——

"肚子痛还喝冰雪碧？演出结束后，我们谈一谈。"

落款：你老板。

唐熠的字化成灰她都认识，她立马烦躁地将字条揉成一团丢到垃圾桶，提起背包迅速站起身："我先走了，停车场等你们！"

蒋凡晞从后台小道穿后门，抄小路去停车场。走廊黑黢黢的，偶有收拾了一整筐酒杯的服务人员经过，带来"哐当、哐当"的玻璃撞击声，还有从后门灌进来的凉飕飕的风。

蒋凡晞身上的T恤湿了一半，被风吹到，凉得她浑身打战，小跑着往后门赶。

"蒋工？"

蒋凡晞顿住脚步，没敢回头，但眼角余光却是瞥见一抹熟悉高大的身影。

月黑风高，酒吧后巷，深秋的风呼哧呼哧地吹着，男人一身深色西服，倚在那儿，眉目清秀却面带厉色。

因为早有心理准备，蒋凡晞只慌了一秒，便立刻镇定下来，停下脚步，微微扬起下巴看向唐熠，目光坦然。

"装病，旷工，无视公司的重要会议，"唐熠冷笑着走过来，"这就是你的职业素养？"

他本就长得高，这么往蒋凡晞面前一站，不甚明亮的环境被压得更昏暗。一阵寒风吹来，蒋凡晞打了个冷战。

她抬起头，大胆迎上唐熠晦暗不清的目光，抬高声调反问："谁装病了？我为什么不上班，你心里没点数？"

唐熠拉长音"哦"了一声，意味不明地笑了下："不是病了，而是经期肚子痛。肚子痛你喝冰雪碧？"

听出他在讽刺自己装肚子痛，蒋凡晞那因为改制智能生产线而内分泌失调，导致这回经期异常，痛得她差点下不来床，于是愤怒顷刻间爆发。

她上前一步，逼近唐熠，扬起化着烟熏妆的魅惑小脸："怎么？不信？要不要亲自验验？"

唐熠："……"

许是没想到白天冷静、严肃的她会说出这番不着调的话，唐熠愣了几秒，脸色变了变，轻咳一声，往后退了一大步，与蒋凡晞拉开距离。

"既然肚子痛，就少喝冰的。多喝点热的，多补贴。"

蒋凡晞又腰看他，笑道："哟，经验丰富啊！"

唐熠："……"

蒋凡晞正想趁势再讽刺他一番，乐队成员结伴从后门走出来。

曾嘉上前就将她护在身后，正面迎向唐熠："你哪位？"

蒋凡晞拍拍他的手臂，招呼司辰和魏楠："别理！我们走！"

四个人刚往巷口方向走了几步，唐熠追上来，拉住蒋凡晞的手腕："我们谈一谈！"

蒋凡晞甩了两下，没甩掉，眼见曾嘉和魏楠已经抡起拳头，她怕出事，沉了沉气："谈就谈！"

唐熠放开手，下巴点了点后门："到上面谈。"

白天的会议，智能生产线的议题是重中之重。想让集团批准国内几大分部实现全面智能化，必须让他们相信智能工厂有前景，且困难可以被攻克。

在这个节点，蒋凡晞很重要。以她丰富的理论知识和对智能生产线的熟悉程度，她能最大程度地说服集团高层，所以唐熠才会特地交代她一定不能缺席会议。

可她装肚子痛，接连两次缺席会议。

唐熠原先以为她真的身体不适，所以顶着压力破坏规矩，为她一再延迟会议。可今晚见到她在演出，他顿时明白自己被她耍了。

什么肚子痛？分明就是不想上班的借口！

唐熠既愤怒又无力，可即使再生气，他也无法对蒋凡晞说出严厉的话。

俩人一前一后上了光线昏暗的台阶，迎面不断有离场歌迷下来，见到乐队女鼓手与一位气质非凡的男士一起上楼，不由得多看了几眼，甚至有歌迷过来索要签名。

蒋凡晞这会儿哪还有心情与歌迷互动，冷着脸说自己有事要忙，径直上了三楼。

俩人在角落一处安静的卡座坐下，唐熠此时面色已缓和，绅士地问道："喝点什么？"

蒋凡晞后背靠向沙发，右手手肘自然垂放在扶手上，包裹在高腰牛仔裤里的长腿随意散漫地交叠着，目光冷然、镇定地睨着他："不用客气，谈事吧。"

唐熠放下酒单，沉默片刻，上身微微前倾，双肘撑在分开的双膝上，平视蒋凡晞："留在盛华帮我，你要什么条件，尽管开。"

蒋凡晞立马就笑了："怎么？还想继续买山寨生产线让我给你改装？"

"你不是圈外人，应该知道G国有工业4.0，A国有工业互联网，而咱们国家有一个十年制造强国纲领。制造业全面智能化是时代所驱，是我们这一代人必达的使命。"

蒋凡晞耸耸肩，并不多言。她怎么会不清楚制造强国对国家意味着什么？只是她不认为唐熠有这般爱国情怀罢了。

分明是损人利己、抠抠搜搜、利益为先的资本家，知道她能给他带来利益，所以无所不用其极地想挽留她罢了。

金钱诱惑她没上钩，这会儿走情怀。

她最讨厌的就是这种冠冕堂皇的人，所以她要毫不留情地拆穿他！

"只是这样？"她冷笑，"可我怎么听说，总部把整个远东地区的制造分部都划给你管理，据说这些分部的产能与利润直接决定你在董事会里的地位……"

闻言，唐熠抬了抬眉梢，沉默地看着她，眼神犀利。过了片刻，他往后靠去，整个后背靠在沙发背上，不再是一种主动想要拉近与蒋凡晞之间的距离的姿势，换成了标准的谈判姿态。

"一些集团内部的斗争我不方便告诉你。"

蒋凡晞猜到他的反应，嘲讽地笑了下，准备走人。

跟玩心机的人说话没什么意思。听着是敞亮大方，实则都是话术，一点不真诚。

她起身要走，忽然听到唐熠低声说："到了我这个位置，我说我不想在董事会站稳脚跟，不想争取更多权力，不想开创更大的版图，你信吗？"

蒋凡晞微微惊讶，垂眸看向唐熠，心想：这是想做董事长呢！总算说了句大实话，早这么实诚不就好了？

唐熠不说话了，静静看着她，深邃的目光出奇的明亮。

周围渐渐安静下来，只有服务生收拾现场的细微声响。

蒋凡晞自己是个直白的人，也喜欢说大实话的人，唐熠敢将不能为人知的野心呈现给她看，让她瞬间有种俩人坐同一条船的感觉。秘密分享拉近彼此的距离。她选择给唐熠面子，再次入座后，调侃道："按照你的意思，我留下来帮你，那你的江山可是我们一起打下来的啊。"

唐熠笑笑，没否认。

蒋凡晞转了转眼珠，又说："那到时候你在集团称王了，这江山可有我的一半？"

她不过是想吓唬唐熠，让他以为她到时候要跟他平分权力，吓到不敢再留她。

安静几秒，唐熠唇边的笑意逐渐加深："如果你成为我的太太，我的江山自然有你的一半。"

蒋凡晞怔住了，唇边的坏笑凝固住。她感觉脑袋发热，脸颊和耳朵都发烫，心跳骤然加快，不自在地摸了摸鼻头。初衷不过是想吓唬唐熠，结果唐熠这猛人不仅开得起玩笑，还能反过来开她玩笑，她如果不说点什么撑回去，反倒显得她自己玩不起。

她几乎是第一反应，倾身向前，单手托腮，一双桃花眼柔转千回地望着他，眼波流淌间，目光落到他性感的唇上，眉眼弯弯地笑着。

"唐总你为了留我帮你，已经无所不用其极到打算走感情路线了吗？如果是这样，那还真的要让你失望了，我是非走不可的。因为……"

唐熠没猜到她的反应，问："因为什么？"

蒋凡晞懒懒地抬了抬羽睫，放软声音："因为你太有魅力了，再跟你共事下去，我怕我会无法控制自己……"

"无法控制自己什么？"唐熠勾唇笑着，怎么看都有点"斯文败类"的感觉。

在蒋凡晞的认知里，有钱男人大多怕被女人缠上，怕女人对他们动了真情，怕搞得他们后院起火，特别是唐熠这种精明深算的商人。

她一开始也没想过要走这种偏门，只可惜她先前义正词严地拒绝唐熠的挽留，唐熠不接受，那她只能再吓唬吓唬他了。

结果……

看唐熠的反应，他还真来劲了。

这方向不对，对他没效果，话题不能再深入，停止！

蒋凡晞登时敛去笑意，一脸冷漠地坐正身子，从包里摸出一瓶口香糖，倒出一颗丢进嘴里，边嚼边往楼下看。

她皮肤很白，两条手臂莲藕似的，又白又嫩；挑染了几撮紫蓝色的长鬈发随性地披在身后，看上去风情十足。身上穿着印有械客乐队标志的白T恤，下摆全扎进高腰牛仔裤里，显得秾纤合度。

她嚼着口香糖，目光随性地看着舞池里三三两两的年轻人，姿态明明如此散漫，却叫人看出明媚肆意的味道。

唐熠克制地移开目光，说："人无完人，我在努力进步中，也希望你能给自己一个机会。也许盛华带给你的，不仅仅是金钱上的收获。"

"冠冕堂皇唐"又来了。

蒋凡晞"呵"了一声，侧过头看唐熠，对着他吹了个泡泡。

下一秒，"吧嗒"一声，泡泡破了。女孩红嫩的舌尖把泡泡糖卷回嘴巴里，反问："我吹的泡泡是不是又大又好看？"

唐熠看着她，没接话。

"你刚说的话，就像我吹的泡泡，很大、很好看啊，但是——破了……"她朝唐熠扮了个鬼脸，站起身，态度干脆，"辞职单麻烦尽快帮我签了，我想你应该不会喜欢律师来打扰你。"

"要走可以，给我一点时间寻找接替人。"

昏暗的卡座里，男人姿态倨傲地坐在沙发里。女孩嘴巴嚼着口香糖，背对他而站，在他看不见的角度，脸上扬起调皮的笑意。

蒋凡晞转过身，眼睛弯了弯："找到人就让我走？"

"是。"

"那你什么时候才能找到人？"

"我明天就让周恒联系猎头。"

知道猎头效率的蒋凡晞满意了，笑着坐回卡座，从纸盒里抽出一张纸巾，将口香糖吐到纸上，揉成一团丢到垃圾桶里。

她认认真真地说："希望您这次讲诚信。"

之前和唐熠对着干，都是"你你你"地喊他，这会儿满意了，换回"您"了。

唐熠扯了扯唇角，也是没脾气了，抬手看一眼腕表："总部那边这会儿刚好上班，你现在和我回公司，把这周的经营会议给开了。"

蒋凡晞大感意外，抬手指指他，又指指自己："现在？就我们两个开会？"

唐熠站起身："我让周恒联系其他高层在家连线会议。"

蒋凡晞下楼时，曾嘉等人还在后门等她。见她和唐熠一起下来，曾嘉护犊子似的上前将她拉到身后："走，送你回家！"

蒋凡晞甩开他的手："你们先回去吧，我还有事。"

曾嘉满脸敌意地盯着唐熠，口气很冲地问："啥事啊？这么晚了不回家？"

"我得回公司开个会。"

司辰说："那我们陪你过去。"

唐熠见状，说了一声"我先去公司"，很快离开了现场。蒋凡晞则上了曾嘉的车，在好友们的陪伴下来到工业区。

二十四小时不停工的无人车间灯火通明，蒋凡晞习惯性地进去转了一圈才回办公楼。

整个楼层安安静静的，只有电梯间和走廊的节能灯亮着。

蒋凡晞去洗手间把脸上的烟熏妆卸掉，把披在身后的长鬈发束成高高的马尾，再换上干净的T恤和灰色夹克。

她带上工作本，去了隔壁办公室。

隔壁没开大灯，光线昏暗，只有办公桌上一盏台灯亮着。唐熠站在会议桌旁调试视频会议的设备。

蒋凡晞在主位旁边的位置坐下，翻开笔记本。她一开始只是看着电脑屏幕，看了一会儿，觉得没什么好看的，目光便飘到唐熠身上。

他身上的西服外套脱了丢在沙发上，质地上乘的白衬衫裹着他精壮的臂膀和劲瘦的腰；再往下，两条长腿和紧实的臀部包裹在挺括的西裤里。他的腿很长，腰部线条又特别流畅，白衬衫下摆扎进裤腰里的样子特别性感。

蒋凡晞咽了咽口水，突然觉得有点渴，站起身："我去倒杯水。"

"不要再喝冰的。"

"哦。"

想到唐熠知道自己现在在生理期，蒋凡晞觉得特别尴尬。她倒好水回来，视频会议的信号已经接上。

唐熠坐在投影幕布对面的主位上，向连线那头的高层介绍："这位就是智能生产线的技术顾问蒋工，她这两天身体不舒服，请了病假，晚上身体稍有好转，赶紧联系了我过来公司开会，是一位很负责任、也很有才华的工程师。"

蒋凡晞心头微热。

明知她这两天是故意旷工，唐熠还在高层面前维护她，顺道把她夸了一通。如果不是理念不同，跟着他这样的领导应该也不坏。

蒋凡晞回神，面向镜头微微颔首："大家好，我是蒋凡晞。"

会议前两三个小时先是分析了KPI（关键绩效指标），几乎没有蒋凡晞发言的机会，她百无聊赖地听着，都快睡着了。

一直到凌晨三点多，唐熠才有机会提到建立智能工厂的事情，只不过刚开了个头，就被集团副董事长唐焌打断。

"我不认为这是一个明智的决定。"唐焌说，"众所周知，国内如今在互联网与机械制造这两大领域都没有优势，现在不是在国内全面推进智能化制造的时机。"

一众高管沉默不语，没有人为唐熠说半句话，一看就知道他们并不站在唐熠这边。

蒋凡晞看明白了，向孤立无援的唐熠递了个眼神。

她停下转笔的动作，看向屏幕，不卑不亢："国内在这两大领域没有最佳优势并不意味着分部不适合全面推动智能化，有一种方式叫资源整合。"

唐熠补充："新的工业转型可将生产力提高10到20个百分点，加上劳务人员的大规模缩减，一边产能提高，一边成本降低，这将带来十分可观的利润。"

唐焌问："投入呢？你有没有算过这笔投入需要多久才能回本？会不会影响到集团的资金链？"

唐熠起身，走到身后的白板前，单手抄兜，另一只手拿着白板笔在上头写写画画。

"以金城分部为例，预计投入三亿元，于2020年前完工。一年的产值预估在八亿元左右。未来二十年再在珠三角、长三角、东南亚等地区复制数十个符合工业4.0标准的智能工厂。利润可实现几十倍增长。"

他在最后那个惊人的数字上重点打了几个圈："周恒一周前已经把《十年预算案》发到各位邮箱，相信各位但凡看过，都应该知道循序渐进的推进方式并不会对集团流动资金造成影响。"

高层们同一时间移动起鼠标，都检查邮箱去了，可见那份预算案并未得到重视。

蒋凡晞乘胜追击："我回国前，曾受邀前往G国安北格智能工厂访问过，回国后也了解过国内的环境及公司的情况，我认为金城分部完全有条件进行全面智能化。"

她这几句话说得相当有技巧。

安北格可是世界顶级工业巨头。能得安北格G国工厂的邀请前往访问的，要么是行业佼佼者，要么是安北格想邀请加入的人。

无论哪一点，都足以证明蒋凡晞的能力，以及在圈内不容小觑的地位。

会议进行到尾声，气氛越来越安静。一众高层平均年龄超过四十岁，熬夜连线会议，眼下都哈欠连天，甚至有些已经半合着眼睛摇晃起脑袋。

唐焌趁势叫停会议。

蒋凡晞用眼神问唐熠：还要不要往下说？

唐熠摇头。

熬了一宿，蒋凡晞也累了，脑子木木的，肚子也有点疼，就没再发言。

会议结束，她长长呼出一口气，站起身，揉了揉因为连坐几小时办公椅而发酸的后腰。

唐熠收拾着桌上的东西，说："去沙发那儿休息一下吧，一会儿我们再商量个事情。"

蒋凡晞赶紧走过去，一屁股坐到卡其色真皮沙发上，后腰被松软柔韧的腰靠撑着，舒服得唔叹一声，眯着眼睛看唐熠："要商量什么？"

唐熠收拾着桌上的各种线："你真的去安北格访问过？"

蒋凡晞"喊"了一声，反问："很奇怪吗？您大概不知道我是什么来头。"

唐熠失笑："哦？蒋姐到底什么来头？"

蒋凡晞来劲了，坐正身子，清了清嗓子，正想跟唐熠描述一下自己光辉的过去，但转念一想，又觉得他本来就不想让自己走，再说这些，他不是更不乐意让自己走了吗？

"安北格当时知道我和APEX的合同期要满了，向我抛了橄榄枝呢。"

一件别人能炫耀一辈子的事情被她如此轻巧地说出口，唐熠没忍住，笑出了声。

蒋凡晞正想问他是不是不信，不然笑什么，忽然一阵剧烈的腹痛传来。

她连连深呼吸，双手压上腹部，下意识弓着身子。

唐熠赶紧走到她身旁坐下："肚子痛吗？"

"可能是……坐太久……"

唐熠去扶她："那你要不要起来走动一下？我扶着你？"

蒋凡晞被气笑："您不是妇女之友吗？不知道这种时候应该好好休息吗？"

"抱歉。"唐熠将她身后的腰靠摆好，扶她躺下，"你先休息一下，我下去买点东西。"

唐熠在工业区的一个小超市里找到红糖和红枣。

他今晚喝了酒，没开车，走路出来的。

超市老板娘把东西往塑料袋里装，笑眯眯地问："老婆痛经啊？要不要带点卫生巾？"

唐熠尴尬地接过塑料袋，扭头看向一排排货架："在哪里？"

老板娘热情地把他带到最里面一排货架："喏，都在这边，帅哥你慢慢挑吧。"

看着那五花八门、各种品牌都有的小包包，唐熠有点蒙，直接拿了三包最贵的走。

蒋凡晞浑浑噩噩醒来时，天已大亮。

唐熠坐在办公桌后看文件，听见声响，看过来，轻轻地笑了下："你醒了？"

蒋凡晞恍惚地坐起身，抓了抓头发："你一宿没睡啊？"刚睡醒的声音沙沙的、懒懒的，有别样的萌感。

唐熠低低"嗯"了一声，说："保温杯里有红糖水，你喝一点，准备一下，我送你回家。"

蒋凡晞看向茶几，有一个银色的保温杯，还有她昨晚喝水的杯子，以及一个红色塑料袋。

她以为是早餐，好奇唐熠买了什么好吃的，倾身向前去取，忽然一件衣服从腿上滑落到地上。她低头一看，是唐熠的西服，赶紧捡起来拍了拍，小心翼翼放到一旁。

她打开塑料袋，里头没见任何食物，倒是放着三包卫生巾。

蒋凡晞脑子一炸，突然想起昨晚开会前换了一片，到现在过去八个多小时了。

难道已经……

她袋子一拎，赶紧去了洗手间。

蒋凡晞从洗手间出来，唐熠刚关好办公室门，见她走过来，温和地笑了下："走吧，我送你回家。"

蒋凡晞别扭道："您先去启动车子吧，我拿点东西就下去。"

唐熠说了声"好"，转身进了电梯间。

蒋凡晞赶紧钻进自己的办公室，从包里拿出一条干净的牛仔裤换上，然后又把唐熠买的卫生巾塞进包里。

楼下，车子启动了，唐熠却没在车上，而是站在保安亭外头跟保安说着什么。

蒋凡晞站在车边等了他一会儿。

"不好意思，让你久等了，上车。"唐熠拉开副驾车门。

蒋凡晞不习惯坐副驾，于是坐进了后排。唐熠笑笑，没说什么，将放在副驾的保温杯递给她："喝点。"

蒋凡晞接过，打开杯盖，轻啜几口。

红糖和红枣一起泡的，很甜，味道有点怪，她不太喜欢，喝了两口又给盖上了。

车子驶入工业区的林荫小道。

蒋凡晞半合眼休息。

"听你口音，不是金城人？"

蒋凡晞口气淡淡："我是北城人。"

"北城哪里？"

"张家市。"

唐熠眼睛弯了弯："离开公司后，打算在金城发展，还是回老家？"

"还在金城。"

几句话的工夫，就到了蒋凡晞租住的小区。唐熠把蒋凡晞送到门禁外，临走前交代："这两天好好休息，礼拜一如果还是不舒服，打电话跟我请个假就行。"

如此和颜悦色，蒋凡晞差点就心软了，进门前，提醒他："您别忘了找人接替我啊。"

唐熠点点头："好。进去吧。"

之后两天，猎头告诉蒋凡晞，周恒已经联系他们找人接替她。辞职的事情有着落，蒋凡晞心情畅快不少，礼拜一照常去上班。

见智能生产线运转顺利，唐熠给蒋凡晞安排了新工作——关于金城分部全面转型智能工厂的设计。

蒋凡晞认为这件事交给下一任顾问做更合适，要不到时她人没在盛华，就算方案做出来也没用。唐熠却说只是看看效果，让她先出一个设计图给他瞧瞧。她为此忙活起来，招呼了林珂和苏磊带着相机和红外尺去了车间。

盛华金城分部占地三百多亩，光是厂房就有二三十幢。蒋凡晞在这里上班两个多月，一直是无人车间和综合楼两点一线，这是第一次见到其他生产线。

工人们不认识她，见他们拿着建筑平面图，用红外尺测量角角落落，还以为公司最近要修缮厂房。

蒋凡晞与苏磊、林珂在包装线测量，几位包装工边在产品外箱上裹捆扎膜，边眉飞色舞地聊着公司的八卦。

蒋凡晞对这些没兴趣，带着苏磊去另一边测量。林珂跟包装工聊了几分钟，跑过来兴奋地问苏磊："好劲爆啊！小苏你要不要'吃瓜'？"

苏磊憨笑："发生什么事情了？"

"听说唐总上礼拜五晚上带女生来公司通宵，然后礼拜一早上，阿姨去他办公室打扫，发现沙发上有血呢……"

苏磊尴尬地回道："也许是不小心受伤了。"说完，红着脸拿红外尺去旁边测量墙距。

将他们的对话全收进耳中的蒋凡晞脑子一炸。

礼拜五晚上在唐熠办公室通宵开会的人不就是她本人吗？

为什么沙发上会有血？

难道是那天晚上睡着后漏到沙发了？

蒋凡晞都傻眼了，脸颊和脖子滚烫，四肢僵硬，拿着平面图的手不自觉地捏紧了几分。

"听说管理部的人要去看监控，因为大家都想知道唐总那晚上到底带谁来过夜了……唐总都有未婚妻了，怎么还做这种事情呀？而且还是在办公室……"林珂露出一个呕吐的表情，"真是恶趣味！"

在听到她说管理部的人要去看监控时，蒋凡晞的脸顿时变得惨白，把平面图塞到林珂手里，交代几句，急忙往办公室赶。

电梯门开，竟是唐熠和周恒。

蒋凡晞吓一跳，神色慌张地后退了一步。

唐熠走出电梯："你要上去？"

蒋凡晞咽了咽口水，先是点头，然后又摇头："我有事和您说。"

唐熠支开周恒，和蒋凡晞一起进了电梯。

密闭空间里，清冽的木质香味冲进蒋凡晞鼻腔，她越发紧张地在心中排演着一会儿该如何开口——

沙发上真有血吗？

大家好像误会我们了。

那沙发多少钱？我赔你。换个新的？

"这两天没见你在办公室，忙什么去了？"

"啊？什么？"蒋凡晞回神，素白着小脸看向唐熠。

唐熠重复："我说你这两天在忙什么？"

"哦。下车间测绘去了。"

唐熠满意地点点头："我很期待你的设计图。"

"那个唐总……"

电梯门恰好在此时打开，她话凝在舌尖，跟着唐熠走出电梯。

一进唐熠办公室，她下意识就往自己那晚躺过的位置瞧，倒是没见什么血迹了，可能是阿姨已经处理干净了。

可还有更恐怖的事情——管理部的人要去查监控！

蒋凡晞顾不上尴尬，转身把办公室门关上。

唐熠走到沙发区坐下，开始烫洗茶具，颇有要深聊的意思。

蒋凡晞忙说道："唐总，不用泡茶，我说几句话就走。"

唐熠抬眸看她一眼，脸上有笑意："过来坐。"

她忐忑入座，看一眼身后，确定沙发没血渍。

"那个……"她羞于启齿，"礼拜五晚上，我是不是把您的沙发弄脏了？"

唐熠神色如常："应该没有，我没注意，怎么？"

蒋凡晞摸了摸鼻子，脸往旁边侧了侧，尴尬到不敢直视他。

可想到再不说，管理部的人就要看到监控了，她鼓起勇气说道："保洁礼拜一打扫的时候发现沙发有污渍，听说向管理部报告了，管理部的人要去看监控，看您那晚上带谁进来……"

唐熠往茶壶里冲滚烫的水，茶烟袅袅，龙井茶的清香很治愈。

"我跟警卫室打过招呼了，放心吧，没有人看得到那晚上的监控。"

蒋凡晞想起周六早上唐熠送她回家前，在保安亭外跟保安聊了好一会儿，她当时还纳闷他跟保安怎么那么有话说。

看来是早就发现她把沙发弄脏，猜到可能会引起绯闻，所以那天早上才特地去交代监控不能外泄。可如此一来，管理部便会因为查不到那晚上待在唐熠办公室的人是谁，从而笃定他那晚上确实是带女人来了。他此举是在保护她不受流言蜚语的侵扰，可同时，所有不利的传言都将转嫁到他身上。

蒋凡晞有点烦躁。

她虽然跟唐熠不对付，但也不希望唐熠因为她受牵连，毕竟唐熠是有未婚妻的人，万一这绯闻传到A国，那岂不是会害他与未婚妻发生矛盾？

这件事说到底是她的错，她不应该把沙发弄脏，如果那天早上她多长一个心眼，及时把沙发上的污渍处理了，也不至于有这麻烦事。

"蒋工，喝茶。"唐熠将茶杯夹到她跟前。

蒋凡晞心事重重地拿起茶杯轻抿一口，目光透过茶烟打量他。他神色如常，轻松自然，甚至唇角还有淡淡笑意。心理素质是真强大！

"如果到时候需要我出面解释或证明，您可以跟我说。"

"不会发生那种事，别乱想，好好工作。"

"好。"

蒋凡晞把茶一口闷了，跟喝啤酒似的，豪爽的样子看得唐熠笑出了声。

她去车间找苏磊、林珂会合，出电梯的时候，碰见行政专员要进电梯，她做贼心虚地觉得人家看她的眼神好像怪怪的。这种状态接连折磨了蒋凡晞好些天。

唐熠带女人到办公室的八卦在公司传得满天飞，虽然没有人知道是她，但她还是浑身不自在。她每天都在期盼新技术顾问赶紧出现，每一个出现在唐熠办公室的访客她都以为是过来面试的新任技术顾问。

可一周过去了，愣是没有人来和她交接，她也曾试探着问过周恒几次，但周恒对此三缄其口。

第四章　资助人

蒋凡晞咽了咽口水，感觉嗓子眼要冒火。她忍不住去猜：是四块腹肌还是六块？有人鱼线吗？肚脐眼美吗？

十一月底，金城迎来初雪。

智能工厂的设计方案都快做完了，新任技术顾问却还未出现。

眼见今年都要过完了，再不走就得留在盛华过年，蒋凡晞每天都很着急，这股情绪终于在接到猎头的电话后彻底变成了焦虑。

"小蒋，有个不错的offer。外资企业BBDC需要一位技术顾问，他们对你很有兴趣，你要不要过去看一下？"

蒋凡晞拿着手机，懒洋洋地坐在办公椅上，斜眼看向隔壁办公室。

唐熠正给客户泡茶，眉开眼笑的，看上去心情不错。

蒋凡晞觉得刺眼，椅子一转，看向雪花飘落的窗外："盛华这边，接替我的人怎么还没找到呢？你给他们找了吗？"

猎头说："找了！哪能没找呢？但你们那个唐总看谁都不满意，找对象都没他这么挑，真不知道他要找啥样的……"

蒋凡晞越听越烦躁，看一眼隔壁空了的沙发区："我去催催他！"

她敲门进去时，唐熠刚讲完一通电话，挂了电话走过来，邀请她入座："你来得正好。T国分部的生产线出了点问题，你明天跟我去一趟。"

"什么？"蒋凡晞还以为自己听错了，"T国分部的情况我不了解啊。"

唐熠解释："T国分部那条也是智能生产线，订单量很大，每天都要出货，但是厂家得七个工作日才能安排人过去检修，所以我希望你这边能理解一下，跟我过去一趟。"

蒋凡晞认真拒绝他："我也不是什么智能生产线都懂的，万一我和您一块过去了却发挥不了作用，那不是浪费了一大笔差旅费？"

不等唐熠说话，她立马又说道："对了，猎头那边说您对前来应聘技术顾问的人有诸多不满意，要不然这样吧，下次您面试的时候，把我也叫上，我帮着一起看看？"

唐熠有点无奈："好。"

没再强迫她一起去T国。

从隔壁出来，蒋凡晞回办公室拿了餐卡，直接去员工餐厅。依旧是利用午餐时间刷微信朋友圈。她微信好友不多，但大半天没刷，也能刷上好一会儿。内容一部分是跟AI（人工智能）有关的行业文章，一部分是海外商品的代购图，从化妆品到日常用品什么都有。

蒋凡晞不看这些，加快速度往上刷。

突然，一个熟悉的头像和几张T国大皇宫照片一闪而过。

蒋凡晞赶紧将内容往回拉，定睛于那条朋友圈——

照片是井勤发的，不带位置，但下面有四条对她可见的评论，她点进去看。

TY：你在曼谷？

老井回复TY：前天到的。

TY回复老井：在曼谷停留几日？我明天下午到，出来喝一杯？

老井回复TY：OK！你到了给我打电话！

如果不是那个叫TY的人的头像是盛华的Logo，蒋凡晞绝对不会将他和唐熠联系到一起，更想不到唐熠竟然和井勤认识，看上去似乎还很熟！

她惊讶得难以自已，饭也顾不上吃了，一整盘食物哗啦啦倒进回收桶，餐盘一放，直接往办公楼跑。

一进电梯间，就遇到刚出电梯的唐熠和周恒，她什么都来不及想，上前挡住唐熠，劈头就问："唐总您认识井勤？"

唐熠一脸莫名："什么意思？"

"如果我跟您一起去T国，您跟井勤见面的时候，能把我也捎带上吗？"

唐熠没表态，下巴指指大堂的沙发区："去那边坐。"

蒋凡晞赶紧跟上。

入座后，唐熠先问："你找井勤有什么事？"

蒋凡晞急忙回道："我有事问他，但他之前一直不跟我见面。"

唐熠疑惑地瞧她半晌，压低声音："井勤已经结婚了，你……"

见他误会自己了，蒋凡晞无语，但又因为有求于他，便不得不耐着性子解释："不是您想的那样！真不是！我只是想找井勤打听一个人！"

唐熠挑眉打量她，那眼神中分明还有怀疑。

蒋凡晞咬牙，正想着实在不行就和盘托出，毕竟失去这个机会，再见井勤就难了。

为了找到资助人，她无所谓让唐熠知道自己当年是受资助才去的G国留学。

"让我帮你引荐也行，"唐熠笑道，"但你要跟我去T国分部看看那些生产线到底出了什么问题。"

蒋凡晞问："看出问题后呢？"

唐熠笑着反问："你说呢？"

蒋凡晞眯了眯眼睛："您这是趁火打劫啊。"

唐熠站起身："那你不同意就算了。"说完，朝大门走去。

蒋凡晞烦躁地抓了抓头发，追上去，好声好气道："好啦好啦，修就修嘛。但如果我修不好，你不能怪我啊。"

唐熠唇角扬起："我是那么霸道的人吗？"

蒋凡晞心想：你怕是对自己有什么误会。

她亦步亦趋，唐熠忽然停住脚步，她吓一跳，整个人站直了。

差点又撞到他身上。

想起上次白衬衫上的口红印，蒋凡晞的脸登时一热，略微不自在地侧了侧脸，不敢看唐熠。

一只白皙修长、骨节分明的手忽然举到她身前，她犹豫几秒，握上。

男人掌心干燥温暖，简短有力地握了她一下，很快松开。

"合作愉快！"唐熠微笑，"如果你愿意留在盛华帮我，我让井勤每个月回来陪你吃饭。"

蒋凡晞没吭声。虽然这个条件很诱人，但也没那必要。

见井勤重要，找到资助人重要，但个人前程也马虎不得。

翌日。

"韩先生花那么多钱资助你们，唯一的希望便是你们将来能够学成回国，为国家的工业发展出一分力。当然，你们若是觉得G国好，好好待在G国也行，把自己的日子过好，韩先生也会觉得很开心……"

忽然一阵剧烈的颠簸，蒋凡晞惊醒过来，嘴里还喊了一声"韩先生"。

意识到自己又梦见资助人，她整个人无力透了，缓了好一会儿才坐直身体。

"是气流，没关系。"男人淡淡开口。

蒋凡晞拉开眼罩，侧过脸一看。

唐熠正在翻阅文件。

商务舱里很安静，偶尔有空姐在过道里走动的细微声响，以及敲击笔记本键盘的嗒嗒声。

蒋凡晞把眼罩拿掉，轻声问道："您不休息一下吗？"

"不习惯白天休息。"手中的文件翻过一页，唐熠抬眸看她一眼，"你还睡？"

"不了。"

蒋凡晞跟空姐要了一杯咖啡，习惯性捧在手心取暖，闭着眼睛，用鼻尖去蹭飘起来的咖啡热气缓缓心神。

她刚才做梦了。

梦听到十一年前，去G国的那个早晨，井勤在机场告诉他们的那一番话。

寥寥几语她记了十一年，也想了十一年。她很清楚自己回国后并没有做资助人希望的事情——为国出力。

她想对资助人忏悔，也想……

"唐总，"她忽然转身，认认真真看着唐熠，"一会儿下了飞机，您能帮我约井总晚上吃饭吗？"

唐熠一时没答，笔在文件上打着圈圈点点做标注，文件又翻过一页，才没什么情绪地说："我不确定井勤晚上有没有其他约会。"

蒋凡晞点头，表示自己理解："如果他今晚不行，那改天也行。"

唐熠没说话了，继续看文件。

他看文件时好像一直都很认真专注，每次都见他拿着笔做标注，蒋凡晞之前发现自己发给他审批的改制计划，他不仅全看了，甚至还理解了部分。

这么好学、认真的人，为什么会同意买那三条山寨生产线呢？

蒋凡晞没想明白，横竖也无聊，见唐熠开始收文件，便侧着身子，手肘撑在扶手上，靠近他，小声说："能问您一个问题吗？"

"请说。"

"当初买那三条智能生产线，您知道那是山寨的吗？"

唐熠收拾文件的手顿了下，几秒后，无奈道："不知道，也根本想不到竟然还能买到仿制设备，所以你第一次和我汇报的时候我其实很震惊。"

蒋凡晞笑着坐直身子："那您为什么不查下去？"

唐熠笑，不答反问："你怎么知道我没有查？"

"因为没见你处理涉事人员。"

"一来，高层手中掌握不少公司机密；二来，要动一个高层，需要做长远的部署，以确保公司的运营不受人事变动的影响。"

"说的也是。"

蒋凡晞其实还有建议要给唐熠，但一想到俩人到底也没那么熟，就算了，唐熠也不一定能听进去她说的。她把眼罩一拉，头一歪，闭眼休息。

唐熠在她紧紧环着的双臂上打量许久，原本不想打扰她休息，但见她脸颊一鼓一鼓的，明显是舌头还在里头动着。

她还没睡。

他问："你睡觉时，习惯紧抱双臂？"

眼罩下方，女孩精致的唇角勾了勾，调侃道："睡着后的事情谁能知道呢。"

唐熠敛眸，没再多言。

下午三点半，飞机降落曼谷。

一上车，蒋凡晞就催唐熠赶紧约井勤。

唐熠原本正和周恒商量事情，被她磨得没办法，只好给井勤打电话。

蒋凡晞屏息听着，双手交握置于胸前，满眼期待。

"我刚下飞机，晚上一起吃饭？"唐熠和电话那头的井勤说着，视线则落在一脸殷切的蒋凡晞身上，"行，你把位置发给我。"

电话挂上，蒋凡晞忙问："井总晚上有时间吗？"

"有，约了他七点。"

蒋凡晞没想到还真能成，霎时瞪大了眼睛，脑袋直捣："嗯嗯！谢谢啊！"

唐熠冷笑着睨她一眼："让你别辞职，没你坏处，还不信，这下看到实在的好处了？"

蒋凡晞笑着反驳："互利共赢好吗？"

到酒店办好入住，还不到下午五点，蒋凡晞赶紧去洗了个澡。

她先是换上长裙，又怕不庄重，索性穿一件白色的复古五分灯笼袖衬衫和高腰黑色阔腿裤。

她今晚和井勤见面，除了要问资助人韩先生的下落，还要在井勤那儿建立新形象，所以对着装格外上心。

蒋凡晞以为唐熠也会一起去见井勤，毕竟是以他的名义约的人，结果他却只派了周恒送蒋凡晞去赴约。于是赴约路上，蒋凡晞一直在担心井勤会不会因为唐熠没出席而见到她又掉头走，毕竟这事也不是没发生过。

周恒见她愁眉不展，问："蒋工您还好？"

蒋凡晞习惯性绞着手指，绞得指关节泛白，心有余悸："其实井先生一直在回避我，我是有他联系方式的，就是约不到他，我怕他一会儿见只有我一个人又……"

周恒听明白了，笑道："不会的。井先生和唐总是很好的朋友，唐总让他晚上务必好好招待您，他自然不会再回避。"

"希望吧。"蒋凡晞心里仍是没底。

车子在文华东方酒店外头停下，蒋凡晞跟着周恒，去到酒店内临河的泰式餐厅。

远远的，就见穿一件白色亚麻衬衫、卡其色休闲短裤的井勤站在河栏边打电话。

周恒安抚她几句便离开了现场。

她鼓起勇气朝井勤走过去，后者刚好转身，见是她，脸上闪过意外之色，匆匆结束电话，迎了上来："小蒋，这么巧？你也在T国？"

"井总，"蒋凡晞清了清嗓子，鼓起勇气，"其实是我让唐总帮我约的您。"

明白过来是怎么回事，井勤面上闪过反感，拉着脸入座。

蒋凡晞跟过去，没敢坐，站在一旁，小心翼翼，像挨训的学生："对不起啊井总，我实在是没办法。"

井勤不耐烦地看她一眼，始终皱眉："坐吧。既然是唐总的朋友，那我怎么样也会好好跟你吃完这顿饭。"

蒋凡晞心情松了松，拉开椅子，正襟危坐。

在井勤面前，她好像永远都是十一年前那个胆小害羞的学生，而井勤是高高在上的资助人代表。

对井勤尚且如此，蒋凡晞难以想象将来若真跟资助人见上面，自己要卑微到何种程度。

"你和唐总是怎么认识的？"井勤往她茶杯里斟了一杯花茶，闲聊般问起，"我怎么不知道他还有你这样一个朋友？"

怕他会当场拂袖而去，蒋凡晞没敢坦白自己只是唐熠的员工而非朋友，毕竟他愿意和她吃这顿饭，大前提是她是唐熠的"朋友"。

可蒋凡晞又不想说谎，便换了个说法："我回国后，在盛华金城分部上班。"

这句话若不细想，他便会默认她是因为工作与唐熠成了朋友。

井勤抬了抬眉，挺意外："那你上次在那个酒吧上班是怎么回事？"

"我周末有时候会兼职打爵士鼓。"回想起他上次的批评，蒋凡晞还心有余悸，又补充，"但后来很少了，因为在盛华的项目也挺忙的，经常加班。"

井勤喝一口茶，点点头："在盛华做什么岗位？"

"技术顾问。"

井勤脸上终于露出一丝笑意："也算是一份正当工作，比在酒吧混日子强。既然这样，我就放心了。"

蒋凡晞想看他会不会主动提到资助人，见他好像没这个意思，便主动开口，小心询问："韩叔叔他还好吗？"

井勤蒙了一下，像是不知道她在说什么，反应了几秒，才似笑非笑道："他啊，好得很！你不用操心他，自己把日子过好就行了。"

这不是蒋凡晞大费周章跑来T国想要的答案。她没办法了，大着胆子追问："您能给我他的联系方式吗？我有东西要给他。"

井勤放下茶杯，目光透着狐疑："什么东西？你交给我吧，我帮你转交。"

想到井勤在G国定居多年，能帮自己转交物品给资助人，蒋凡晞试探着问道："韩叔叔……他人现在在G国？"

井勤不说话了，只顾喝茶，回避这个问题。

蒋凡晞已然"穷途末路"，只能哀求："您就告诉我吧！拜托了！我真的是有东西要给他，也有话跟他说。其实这些年，我一直很迷茫，需要他的指导……"说到这里，她已然变了声调。

井勤见她这样，又生气又无奈："不是我不告诉你，而是他千交代万交代一定不能让你们这帮孩子知道他在哪里！他很忙的，给不了你什么指导！"

蒋凡晞垂下微红的眼睛，抿唇不语。

井勤也挺烦躁，晚上原本是想跟唐熠叙旧的，见不到老朋友就算了，还被迫与隔三岔五就要问一次资助人消息的蒋凡晞吃饭。总被追问不想回答的事，井勤早烦透了，说："我今晚一次性跟你说清楚吧！咱们说点实在的！"

蒋凡晞仿佛见到希望。

"你知道你们这帮孩子每年在G国要花多少钱吗？他能出得起这么多钱，不求回报地资助你们这些孩子，是什么人物，不需要我提醒你吧？"

蒋凡晞怔怔地点着头。

井勤在她脸上、身上扫了几下，忽然意味不明地嗤笑一声。那一声很轻，但蒋凡晞还是听出了轻蔑、嘲讽的味道。

"你也不看看你自己现在是什么身份，就一企业技术顾问，也想见到他？对，你是想见他没错，我也看出你锲而不舍的精神，十年如一日追着我问他的下落。但你有没有想过他想不想见你？"

井勤阴阳怪气地说完，让侍应过来点菜。

蒋凡晞放在桌下的十指早已绞得毫无血色。她听明白了，全都明白了……以她如今的窘境，就算知道资助人的下落，资助人也不一定愿意见她，原因……或许是她现在还没法帮上他什么忙。眼泪在眼眶里打转，蒋凡晞不断抬着眼睛，想阻止眼泪流下来，但泪水还是从眼角滑落，砸在桌上。

井勤见她这样，忙把桌上的纸巾盒推过去："你别哭啊。不知道的还以为我欺负你。"

蒋凡晞的眼泪还是止不住。

井勤心软了："你别哭了，我透露一点他的消息给你，但你不能跟别的孩子说。"

蒋凡晞惊喜不已，抬手拭去脸颊上的泪，满眼期待地望着井勤。

"你们的资助人啊，据我所知，他最近在国内。"

蒋凡晞又惊又喜，急忙问道："在国内哪个城市？"

井勤摇头："那我不清楚。"

"你可以帮我问问他吗？或者……"蒋凡晞越说越着急，"或者你给我他的联系方式？我自己问他！"

见她得寸进尺，井勤又恼了，板着脸说："你这孩子怎么越来越不客气了？"说完，不再理她，打开手机给别人发语音。

她眼巴巴地奢望着，可直到一顿饭结束，井勤都没再跟她透露半点关于资助人的消息，甚至临走前还警告她，如果再麻烦唐熠做中间人，就把她拉黑。

蒋凡晞垂头丧气地上了车。

坐在副驾的周恒看过来，关心道："蒋工您没事吧？"

蒋凡晞摇摇头，有气无力地回复："没有。"

周恒识趣地没再往下问。

车子驶离文华酒店，往工业区走。

蒋凡晞开了车窗吹风，脸颊皮肤因为淌过眼泪而紧绷。她一直在想井勤的那句话——你们的资助人啊，据我所知，他最近在国内。这是十几年来，她获得的关于资助人的最好的消息了。可国内有十几亿人口，多少男人姓韩，她到哪里去找呢……

蒋凡晞望着车窗外不断往后闪去的T国街道，满心的无助和彷徨。

"周助……"她移眸看向副驾，"我想找一个人，但我只知道他目前在国内，姓韩，你说有办法吗？"

周恒回头，问："还有其他信息吗？比如年龄，身上、脸上有什么特征，或者从事什么工作。"

蒋凡晞回想几秒："什么工作不确定，但应该是个生意人，且做了不少慈善，因为他……他资助了不少孩子出国留学。"

"韩姓慈善人士，我想我可以帮您查一下。"

蒋凡晞生出希望："谢谢你周助！有消息第一时间告诉我！"

车走到半路，周恒和司机说先送蒋凡晞回酒店，再折回工厂接唐熠，蒋凡晞听到了，便建议一起去接唐熠。

周恒笑说："蒋工您最近和唐总关系好像好一点了？"

"啊？"

寻找资助人的事情有着落了，蒋凡晞心情好起来，开玩笑说："难道我们以前看上去关系很差吗？"

周恒笑而不语，想起唐熠前阵子交代自己的任务——试探蒋凡晞要的是什么，投其所好，留下她。

"我一直觉得唐总为人很不错，不管是作为领导还是朋友。相信经过这些时间的相处，你和我有一样的看法。"

蒋凡晞倒没否认，点头摸着脸颊，理性思考片刻。

"其实我这个人不太会跟老板相处，之前在G国，周围全是设计师、工程师，每天就只管做项目，完全不用去考虑怎么应对领导，所以一开始我和唐总磁场不对，也有自己的问题。"

抓到重点，周恒趁势试探："如果唐总可以给您一个只做项目的纯粹环境，无须再烦恼人事问题，您愿意留下来吗？"

蒋凡晞回过味来，笑着拍了副驾椅背一下："周助你这是帮唐总当说客呢？"

周恒笑笑没说什么，车子正好在此时停下，他看了眼窗外："我上去接唐总，蒋工您稍等。"

"去吧，慢点。"

车门关上，蒋凡晞脸上强装的笑意瞬间收得干干净净，长叹一口气。

昏暗的车内环境，手机屏幕发出白光，画面停留在微信对话框上。

大片绿色的消息页面里，最后两条是——

井总，麻烦您帮我转达韩叔叔，如果他需要我帮他做事，请随时联系我。

我以后不会再向您追问韩叔叔的事情了，今晚的事情还请您不要生气。

信息发出好一会儿了，井勤没回。

其实蒋凡晞心里也清楚，井勤大概率是不会回复的。

她失神地望着自说自话的对话框，心情怅然。

井勤晚上说的话，她全都听明白了。

资助人应该是个十分富有的人，甚至拥有一定的社会地位，所以以她现在的身份，对资助人的下落穷追不舍，人们大概都会觉得她目的不纯。

井勤必然是这么想的。他一直以来的态度，还有今晚说的话，都很明显了。

只是蒋凡晞不确定这是井勤本人的臆测，还是资助人也如此考虑。

可不管怎么样，她想见资助人，就必须让自己成为一个人物，至少也要在行业内发光。

也许那时，才有跟资助人见一面的资格吧……

可以她现在所做的工作、所处的环境，怎么成为圈内新贵？

她也想过创业，但每每都因为经济情况不允许而作罢。可井勤今晚的一番话，令她生出了无论怎么样都要开始准备创业的决心。

"晚饭吃得怎么样？"车门被用力拉上，带来一声闷响。唐熠拉上安全带，看她一眼，"怎么看上去不太开心？"

蒋凡晞回过神，说了声"没事"，继续想自己的事情。

唐熠将白衬衫的袖子卷到手肘处，抬起手臂闻了一下，立马嫌恶地甩了甩："跟他们开了一晚上会，也抽了一晚上二手烟。周恒，明天让张总立个规矩，开会的时候不许抽烟！"

周恒笑说："听说技术人员烟抽得凶，是因为用脑太狠，需要提神。"

"我看未必，"唐熠看向蒋凡晞，"蒋工你抽烟吗？"

蒋凡晞尴尬清嗓："偶尔。"

唐熠："……"

周恒无声地笑了笑。

唐熠收起惊讶，转而问："晚上和井勤吃饭还顺利？"

"嗯……"蒋凡晞顿了下，"还行吧。"

唐熠弯唇："不是要找人吗？打听到了？"

蒋凡晞笑得很勉强："有点线索了。"

唐熠点点头："那就好。"

在T国的第一晚，蒋凡晞一夜未睡，但第二天还是按点出门，和唐熠、周恒一起用过早餐，从酒店出发去工厂。工厂位于曼谷东北部的民武里，距离曼谷市中心不到四十公里。

车到工厂大门口，几位华人男士迎了出来，一口一个"唐总唐总"地喊着。

蒋凡晞抬头观察厂房。两层，不算高，但占地面积广阔。灰白色外墙、黑色钢化玻璃的二层厂房，掩映在一片绿意中，是个环境很好的厂区。

"蒋工？"唐熠回头招呼她，"走吧。"

蒋凡晞赶紧跟上去。

一行人进了厂房。

唐熠向几位高层介绍蒋凡晞。

工厂总经理张总汇报情况："前天深夜一点多生产出最后一批接地开关，白天再生产出来的就不行了，那孔全冲乱套了。"

蒋凡晞当即就问："找设备厂商过来看过了吗？"

"当天就报修了，厂家说七个工作日内安排工程师上门，可厂里每天都要出货装柜，哪儿等得了一礼拜啊？这不才跟唐总汇报这事嘛！"

"设备找哪个厂家买的？"

张总没回答上来具体名字："找湾岛那边买的。"

蒋凡晞说："先带我去看看设备。"

一行人行色匆匆往车间走。唐熠慢下脚步与蒋凡晞并行，低声问："湾岛产的设备你了解多少？"

蒋凡晞摇头："没接触过，但这种东西万变不离其宗。"

"拜托你了，蒋工。"

见唐熠突然这么客气，蒋凡晞有点不习惯，说："我不敢保证结果，但我会尽力。"

一行人进入无人车间，上了廊桥。

蒋凡晞从包里拿出护目镜戴上。

随即，唐熠就看到她全神贯注、目光锐利地看着面前一整条无人生产线。

晨光从钢化玻璃窗外折射进来，将她拢进那片光晕里。

唐熠看着她，失神几秒，才回神一起看向前方。

规模庞大、繁杂交错的全自动无人生产线就在脚下，可一动不动，处于停摆状态。

蒋凡晞不动声色地将整条生产线过了一遍，心中有数，对张总说："能给我看一下良品和次品吗？"

张总赶紧差人去拿。是两个外观相似，带有弹簧件，以及铜、瓷、金等成分的绝缘物件。

"这是核电接地开关，"张总在产品和脚下的生产线间比画着，"整个都是这条生产线自动生产出来的。"

蒋凡晞双手接过产品。

两个接地开关各有数个起紧固作用的大小不一的孔，细细观察，会发现两个产品的孔位稍有差别。

蒋凡晞转身将产品放到工作台上，从包里拿出卡尺，俯下身，挨个孔位测量。

次品的孔位确实都往旁边偏移了几毫米。对于制造业来说，差之微毫都是灾难。

蒋凡晞收起卡尺，转过身，俯瞰脚下静止不动的生产线："张总，启动一下设备吧，我看看设备本体有没有问题。"

"这……"张总看向唐熠，一脸为难，"让生产线空转不好吧？"

唐熠说："照蒋工的意思做。"

张总忙叫人去启动生产线。

蒋凡晞下了廊桥，准备进生产线，见唐熠那个门外汉步步跟着，开玩笑道："唐总您跟着进来是要看热闹？"

唐熠看一眼她身后的庞然大物："你一个人进去不安全。"

"再加您一个也不见得安全到哪里去。"蒋凡晞笑着把包塞进他怀里，"好了，外面等着，里面可不是能玩的地方。"

唐熠无声笑了下，单肩背上她的包，温声交代："注意安全。如果需要进设备检查，让张总把电源断了再进去。"说完，下巴点了点闸口方向："进去吧，我在这里等你。"

蒋凡晞比了个OK的手势，在现场人员的协助下，进入距离生产线最近的安全区域。

此时，整条生产线都已启动，各种设备发出的机械声、金属声不绝于耳。

蒋凡晞揉了揉耳朵，沿着设备外围走了一圈。她走得极慢，眼睛盯着运转中的设备，耳朵感受着设备发出来的声音。

她走了一圈又一圈，任设备空转着。

张总从廊桥跑下来，急切地说道："唐总，您看设备是不是停一下比较好？就这么空转着，要浪费多少电……"

唐熠视线不离蒋凡晞："没关系。"

张总脸色不好看，踟蹰着没走。他每个月都要向集团总部汇报KPI，如看到电费比同期高，总部那边会骂人的。可见唐熠这不容置喙的态度，他也不好再坚持，站着看了一会儿，摇头叹气地回了廊桥。

人刚走，蒋凡晞就出来了。

唐熠迎上去："如何？"

蒋凡晞接过他肩上的运动包，背回自己身上："机械本体的压料电磁阀声音不太对劲，其他没什么大问题。"

唐熠颇感意外："你这是听出来的？"

蒋凡晞微微一笑："听，比较快，如果要进生产线检查，没个三五天做不完。"

张总等人也小跑过来："怎样了？生产线有什么问题？"

蒋凡晞说："带我看一下PLC。"

张总："啥？"

蒋凡晞补充："控制系统。"

张总扯开嗓子喊了一名男青年过来，对方带蒋凡晞去了廊桥旁一处有几台电脑显示器的地方。

众人跟过去。

蒋凡晞从包里拿出一副白色的乳胶手套戴上，然后开始操控屏幕。只见她右手在屏幕上连续点了几下，左手快速在键盘上输入几串英文口令，屏幕的画面立刻就跳动起来，闪出各种各样的代码。

几十秒后，画面固定下来。

男青年看一眼蒋凡晞："A.B1？"

蒋凡晞口气严肃："最近是不是升级过工艺？"

男青年点点头。

蒋凡晞顿生烦躁："伺服单元的CPU无法处理升级后的指令，进而影响到压料电磁阀，所以孔位才会全部偏移！"

意识到自己办事不力，男青年白了脸："那……那现在……怎么办？"

"更换伺服CPU，重做编程逻辑。"蒋凡晞脱下手套，"之前的编程是谁改的？"

男青年嗫嚅道："老石做的，不过他今天请假了。"

蒋凡晞看向唐熠与张总："是要把老石喊回来今天就解决，还是明天？"

说完，她又想到临时也不一定买得到伺服CPU，便说："不然先联系一下厂商，看看本地有没有配件再说吧？"

唐熠看向张总："去安排吧。"

蒋凡晞一下午都在车间忙活，唐熠则在办公室跟高管们开会。

张总执意要为他们接风，唐熠和周恒都没反对。蒋凡晞不想参加，推托说自己晚上要写编程，得先回酒店。

张总便建议道："那让蒋工坐商务车回酒店吧？唐总和周助坐我的车，结束了我再送他们回酒店。"

"行啊！那我就先走了。"蒋凡晞转身就要上车。

张总邀请周恒和唐熠："那二位随我这边走。"

周恒没动，看一眼老板。

果不其然，唐熠发话了："周恒你先跟张总一起过去，我送蒋工回酒店，再过去跟你们会合。"

蒋凡晞人已经上了商务车："不用了啊。我又不是小孩子，送什么送，你们去吃饭吧！"说完，她拉上了车门。

唐熠阔步走向另一侧，拉开门上了车。

见他跟上来，蒋凡晞笑问："您有话跟我说？"

"我只是想请教你什么是A.B1。"

蒋凡晞系好安全带，闭上眼睛，头往后仰去，双手在太阳穴上轻轻按着："这是对控制器给出故障检查命令后，系统按照故障分类给出的提示代码。"

一整天都是高强度的脑力工作，她累得慌，声音比平时低一些："而A.B1对应的意思就是伺服单元CPU不能检测指令输入。"

唐熠却没在这个话题上继续深入，转而问："很累？"

"嗯，这工作真的是累脑又累身。"

她还保持仰头闭眼的姿态，完美的五官、侧颜线条叫人心动。

窗外，夕阳细碎的光芒从车窗玻璃钻进来，在她精致的鼻尖上凝成钻石般晶亮的光芒。

"您知道请一个智能生产线工程师上门做机械本体检修，再加上重做部分逻辑编程，得多少钱吗？"

唐熠回神，略微不自在地轻咳一声："多少？"

"一套完整的程序至少一百万元。"蒋凡晞勾唇笑道，"一个模块怎么的也要十万元。每一行都有自己的市场价格保护，你无论找哪个工程师，都是要这个价。"

唐熠忽然回过味来。

她当时给金城分部做智能生产线的改制，开价三百万元是有根据的，并不是狮子大开口。

他立刻拿出手机："十万元是吗？我让财务安排。"

蒋凡晞睁开眼睛，幽幽看过来，扯了扯唇角，嫌弃道："我现在不是在跟你要钱好吗？"

唐熠挑眉看她。

她双手撑着座椅坐正身子，面向唐熠："我只是想让你更形象具体地理解，日薪十万元的工作真的很累。所以我现在大脑很疲劳是真的。"

"既然这么累，晚上怎么不一起去吃饭？张总可能还安排了'马杀鸡'，去放松放松不是挺好？"

蒋凡晞说了声"没兴趣"，将发绳拿下来圈在手腕上，抓了抓微湿的长鬈发，拢到脖子一侧，打开车窗吹风。

"没想到T国这么热，"她将长袖衬衫的袖子卷至手肘处，"早知道就穿短袖了。"

浅蓝色的衬衫衬得她皮肤如雪一样白皙，露出来的那截脖子微微泛着粉红。

唐熠敛眸，清了清嗓子，笑说："以前没来过T国？"

"没有。我十五岁就去G国了……因为某些原因，这些年一直没离开过欧洲。"

"以你在APEX的收入，跨洲旅游应该不困难。"

"项目太多了，没时间。"蒋凡晞收起心中的苦涩，没再多言。

翌日，工厂联系到设备商，设备商加急从湾岛寄出新的伺服CPU，蒋凡晞也开始进行重写编程。

三天后，配件到达曼谷，编程同时也写好，蒋凡晞当天就把软、硬件的问题都解决了。

大家决定明天返金，解决了大麻烦的张总于是又安排感谢宴。一行人前往湄南河附近的餐厅吃饭。包间里，大圆桌坐得满满当当，来的都是T国分部的高层和骨干人员。

唐熠举着酒杯挨个敬酒，看上去很是平易近人。

蒋凡晞不动声色地观察他。

白衬衫最上头两颗扣子解开了，露出锁骨中心一片麦色的三角区域；袖子卷到肘部，露出来的那截皮肤紧实细腻；衬衫下摆扎进裤腰里，剪裁精良的西裤恰到好处地包裹着他完美的腰臀。

他的喉结依旧锋利，此时正随着咽下酒液的动作而上下滑动。

真是性感啊！

蒋凡晞咽了咽口水，感觉嗓子眼要冒火。她忍不住去猜：是四块腹肌还是六块？有人鱼线吗？肚脐眼美吗？

一顿饭吃得热火朝天，结束时，张总说还有节目。

蒋凡晞觉得应该是去游河看风景什么的，结果一到目的地，傻眼了。

这帮男人竟然来看人妖秀！看着秀场门口海报上人妖搔首弄姿的模样，蒋凡晞一阵不适。

张总热情招呼大家进去。里头一片奢华艳丽的富贵色，身材火辣的人妖穿着三点式服装在台上表演，气氛淫靡。

台下，有人妖在游客中穿行，与他们合影。

张总等人兴致勃勃看完人妖表演，也跟其他游客一样，跑去跟人妖合影。

"蒋工，过来啊！"张总朝蒋凡晞这边喊，"拍点照片回去！"

蒋凡晞："……"

她脑袋疼，目光搜索着唐熠的身影，打算跟他说自己先回酒店，结果看到很有意思的一幕——

高管们推搡着唐熠，把他推到一个绝美的人妖怀里。

张总拿着手机要替唐熠和人妖拍照，唐熠一脸尴尬。

唐熠摆摆手，尽力拉开与人妖的距离："不用不用，我不用！"说完去拦拍照的张总，脸色已是十分难看。

张总见他不乐意拍，干脆自己依偎到人妖怀里，并示意下属帮自己拍照。

蒋凡晞看得要吐了，立马转身，快步朝门口走去。她在秀场门口的摊点买了一只椰青，拿吸管吸里头的汁水。椰汁鲜甜，但仍无法浇灭她胃底的不适。

晚上就不该来！

好好待在酒店吹空调、看电视不好吗？非要来污染自己的眼睛……

蒋凡晞用力吸着椰汁，视线锁住秀场门口，想看看那些人什么时候出来。

只几秒，就见唐熠从里头出来。

俩人的目光穿过层层人群对上，唐熠尴尬地朝她笑了下，走过来："你一直在这里？"

蒋凡晞吐掉被自己咬得变形的吸管，讪讪地说道："我进去看了会儿。"说完，把椰子举到他面前："您来点降降火？"

听出她意有所指，唐熠不自在地轻咳一声，说："要不我们先回去？我请你喝一杯。"

蒋凡晞正巴不得，赶紧回道："赶快离开这个鬼地方。"

俩人打车回到酒店。

蒋凡晞回房间洗了个澡，去河边的露天酒吧找唐熠会合。

刚进门，就见换了一件白T恤和浅蓝牛仔裤的唐熠，一身清新地坐在面河的藤椅上，桌上放着一杯加了冰块的洋酒。

蒋凡晞走过去，在他对面坐下："等很久了？"

唐熠侧过脸对她笑了下，坐正身体："刚到不久。你喝点什么？"

"莫吉托。"

蒋凡晞双手撑在身侧，仰头看天。

似墨的空中，金黄色弯月盈盈地悬着，几颗明亮的星星围绕在它周围。寂静的河面泛着粼粼波光，倒映着远处的高楼。

这会儿是T国的秋季，晚风吹在身上带着凉意。蒋凡晞拢了拢吊带长裙外的薄开衫，拿起酒杯轻轻晃动两下，轻抿一口。

莫吉托的酒精度数只有十度，蒋凡晞好些日子没喝酒了，喝到第二杯，脑子就有点飘了，但微醺的感觉很美妙，心间溢满了愉悦。

这种程度她觉得最好，保持理智的同时，又觉得心情很妙。

唐熠偶尔看看远处的风景，偶尔侧过脸看看她："离开公司，打算去哪里？目前有中意的去处吗？"

蒋凡晞也不瞒着，直言："BBDC给我发了offer。"

唐熠意外："金城那家外资企业？"

蒋凡晞笑出一口整齐的白牙："是啊。"

唐熠由衷为她感到开心："离开盛华，你确实能去更好的平台。"

蒋凡晞笑着摇头："可是卡在您这边啊，您迟迟找不到人，我也没办法把盛华的事情丢下，跑去BBDC入职。"

唐熠敛眸，沉默着。他其实是故意拖着蒋凡晞的，心想能拖一天是一天，他太需要她。可现在听说BBDC邀请她加入，他心里又有点动摇了。

他拿起酒杯喝一口酒，思量片刻，说："回去后，我尽快确定人选与你交接，你和BBDC那边再沟通一下，让他们给你一点时间。"

蒋凡晞觉得他今天是大发慈悲了，感激地对他双手合十："感谢领导理解！"

唐熠失笑，又说："虽然BBDC很不错，但到底比不上它的本部，可以的话，争取进入G国总部，我相信你有那个实力。"

"感谢领导的忠告！但我恐怕要让您失望了。"

唐熠不解。

蒋凡晞轻抿一口鸡尾酒，就那么几秒的时间，她觉得唐熠或许已经从井勤那儿知道她当年受资助的事情，便觉得告诉唐熠也无妨。

"不瞒您说，我当年去G国留学是受人资助，而我也答应过资助人，学到东西就要回国。所以……我应该是没办法去它的总部了。"

唐熠微感惊讶，试探道："资助人让你一定要回国的原因是？"

"具体不清楚，"蒋凡晞迷茫地看着远处泛着金光的绿植，"只是托人带话给我们，让我们学成回国，为国效力。"

唐熠听明白了，劝道："为国效力不一定要在国内。你如果在国外企业学到先进的管理或技术，在不违法的前提下将经验带回国内，其实也是另一种支持民族工业振兴的方式。"

"也许吧……他不跟我见面，我不清楚他最真实的意思。"

唐熠觉得奇怪："不跟你见面？"

蒋凡晞没再多言，她跟资助人之间的事太过复杂，不是三言两语就能说得清楚的，她不想在这轻松愉快的夜晚絮叨那些往事。

"我倒是理解他为什么不跟你见面。"唐熠忽然说道。

蒋凡晞偏过脸看他。

饶是井勤已经明明白白告诉过她答案，但她还是想再听一次："嗯？"

所有跟资助人有关的事情，她都想听。

唐熠放下酒杯："因为怕麻烦。他可能很忙，时间全被工作挤满，没有多余的时间给你们回应。"

蒋凡晞苦涩地笑了下，沉默地喝着酒，看着墨色一片的河面。

自那天和井勤吃过饭，她心情就一直不大好。白天忙于工作，情绪也就暂时抑下；到了晚上，闲下来了，难免会想起那些令人感到无力的人和事。

今晚和唐熠这一番提起，心情愈加消沉。

她自顾自地喝着酒。

女孩嫣红的唇瓣轻触晶亮的杯沿，酒液顺着她的喉咙滑入身体。

她今晚穿一件明黄底色的吊带长裙，白色的薄开衫掩住两条白嫩的胳膊，锁骨下方露出来的肌肤大片的粉红。她没化妆，皮肤清透、干净中带着粉嫩，仿佛每个毛孔都散发着香甜的气味。

这是唐熠第一次见她如此妩媚又纯洁的模样。

她在唐熠眼里，无疑是漂亮的，像所有优雅的职场丽人一样，漂亮能干，却没有让人印象深刻的点。

但今晚的她，不再像以往那般散漫随性。她肆无忌惮地消沉着、妩媚着，气质矛盾而又浓烈。

唐熠心想，或许是酒精的效果。他克制地收回差点沉沦在蒋凡晞身上的目光，将注意力拨回酒中。杯中所剩不多的橙黄色酒液被一饮而尽，冰块与酒杯撞击发出脆响。

蒋凡晞偏头看过来："好喝吗？"

唐熠喉咙发紧："要不要试一试？"

"好。"

唐熠抬手，候在不远处的侍应迎过来。

蒋凡晞听他用英文和对方说了一种她不懂的酒的名字，便问："和您一样的酒吗？"

唐熠没否认。

蒋凡晞喝两杯十度的莫吉托都能红了脸，这要喝和他一样的高度洋酒，后果不堪设想，所以他给她叫了颜色相近，但度数要低很多的女士甜酒。

侍应很快呈上酒，蒋凡晞拿起轻啜一小口，开心道："甜甜的，很好喝！"说完看向唐熠的酒杯："您怎么喝甜酒呢？"

"大约是因为生活太苦了。"

蒋凡晞听后哈哈大笑："我们这种人才是真的苦！您有钱有地位，哪里苦了？"

唐熠笑笑没说什么。月色拢在他们身上，衬得彼此面色温柔得一塌糊涂。河风吹去一身燥气，这样的夜晚，轻松愉悦。如果不聊起那些无力的事情。

夜深月凉，其他客人逐一散去，唐熠看了眼腕表："不早了，回去？"

"哦，好。"蒋凡晞红着脸站起身，却发现头晕得厉害，整个世界仿佛倾斜了。

她试着往前走出一步，身子晃了下。

下一秒，冰凉的手臂被干燥温暖的掌心覆住。

唐熠扶着她，双手紧紧地压着她的手臂。

她能闻到唐熠身上的清冽冷香味。

"自己能走吗？"男人嗓音低沉，呼出来的暖呼呼的气体在她耳畔肆意流动。

她被烫得耳廓发红，心跳飞快，双腿都要软了："如果不能呢？你要抱我吗？"说话间，桃花眼脉脉看向唐熠。

唐熠咽了咽口水，喉结滚动："……我背你回房间。"

蒋凡晞仰头看他，双眼迷蒙地望着他脖子上那好看的喉结，鬼使神差地伸出食指，轻轻触了一下。

女孩指腹间的肌肤细腻凉滑，见他没反对，又大胆地打着圈圈，软着声音问："有人说过你的喉结很漂亮吗？"

她几乎是依偎在他怀里，香甜柔软的气息呵在他颈项间，透过T恤领子，直往他身上钻。

唐熠感觉自己像被架在火上烧。他垂眸看向怀里的人儿，压抑内心深处的冲动，哑声说："没有。"

女孩咯咯笑出声，站直了身子："看来你未婚妻不喜欢你这样的喉结，不过真的蛮好看的。"

"我没有未婚妻。"

蒋凡晞只顾自己笑，唐熠这句被风吹散的话在耳边散成空茫。她从唐熠怀里挣出来，转过身，摇摇晃晃地往客房部走去。

唐熠平了平身体深处的火，跟在她身后。

女孩明黄色的裙摆随着细软腰肢的扭动，在他眼前散成梦影。

酒店走廊寂静无声，暧昧的暗流涌动。

蒋凡晞一手撑在门板上，一手从开衫口袋里摸出房卡，歪歪扭扭地贴近门锁。

"嘀"一声，门开了。人还没来得及将房卡插到卡槽里，忽然转过身，看着站在门口的唐熠。"我问你个问题啊。"她表情里有极细微的痛苦。

唐熠双目灼灼地望着她。

"假如，我是说假如啊……"酒精麻痹了大脑，她有点语无伦次，"假如您是我的资助人……您会觉得我拼了命想见您……是想靠您获得某些资源吗？"

唐熠双手抄兜站在那里，半晌没说话。

蒋凡晞突然不知道自己在说什么了，丧气地垂下脑袋，长长叹了一口气："唉，算了……他说不定都不知道我是谁呢……"

她旁若无人地喃喃完，正想转身进房，忽然后颈一片温热。

她一惊，抬起头。

唐熠摩挲着她的后颈，逼近一步，双眸像着了火一般盯着她，声音喑哑："你要什么资源？告诉我，我给你。"

蒋凡晞傻在原地。

男人掌心干燥温热，不轻不重地摩挲着她后颈的肌肤，片刻后，慢慢移至她的下颌，来到她精致小巧的下巴，轻轻捏上，逼着她抬起脸看着自己。

女孩唇瓣饱满嫣红，没有半丝唇纹，色泽明艳，像盛开的玫瑰，娇艳欲滴，诱人一亲芳泽。

唐熠凝眸望着，内心天人交战。

咫尺之间，彼此呼吸交错，带着清甜酒香与无尽遐想……

蒋凡晞忽然回过神来，仓皇后退一大步。她竭力呼吸着，胸膛上下起伏，一脸恐惧。

唐熠收回手，深邃的眸子低垂着，眼底淌着浓烈的期待。

蒋凡晞从未见过他这样的眼神，这一刻，她酒全醒了，慌慌张张道了一声"晚安"，用尽全力将门关上。

"咔嚓"一声，门锁落下。

她贴着门板而站，浑身战栗。灯昏昏黄黄地照亮房间一角，斜前方的双人大床上，床品平整，她却仿佛看到自己和唐熠在上头翻滚的画面。

唐熠回房后，冲了半小时冷水澡，躺在床上睡不着，起来到阳台坐了会儿。他忽然想起蒋凡晞此番来T国是为了和井勤见面。他立刻给井勤打去电话。

没人接。

电话隔天回过来，他人已经在机场。

井勤："我这刚回G国，倒时差呢，没接到电话，抱歉啊。"

唐熠一手拿着电话，一手抄兜，站在候机大厅的大片落地玻璃旁，看着外头的飞机起起落落。

"没什么要紧事，就是想问你，你对蒋工的事情了解多少？"说话间，他转过身，看向正在对面书店买书的蒋凡晞。

"蒋工？"井勤过了几秒才反应过来，"哦，你是说蒋凡晞啊！我跟她其实也不熟，不怎么联系。"

唐熠正想问他知不知道资助蒋凡晞的人是谁，电话那头，井勤忽然大喝一声，急匆匆地说："我儿子在花园里摔了！先挂了，回头说！"电话被挂掉，变成一片忙音。

唐熠收起手机。

蒋凡晞还在书店挑书。她今天穿一条深蓝色的紧身牛仔裤，裤脚往上折了一圈，脚上是洗得发白的黑色休闲鞋，白色T恤扎进高腰牛仔裤里，看上去年轻朝气。

她的腿很长，身材比例极好，不是瘦削的那种体型，而是骨肉匀称、恰到好处、令人难以抗拒的魅惑身材。

想起昨晚，唐熠下意识抚上喉结，上头仿佛还留有蒋凡晞指腹肌肤的触感。

第五章　你怎么知道我姓韩？

如果你的目标是A，那么你很可能得到一些A和一些B；但如果你的目标是B，你就只能得到B和C。所以，我的目标一直是A！

从T国回来后，蒋凡晞对唐熠客气疏离了许多，不再像过去那样随意开玩笑。

那个彼此靠近的暧昧夜晚，被她封存进内心深处，克制自己不去想起。

唐熠却对她态度如常。谁都没主动提起过在T国发生的事情，好似那个旖旎的夜晚只是彼此的一场梦。

十二月中旬，津市会展中心将举办国际机器人展会，汇聚了包括机器人整机、零部件、功能部件、机器人系统集成，以及工业自动化等机器人全产业链的几百家知名厂商参展。

蒋凡晞从同学群里看到消息，寻思着要去展会看一看，毕竟她的专业方向是机器人设计。搞定参展资格，她去跟唐熠请假。

一听说展会也有工业机器人，唐熠提议一起去。

尽管不自在，但事关工作，蒋凡晞只能接受。

出发那日早上，见只有唐熠一个人开车接自己，蒋凡晞踟蹰着没上车，问："周助呢？"

唐熠为她拉开副驾车门："他今天有事去不了。"

"哦，是这样。"蒋凡晞绕开他，拉开后排车门上车。

唐熠坐进主驾，不系安全带，也不开车，而是转头盯着蒋凡晞瞧，瞧得蒋凡晞浑身不自在。"把我当司机呢？"

蒋凡晞愣了几秒才假笑回应："要不我开车，我给您当司机？"

唐熠无奈笑笑，转身启动车子。

蒋凡晞边扣安全带边问："这里到津市得开多久啊？"

"两个小时左右。"

"哦，那倒还好。"

唐熠透过后视镜看她一眼，说："你要累了就睡一会儿，到了我喊你。"

蒋凡晞立刻调整好姿势准备打盹，但闭眼片刻又实在睡不着，只好重新睁开眼睛。

唐熠瞧一眼后视镜，笑问："睡不着？"

蒋凡晞嘟囔了句"大早上的"，就没说话了。

唐熠说："那来聊会儿天？"

见蒋凡晞没反对，他又问："你在G国学的什么专业？机械自动化？"

说到自己的专业，蒋凡晞来了精神。

"本来我是修机械工程的，但大二的时候，觉得时间还有富余，就又修了电气工程。然后考研那会儿呢，教授说，你既然把机械和电气都修了，那就再修个机器人学吧，以后走AI方向。"

唐熠认真听着。

"那时好像是2010年左右吧，G国一些学者就已经提出工业4.0的概念了，虽然这个概念被正式提出是在2013年的汉诺威工业博览会上……全世界都看好AI方向，我也不例外，所以当时就根据教授的建议修了机器人学。"

蒋凡晞掰着手指头回忆："然后……电子电路、电磁学这些制造机器人需要用到的学科也有接触。"

她说得口干舌燥，打开保温杯喝了一口水。

唐熠消化了好一会儿才说："你是不是从小学习就特别优秀？"

蒋凡晞失笑："还真没，您可误会我了。我学生时代一直只有数理化好，其他学科都很烂，偏科很严重，成绩在班里并不算出色，就是从小喜欢摆弄各种机械小玩意，我妈经常嫌我手脏……"

说到这里，她脸色变了变，原本开怀的声音低了下去："运气倒是不错，从小到大一直有贵人相助。"

唐熠笑道："比如当年资助你去G国留学的人？"

蒋凡晞"嗯"了一声，眼里最后一点光黯淡下去。

两天前，周恒告诉她，在国内做过助学慈善的慈善家里，没有姓"韩"的男士。

眼下，她已经不知道要通过什么渠道去找资助人了。

"据我所知，G国大学工程类的毕业通过率只有50%，你六年时间拿到三个工程类学位，很不错。"

蒋凡晞回神，脸上闪过细微的痛苦："很累，但最累的不是学习，而是在异国他乡的寂寞。"她没有在这个话题上深入，转而说："但是我爸爸从小就告诉我一个道理——如果你的目标是A，那么你很可能得到一些A和一些B；但如果你的目标是B，你就只能得到B和C。所以，我的目标一直是A！"

唐熠突然明白她为什么坚持离开盛华了，因为盛华给不了她A。

展会规模相当大，有三四百家企业参展，其中不乏国际大品牌。现场来了许多专业采购，整个会场拥挤不堪，每个展位前都挤满了人。

蒋凡晞陪唐熠在工业机器人展位看了半天，订了几件新型机械臂，准备回去改装在智能生产线上；还订了一批装配机器人，计划将其他生产线的装配程序改成自动的。

期间唐熠遇到一位相熟的供应商，聊了起来，蒋凡晞便一个人去机器人整机展位观摩。

"France？"

听到有人喊自己的英文名，蒋凡晞一阵恍惚。回国后，大家都喊她"蒋工"，她差点都忘了自己还有个英文名。

一身黑色职业套装的凌娅从旁边的展位挤出来，上前抱了蒋凡晞一下，激动地问道："France你什么时候回国的呀？"

蒋凡晞客气道："回来几个月了。"

"在G国不是好好的吗？怎么回来了呢？"

蒋凡晞没多说自己的情况，反问："那你呢？不也从G国回来了？"

俩人相视一笑，眼底各有情绪。

凌娅拉着她进旁边的展位："进来坐，好久没见了，聊几句。"

这是一个做机器人视觉的展位，不大，掩在角落里。蒋凡晞抬头看logo，很陌生的牌子，似乎刚成立不久。

"随便坐。"凌娅边泡茶边招呼她，"那你回国后在哪里上班呢？"

"有可能去BBDC，也有可能自己创业。"蒋凡晞在小圆桌边坐下，随手拿起一张产品介绍书。

"BBDC？"凌娅端着茶杯转过身，"不错呀！咱们当年这帮人，就你混得最好！"说话间，目光瞥向蒋凡晞的包，"你这包是不是VereVerto的？不错呀，既小众又大气！"

蒋凡晞笑着点点头，没多言。她不喜欢浪费时间说场面话，而且后面还有几个展位要看，没空在这里叙旧。

"Linda，你联系过韩先生吗？"

"没有呀！井先生不是说韩先生不让人见吗？我怎么可能联系得到他？"说到资助人，凌娅似乎兴致挺高，拉着蒋凡晞的手追问，"那你呢？你那么想找到韩先生，后来有他的消息吗？"

蒋凡晞摇摇头，正想提自己与井勤一起吃饭的事情，忽然又想起井勤警告过她，不要把资助人现在在国内的事情泄露出去。

她在凌娅这儿既问不到资助人的消息，也不能泄露资助人的动向，而且她和凌娅的关系只能算一般，便顿觉这番叙旧毫无意义。

"那我先去其他展位看看，"蒋凡晞拿着包包站起身，"你先忙。去金城联系我，一起吃饭。"

凌娅笑着应了一声"好呀"，起身送她出展位。

蒋凡晞的身影很快消失在人潮里。

同事好奇："那姑娘谁呀？"

凌娅收回视线，收起笑意，冷冷回道："大学同学。"

同事开玩笑道："花了那么多钱去G国留学，你们怎么还回流呢？"

"因为答应了一个人。"

凌娅转身要回展位，视线忽然被不远处一抹熟悉的身影拉扯住。她错愕又惊喜，不敢相信会在这里遇到那个人，只怔几秒，便本能地跑出展位，拨开重重人群，朝那人狂奔而去。

"韩先生！"

那人正驻足在一个做工业机器人的展位前参观，对这个称呼丝毫不察。

她跑到他身后，已是紧张到手脚发抖。

"韩先生……"她伸手拉了拉对方的大衣。

那人终于转过身，诧异地看着她。

她难以抑制自己，一把抱住了对方，把他撞得往后退了一大步。

对方反应过来，立即伸手推开她。

她却丝毫不觉得尴尬，拉着对方的手臂，一下闪到展位后的无人角落。

突然被一个姑娘拽到无人角落，唐熠有点恼，看着站在自己面前反应奇怪的凌娅，口气严肃："你认识我？"

"韩先生……"凌娅眼眶微红，"我知道您是盛华集团的CEO……我是您的粉丝……"

唐熠心生怪异："你怎么知道我姓韩？"

他上过几次财经杂志，确实有一些粉丝，但他从未在任何访问中或社交平台上公开过自己的曾用名。

"因为……"凌娅飞速组织措辞，"我曾经在网上看过一个帖子，有位网友自称是您国内的同学，他说您以前的名字叫韩熠。"

唐熠没说什么，脸色中有被人冒犯到的不悦。

凌娅一阵紧张，生怕他讨厌自己。她很快扬起笑，奉承道："恭喜您升任盛华集团的CEO，您是我的偶像，我一直以您为榜样……"

唐熠也不知听没听进去，匆匆看了眼外头，打断她的话："我还有事，先走了。"说完，便钻进展会人潮里。

凌娅回过神来，追出去。就见他穿过重重人潮，与一个背影高挑的女孩并肩前行，俩人有说有笑。人潮拥挤，摩肩接踵，他似乎很怕旁人撞到女孩，抬起一只手臂护着对方的身子。

凌娅一眼认出女孩那一身装扮及肩上背着的VereVerto包……

唐熠虚揽着蒋凡晞，垂眸看她，轻声问："有看到什么喜欢的吗？"

蒋凡晞扬起脸看他一眼，笑出脸颊一侧的酒窝："您这话怎么说得跟出来逛商场似的？"

"我看你一直在看机器人整机，想说如果有喜欢的，我们采购一台回去研究一下。"

"这还需要研究？"蒋凡晞挑眉，"我的专业就是设计机器人整机的，想要我自己做，不用跟人买。"

"那你做一台……卖我？"

唐熠本来想说"做一台送我"，想想这要求有点不合礼数，才改口。

蒋凡晞觉得他今天有点奇怪，没作声，结果上了车，唐熠又郑重其事地问她要机器人。

她只能给出回应："您想要什么类型的机器人？工业机器人？家用机器人？教育类机器人？娱乐机器人？"

唐熠启动车子："能陪我说话的。"

"聊天机器人啊？"蒋凡晞失笑，"那简单。您喜欢哪个女明星的声音？我得看看AI声效能不能做出来。"

"用你的声音就行。"

"我以为您会说想要某女明星的声音，对了，我刚才在一个机器人整机展位好像看到您了呢，可怎么一眨眼又没了？难道我近视度数又增加了？"

话说完，她把眼镜拿下来，捏了捏山根，裸眼看窗外飞驰而过的景色。

唐熠瞥一眼后视镜里不戴眼镜的她，转移话题："近视多少度？"他不想提自己被粉丝认出来、对方还知道他曾用名的事情。

"五百多。"

唐熠想起她每次下车间都会戴一副全透明的防护眼镜："所以你那副防护镜是带度数的？"

"嗯，定制的。"

俩人这就把话题延伸到近视领域。

唐熠以前也是个老近视，只不过几年前做了ICL（可植入式隐形眼镜）晶体植入，效果还不错，便推荐蒋凡晞也去做这个手术。

蒋凡晞压低了声音："怕疼，我痛点低。"

"那不做了。"唐熠的声音很轻，谁都没发现那若有似无的宠溺，"眼镜戴着也挺好的。"

他们在小区楼下停车，唐熠摘了挡，扭头看蒋凡晞："这周没演出？"

蒋凡晞解开安全带，抬眸睨他一眼："您要来捧场？"

"我一般周末晚上没什么事。"

"那行，我有演出通知您。"蒋凡晞说完，拿着外套和包下车。

唐熠熄火下车，一路送她到门禁处。她扭头跟他道再见，刷卡进门。直到目送她的身影进入电梯，唐熠才转身回车里。

几天后，周恒送了一份简历给唐熠，是接替蒋凡晞的人。

唐熠翻开。

简历右上角附了求职者的证件照，是个年轻女孩，他略了一眼，目光随即落向简历中部。

"亚琛工大的？"唐熠有点意外，"这么巧，和蒋工一个学校。"

周恒说："这位之前在G国通快集团担任机床设计师，对激光技术也有一定经验。"

唐熠没说什么，简历翻过一页，一目十行看完求职者的工作经历，脸色忽然变得十分难看，重重合上文件夹丢给周恒。

"机床设计师？我们正要逐渐淘汰掉机床加工，全面转型智能生产。没找到熟悉智能生产线的工程师就算了，反而去找一个机床设计师搞倒退？"

周恒接过文件，沉默片刻，说："要不让蒋工看看？"

唐熠想都没想："免了！"

隔壁办公室，蒋凡晞接到凌娅的电话，约她一起吃饭。

俩人约好晚上在紫云轩吃饭。

"那天在展会，我看你和一位先生在一块儿，那是谁呀？男朋友吗？"

"咯咯……"蒋凡晞正喝水，听到这句话，差点让水给呛到，连连咽了几下口水才缓过来，"是我老板。"

凌娅"哇"一声，羡慕道："你在创业公司吗？老板那么年轻！"

蒋凡晞解释："不是不是，严格来说，他不是大老板，是集团CEO，是我能接触到的最大的领导了，所以为了方便都称呼他为老板。"

凌娅笑得一脸天真："那你老板真是又帅又年轻，公司里肯定有很多女孩子喜欢他吧？"

蒋凡晞耸耸肩，拿起刀叉切牛排："不清楚。"

凌娅拿起水杯，却没喝水，眼神意味不明地打量着她："对了，那天你问起韩先生的下落，我后来联系到其他跟我们一样被资助的同学，他们也都没有韩先生的消息。"

蒋凡晞"哦"了一声，没说什么，若有所思地看着不远处的小池塘，锦鲤在里头肆意地游着。她在考虑要不要告诉凌娅资助人目前在国内之事。告诉凌娅的好处是多一分力量寻找，或许可以早点找到资助人。

但如果被井勤知道，估计他真要拉黑自己了。若是连井勤的联系方式都没了，那更别想找到资助人了。

蒋凡晞想想都觉得可怕，回神后摇摇头："也许缘分到了，他就会出现了吧。"说完又认真切牛排去了。

凌娅有点蒙。

前几天说起资助人还情绪激动的蒋凡晞，这会儿怎么如此淡定？

难道……

她已经知道唐熠就是资助人韩先生了？

凌娅放在桌下的双手紧紧绞在一起，后槽牙紧咬，眯着眼睛打量正垂眸切牛排的蒋凡晞。

"France，"她换上笑脸，好声好气地说道，"我打算来金城发展，你那边有认识的企业需要人吗？"

蒋凡晞随口问："你的要求是什么？"

"我没什么要求，能上手就行。"凌娅说完，又问，"你现在在单位负责什么工作呢？"

那天唐熠和蒋凡晞离开展会后，凌娅便换个展位去问有没有同行接到唐熠的单子，结果还真在几个装配机器人的展位问出了点眉目。

原来唐熠现在在盛华集团金城分部工作，蒋凡晞是他的下属。

"我在一家外资制造企业做技术顾问。"蒋凡晞实诚地回答道，"我前些日子已经辞职了，但公司一直没找到合适的人选，搞得我也没法走。"

凌娅心生一计，面露惊喜："要不我去应聘看看？如果成功了，你就能早点走了。"

其实就在她知道唐熠目前在盛华金城分部工作的那天晚上，她就往盛华的网站投了简历应聘技术顾问，只不过今早被拒了。所以她临时起意约了蒋凡晞，一来想试探她和唐熠的关系，二来想看看能不能利用蒋凡晞进入盛华工作。

"公司叫盛华集团，你直接去它国内的官网投简历就行。"蒋凡晞说，"我老板要的人，都是他特助直接筛好简历呈给他，效率很快，可能二十四小时内就能通知你去面试。"

凌娅佯装惊讶："盛华集团金城分部？"

"是。"

"我前几天给他们投过简历呢，不过今早他们通知我，说我不符合他们的要求。"

蒋凡晞有点意外，没想到竟如此巧合，但稍想一下，也明白大家都在一个圈子，哪家企业高薪聘请技术人员，消息肯定走得很快，凌娅冲着高薪来应聘也很正常。

但凌娅也是亚琛工大毕业的，唐熠为什么把人给拒了？

蒋凡晞便问凌娅："他们有说是哪里不符合吗？"

凌娅说："他们说这岗位需要做计算机编程，认为我无法胜任。"

蒋凡晞登时明白唐熠这是要照着自己的水准找接替的人呢。这样找下去，能找到就怪了。说难听点，同时有机械工程、电气工程和机器人学三个学位的人，根本不会考虑选择盛华这个平台。

"France？France？"

"嗯？"蒋凡晞回神，看向凌娅，"我明天上班和老板特助聊一下，有消息再通知你。"

凌娅弯了眼睛，感激道："谢谢你啊，France！真是太感谢你了！"

凌娅今晚没回津市，直接住在金城，等待很快就会到来的面试。她相信只要蒋凡晞开了口，唐熠就会给自己面试的机会。

直觉告诉她，唐熠对蒋凡晞是不同的。

那天她把唐熠拉到无人角落，抱了唐熠一下，唐熠看上去很不高兴也很不耐烦，并未表现出什么绅士风度，可见唐熠不是个对任何女人都能绅士体贴的男人。

可转眼，唐熠又小心翼翼地虚揽着蒋凡晞。

唐熠不敢真正去搂住蒋凡晞肩头的下意识的动作，向外界传递着一个信号——

他关心、呵护着蒋凡晞，却又万分在意她的感受。他尊重着她，所以在人潮涌动的环境里即使想护着她前行，也只会用一种不打扰到她的方式。

凌娅不确定蒋凡晞和唐熠现在到底是什么关系，所以要去盛华一探究竟。

在酒店里，她凝望窗外美丽的夜景，思绪飞到十一年前。

她之所以知道唐熠以前姓韩，是因为当年在去G国的飞机上，她听到坐在自己邻座的井勤跟别人打电话。

"我今天带韩熠资助的学生去G国报道……韩熠他爸让他明年毕业就到盛华集团上班……"

她将这两句话牢记在心。

这一年，她知道资助她的人叫韩熠，韩熠翌年将到盛华集团上班。多年后，她在盛华集团的官网上看到唐熠的照片，以及唐熠被任命为集团CEO的报道，随之而来的，便是几篇刊登在A国财经杂志上的对唐熠的访问。

文章并未披露多少唐熠的个人信息，她也仅仅知道唐熠是中考后赴A国的，是哈佛商学院的高才生，除了在盛华集团任职，唐熠还有几家与人合伙的投资公司，在资本圈人脉甚广。

虽然姓不同，但凌娅笃定地认为这个"唐熠"就是资助她的"韩熠"，而那天在展会上与唐熠的偶遇，也证实了她的猜测是正确的。

翌日，蒋凡晞一到公司，就去周恒那儿打听凌娅面试的事情。

周恒翻出简历看了几眼，实诚地说道："她在计算机编程方面有欠缺，所以唐总认为她无法胜任无人车间的技术顾问工作。"

蒋凡晞叹气："还真的被我猜对了。"

周恒："您猜了什么？"

蒋凡晞扭头看了眼斜对面办公室里正脱大衣的唐熠，压低声音："他就是要找一个我这样的，对吧？"

周恒笑而不语。

"但周助，"蒋凡晞细声说道，"你知道这很难。当初猎头为什么去了G国三趟？因为正常情况，我这样的，根本不会来盛华。"

周恒点点头："我明白，我再劝劝唐总。"

"嗯。"蒋凡晞欣慰地拍拍周恒的手臂，"周助，你是明白人啊！唐总要是像你这么明白，那我们当下属的可轻松多了。"

周恒失笑："咱们是员工思维，唐总是领导思维，不在一个维度，不能说他不明白。"

"哟！"蒋凡晞睨他，"你倒是忠心护主。"说完，她笑着回了自己的办公室。

没过多久，唐熠就召见她了。

她进去时，唐熠和周恒正在泡茶，茶几上放着一个文件夹。唐熠下巴指了指文件夹："听说是你同学？我那天还说呢，都是亚琛工大的学生。"

蒋凡晞笑笑说："是啊，这世界真小。"

唐熠给她倒茶："这个人能力如何？能不能胜任你现在的工作？"

蒋凡晞其实也不了解凌娅毕业后的工作情况，于是翻阅简历。

凌娅本科毕业后就去了G国通快集团。通快是做机床和激光设备的，凌娅那几年一直做着设计机床的工作，直到去年回国，在津市一家机器人创业公司做本体设计师。照她的专业和工作经历，应付设备硬件维护是没问题的，但软件方面估计悬。

蒋凡晞将简历前前后后翻了两遍，直言："她和我一样，本科都修了机械和电气，做维护三条智能生产线和其他设备的硬件工作应该没问题。"

唐熠听出她的话外音，说："所以编程类的工作她确实不行？"

蒋凡晞不敢咬死，于是建议说："您可以让她当场做个模拟系统和编程就知道了。"

唐熠本不想在被自己否了的人身上花时间，但那人是蒋凡晞的同学，他给蒋凡晞面子，让周恒安排了面试。

下午，蒋凡晞和苏磊正在车间核对电路图，林珂过来说唐熠请她回办公室一趟。

蒋凡晞赶紧停下手头的事。

刚从电梯间出来，就看见凌娅和周恒坐在唐熠办公室的沙发区。唐熠还坐在大班桌后，低头看文件。

蒋凡晞敲门进去，笑着坐到凌娅身边，问周恒："周助，面试过了吗？"

周恒说："唐总说等您过来再开始面试。"

唐熠这时候走过来，招呼大家移步会议室。他让技术总监和蒋凡晞一起主导面试，自己只是旁听。

面谈部分没什么问题，凌娅理论知识很扎实，加上先前曾在机器人公司工作过，说起工业智能化转型之路也很有独特见解，唐熠还算满意，但后面做模拟系统时，她手生了，不仅速度慢，而且很多编程的口令都不甚清楚。

唐熠很不满意，看到一半就走了。

蒋凡晞一直在旁边看着，安慰她别着急，没有时间限制。结果一直到晚上七点多，凌娅的模拟系统还没做好。陈总和技术总监急着下班，便让蒋凡晞收尾。

最后，凌娅到底没完成模拟系统。

凌娅与蒋凡晞专门修了两年机器人学不同，她本科毕业拿到通快的offer就没再继续深造，对蒋凡晞来说很简单的编程，对她来说却难如登天。

凌娅看上去很受挫，不断问蒋凡晞自己是不是会被刷掉，蒋凡晞安慰她说不一定。

蒋凡晞上楼拿了包，请凌娅到附近的餐厅吃饭。

凌娅一晚上没怎么说话，似乎因为面试的事情很烦恼，蒋凡晞便没多提工作的事情，倒是凌娅后面主动问她："你在这边年薪是多少？"

蒋凡晞没说具体数字，只道："你入职后就知道了，应该跟你差不多，毕竟一个岗位。"

凌娅没再追问，看上去心事重重。

蒋凡晞不是话多的性格，工作的事情不方便提，也没什么私人事情可以和私交一般的凌娅聊，晚餐便只剩下相对无言。

从餐厅出来，僻静的工业区小道上，隆冬的风凛冽地吹着。

蒋凡晞半张脸藏进外套的毛领里，双手捂在呢外套口袋里，但还是觉得冷，抬头看看暗墨色的天，打趣道："人人都说G国的冬天难熬，可我怎么觉得金城的冬天才是最冷的。"

她话是这样说，其实心里很清楚——觉得金城的冬天冷，是因为在这里没亲人、没家。

凌娅踢着路上的小石子，不知道有没有听她说话，半天没吭声，过了好一会儿才问："凡晞，你能答应我一件事吗？"

"什么？"

凌娅停下脚步，转身看着蒋凡晞，神色认真："别告诉别人我当年是被资助的学生，不管我最后有没有在盛华入职。"

蒋凡晞没接话，思考她这个请求的用意。

"我不知道你能不能理解我的心情，"凌娅低垂着眉眼，这副模样，和平日里自信飞扬的她很不同，"但我还是想请求你帮我保守秘密。"

蒋凡晞不是很理解她的心情，但愿意尊重，于是干脆地说道："好！我不会说出去的，你放心！"

凌娅抱了她一下："谢谢你凡晞。"

蒋凡晞安抚地拍拍她的背，正想放开，忽又听她幽幽问起："那你呢？公司的人知道你当年是被资助的吗？"

蒋凡晞不想多事，随口回道："没有。"

凌娅终于笑了："这就对了！没必要让人知道咱们的过去。'资助'二字总归有点敏感。"

蒋凡晞不是很明白她的意思，便问："为什么觉得被资助是一件很敏感的事情？"

凌娅噎了半晌，说："人们下意识觉得被资助者必然出身很差，在职场上，我不愿让同事和领导这么看我。难道你愿意吗？"

蒋凡晞不置可否，轻轻放开了她。她知道自己出身确实不好，也从未想过隐瞒这一点，所以在T国那晚才会告诉唐熠自己当年是被资助的。她无所谓唐熠怎么看自己，也许正如凌娅所言，唐熠也料定她出身不好，所以才会提出给她资源。

翌日，周恒告诉蒋凡晞，唐熠不满意凌娅，所以还要继续寻找合适的接替者，麻烦蒋凡晞再多担待一阵子。

这也是没办法的事，蒋凡晞虽然想早点离开，但不得不同意。

又过了两天，唐熠突然召开临时高层会议，在会上宣布："由于总经理陈总管理整个分部实在太繁忙，将由新来的何副总协助他一起分管生技。"

陈总当即跳脚，瞪大了双眼与唐熠对峙："分部的人事变动向来要呈集团副董事长唐副董同意，且生技属于制造型企业管理工作的重中之重，里头涉及许多公司机密，怎么可以让谁分管谁就分管？"

唐熠一派闲适地坐在会议长桌的主位上，也不跟他争，抬手看一眼腕表，淡淡说道："那边现在是晚上九点，周恒，连线唐副董。"

周恒立即起身准备连线。

陈总一听要连线唐焌，原本因为激动而通红的脸立马镇定下来，甚至脸上还有一丝淡淡的笑意，好似唐焌一出现，唐熠的人事变动就没法执行。

坐在会议长桌尾部的蒋凡晞不动声色地观察着这一切。饶是她对企业管理了解不深，但也知道突然空降高层人员，是要慢慢架空旧人。

她挑眉看向主位上那个穿着深灰双排扣西服、一脸漫不经心、眼神却透着凌厉的男人。

唐熠空降分部也有三个多月了，除了把无人车间的生产弄顺了，就没去抓其他事情，一直很低调，任由陈总等人作威作福。这与新官上任三把火，大刀阔斧搞改革的规律很不同。

可今天一看，似乎不是那么回事。

蒋凡晞心想：唐熠之前怕只是扮猪吃虎，玩蛰伏。

"各位分部的同僚，大家好。"

一道亲切的声音传来，蒋凡晞收拢思绪，看向投影幕布，在大家向连线那头的唐焌喊着"唐董晚上好"时，她也随大溜装模作样地动了动嘴唇。

唐熠拿背靠着大班椅，一副慵懒散漫的模样，一手把玩着手机，神色淡淡地看着屏幕："唐董，无人车间最近订单很多，还是二十四小时不间断生产。陈总年纪大了，经不起加班熬夜，所以我请了一位副总帮他分担。"

信号延迟几秒才收到唐焌的反应："陈总，你需要多一位副总帮你吗？"

陈总忙说："不需要不需要，我可以加班！何况生产部和技术部都有各自的总监，就算我再忙，有他们在就无须担心！"

"既然陈总这边还可以兼顾，就不要再请新副总了。现在经济形势不好，能省一点是一点。"唐焌口气很客气，一点都没让人感觉到强硬。

蒋凡晞看向唐熠，想看他如何据理力争。

结果，唐熠却只是无所谓地笑了下，说："人家那边已经把工作辞了，咱们这会儿毁约，在圈里传开了，不得说盛华竟然穷到连一个副总都请不起？"

唐焌蹙眉，陈总脸色也不好看。

蒋凡晞想起之前从曾嘉那儿听说，盛华老董事长极其爱面子，看来唐熠这是抓住大佬的软肋了。

连线那头，唐焌皱眉思索片刻，说："陈总，公司现在有哪个部门还差副总？或者你把你手头分管的部门拿一个出来给这位新副总。"

陈总小眼睛转了几转，说："管理部吧！它一直独立运行，只有一个总监，可以让新副总分管。"

唐焌看向唐熠："唐总，你看这可行？"

唐熠爽快回应："可以，就这么办！"

唐焌又过问几句分部的日常运作，很快就把连线切了。

陈总一副胜利者的姿态，脸上挂着得意的笑。

蒋凡晞目睹今天会议全程，再联想起上次被唐熠抓来半夜开会的事情，总算看明白了。

唐焌不同意集团底下的制造分部全面转型智能生产，而唐熠作为集团CEO，一直在做着所有制造分部全面转型智能生产的工作。所以说，唐熠和唐焌其实是对立关系。

那么，陈总作为集团副董事长唐焌的"爪牙"，在金城分部三条智能生产线差点流产这件事情上，估计功不可没。

难怪一个财大气粗的跨国集团要跑去小作坊买山寨设备，且唐熠先前对此一无所知，因为集团二把手联合了下面的人要整他，他一个CEO能怎么办？

蒋凡晞觉得唐熠真的太难了，盛华实现全面智能化之路，任重而道远啊！

翌日，唐熠办公室出现了一位和井勤差不多年纪的男人，俩人密谈了一整日。

蒋凡晞在餐厅遇到周恒，跟周恒打听："唐总办公室那男的，是要来接替我的新技术顾问？"

周恒说："不是的，那位是新来的何副总。"

蒋凡晞颇觉意外："真的要请一位新副总分管管理部？感觉好像没有必要啊。"

管理部一般负责人力和行政，在企业里属于不直接产生效益的部门，特别在制造型企业，它既不掌握技术，也没有订单资源，很容易被边缘化。

唐焌要唐熠把人安置在边缘化部门，这就是不让新副总插手生产、技术，不对陈总等人构成威胁的意思。

那唐熠把人请来还有什么意义？

"现在最重要的是唐总的人要先进来，人到位了才有机会。"周恒压低声音，"否则，永远无法改变现状。"

蒋凡晞这才反应过来。

唐熠作为集团CEO，在金城分部确实没人。除了周恒和她，其他人都各有车头，各自抱团，不可能真心帮唐熠做事。

这种环境，唐熠手段再牛也很难施展，毕竟大将军再骁勇善战，要打胜仗也得有军队。

单枪匹马、以一敌百几乎不可能赢。

想起之前唐熠三番五次的挽留，就是最后同意她离开，也是因为她找到更好的平台，蒋凡晞心情复杂。这段时间与唐熠接触多了，对他稍有了解，再加上越发看清楚集团内部的局势，蒋凡晞知道唐熠受人掣肘，很多时候也是无可奈何。

比如那三条山寨生产线……

"唐总。"

唐熠抬眸看一眼倚在门边的蒋凡晞，视线又落回文件上，唇角弯了弯："有事找我？"

"我们周六在来福有演出，您要不要过来？要的话，我提前跟现场说一声，您就不用买门票了。"

唐熠扫一眼电脑桌面的行程表："可以，几点开始？"

"这种都是八点啊。您不是看过演出吗，连几点开始都不知道？"

"很多年没看了，最近也就看过你们那一场。"

"太忙了吗？"

"嗯。"唐熠合上文件，起身招呼蒋凡晞，"进来坐。"

"我不进去啦！您每次都泡茶，我最讨厌喝茶了。"

唐熠笑着走到沙发区坐下，给自己倒了一杯水，对着蒋凡晞举了举："其实我也不喜欢喝茶，开水最好。"

"身不由己，对吗？"蒋凡晞开玩笑说，"我们有一首歌就叫《身不由己》，周六的点歌环节您记得点这首啊。"

话音刚落，她忽然就想起那次点歌环节，唐熠在歌单上说她来姨妈还喝冰雪碧。蒋凡晞立马红了脸，不自在地说了声"那到时候见"，就转身跑回自个儿办公室。

一转眼到了周六，蒋凡晞跟乐队其他成员一起在LiveHouse附近的小吃街吃过晚饭，一进后台，她立马给唐熠发位置和消息。

凡星：晚上八点，您别迟到啊。

唐熠过了一会儿才回复。

TY：好。

凡星：您直接进来就行，我跟保安说好了，您就说是械客的朋友。

TY：好的。

大家都在准备各自的乐器，调整状态，准备一会儿上台表演。

曾嘉见蒋凡晞一反常态开着微信对话框聊个不停，问："跟谁发微信呢你？"

"我老板。他晚上过来看我们演出，我让他别迟到而已。"

魏楠在调贝斯弦，嗤笑一声："就上次把你堵小巷的那个？"

想起自己一个月前还与唐熠水火不容、暗中较劲，现在竟能邀请他过来看演出，且待会儿还有礼物送他，蒋凡晞也觉得不可思议，自己简直是女菩萨。

"唐熠，是吧？"曾嘉将键盘翻过一面继续仔细擦，"那货是盛华集团的二少爷。"

蒋凡晞回神，熄了手机看向曾嘉："你说唐熠是盛华董事长的二儿子？"

"没什么人知道他的身份。"曾嘉说，"他妈跟他爸很早就离婚了，他好像是跟着舅舅长大的。后来他妈去世，他爸回来把他接去A国，听说跟他舅舅和姥爷打了好几年官司呢。"

蒋凡晞错愕地张大了嘴巴："那他一直是单亲？可看上去不像啊。性格特别稳定呢！"

曾嘉冷笑："大家都是成年人，谁还动不动把伤疤掀给别人看？要掀也是掀给最亲近的人看。"

魏楠问："所以这人到底有没有真本事？年纪轻轻就是跨国集团的CEO？该不会也是祖荫吧？"

曾嘉下巴指了指蒋凡晞："问蒋蒋啊，她现在不是在跟唐熠做事？"

蒋凡晞还在震惊中，没吭声。

司辰视线离开吉他，抬头看向曾嘉："嘉子，你怎么知道人家这些家事？"

曾嘉笑得颇得意："因为我爹认识他爹，我跟我爹打听的！"

蒋凡晞赶紧跑过去坐他旁边，脑袋往他那儿凑："那你还知道什么？"

她不喜欢背后说人八卦，但今晚不知哪根筋搭错了，就想知道跟唐熠有关的一切。

曾嘉却不说了，食指戳了戳她的额头，酸酸地问道："你那么关心人家的事情做什么？"

魏楠和司辰看过来，笑而不语。蒋凡晞缩回脑袋，不说话了。

"今晚的第五首歌——《身不由己》！送给这位叫TY的歌迷！"曾嘉站在麦克风前，边说边将最后一张歌单传到蒋凡晞手里。

蒋凡晞迫不及待地打开字条，上头遒劲的四个字果然出自唐熠之手。她唇角无意识地溢出了笑。

她那天只是和唐熠开玩笑，结果唐熠不仅记住了她说的话，还真点了这首歌。想到唐熠现在可能就在人群中关注着自己，蒋凡希浑身都精神了，腰板挺得直直的，握着鼓棒的双臂也更有劲了。

魏楠打了个响扣，示意大家准备。

蒋凡晞举着交叉成十字的鼓棒站起身，敲击几下，几秒后落座，鼓棒用力击中音鼓，随之而来的是密集的鼓声、镲片声有节奏地响起。

"彷徨悲伤都无法打倒你，最坚强的你；我的心永远和你在一起，并肩战斗；就算夜晚再黑，黎明一定会到来……"

司辰弹着吉他，仿佛撕裂了嗓子般唱着《身不由己》。

坐在架子鼓后的蒋凡晞，潇洒挥动着鼓棒，高马尾随着她身体有节奏的律动而甩出好看的弧度，双手敲下的每一个鼓点都带着期待，仿佛是第一次上台演出，渴望被认可、被喜欢……

演出结束，歌迷散场，黑压压的人往出口处拥。

蒋凡晞下了鼓凳，将鼓棒插到后袋，走到舞台前方张望片刻，没见唐熠人，拿出手机，给他发微信。

凡星：我结束了，现在去酒吧，有事跟您说。

凡星：您在哪里？

唐熠秒回。

TY：我现在去酒吧。

凡星：待会儿见！

蒋凡晞赶紧拎包上酒吧。刚进门，就见唐熠坐在靠窗的卡座里，手里拿着酒单。

她走过去，落落大方地入座："等很久了吗？"

唐熠看着她，笑着说："刚到，你喝点什么？"

"随便，度数不要太高就行。"

唐熠于是点了两杯莫吉托。

蒋凡晞笑："您也喜欢莫吉托？"

"今天第一次喝。"

"挺好喝的，我很喜欢。"

唐熠微笑着点点头："我记住了。"

蒋凡晞心想他记这个干吗？疑惑一闪而过，她没深想，转而问："唐总您什么时候生日？"

"下个月。"

"几号？我要送您礼物。"

"一月六号。"

唐熠眼底闪过一丝玩味："要送我什么礼物？"

蒋凡晞笑得一脸灿烂："是两个礼物！您就期待吧！您一定会满意的！"

唐熠点点头："我确实很期待。那你呢？什么时候生日？"

蒋凡晞调皮地摇着脑袋，顾左右而言他："我今年生日已经过完了，您没机会送我礼物啦。"

"我明年送。"

蒋凡晞没继续扯生日的事情，坐正身子，清了清嗓子，认真说道："好了，不开玩笑了。我有两件事情想跟您商量。"

卡座掩在一大片的绿植装饰物后方，倒不会吵闹。

蒋凡晞正常音量："第一件事：我打算重写智能生产线的程序，计划将目前的产能提高两倍左右。当然这个数字只是理论上的，具体能提高多少，得等我程序写好，再配合生产线运行才能统计出来。

"第二件事：我建议您录用凌娅。我跟她是同学，本科一样学的机械和电气工程，硬件维护方面她没问题，说不定还比我优秀。至于智能模块的维护及程序编写，将来，若公司有需要，可以随时联系我，我一定会帮忙！好了，我说完啦！"

唐熠没说话，右手轻搁在桌上，食指和中指有节奏地叩着桌面。这是他思考问题时的习惯性动作。

蒋凡晞没打扰他，静静等待他的决定。

酒保送上两杯莫吉托，蒋凡晞拿起自己那一杯，轻抿一口。

她只能做到这个程度了，人已离职，却还愿意回来帮忙，这不是谁都能做到的。

她起先还有点内疚，觉得唐熠对自己也算不错，就这么毫不留情地离开似乎很不上道，但又想天下无不散之宴席，她不可能在盛华干一辈子，盛华也不一定会一直需要她。

这个世界，没了谁都照转。没了她，唐熠一样会去做自己想做的事业，企业一样正常运转。可她如果在盛华浪费太多时间，那么她想做的事情便一件也做不成，想见的人，也不知道何时才能见到。

职场人太把自己当回事，或者放大领导对自己的感情，都是不明智的。

等了好一会儿，唐熠都没说话，蒋凡晞猜他大抵是在录用凌娅这件事上还有顾虑，于是劝道："有个事情我得先和您说清楚。您想要找一个像我这样的可不容易啊。我这样的，要么这辈子就在G国发展了，要么回国也是做AI研发工作，不可能来盛华。所以您不能以我的标准去衡量接替者，要不我退休了您都不一定能找到合适的人哪。"

唐熠闻言抬眸看过来，笑出一排整齐的白牙。

蒋凡晞心里一动，心跳在这一刻似乎乱了节奏。

他竟然有一颗小虎牙，怪可爱的。

"你就在盛华退休吧！"唐熠双目灼灼地看着蒋凡晞，"到时候和我一起退休。我吃肉，肯定不会让你喝汤。"

"哇！感谢唐总！"蒋凡晞双手揉着眼睛，佯装感动哭泣，"我真的好感动啊！可是不行哎，我还是得走……"

唐熠眼底闪过失落。他单手拿着酒杯，静静喝着酒，很沉默，就像在T国那晚。

蒋凡晞把这一切都看在眼里，鬼使神差地想：如果那天晚上和他发生点事，现在是不是就舍不得走了？

答案大概率是"yes"。

所以她庆幸自己那晚上没有做出让自己后悔的事。

酒杯中的冰块逐渐融化，薄荷叶在朗姆酒里漂荡，粉白中带着一抹绿，矛盾却又明艳的颜色。

舞台上，女歌手低吟浅唱——

"后来，终于在眼泪中明白，有些人，一旦错过就不在……你都如何回忆我……带着笑或是很沉默……"

看着坐在自己面前安静喝酒的唐熠，再配上这歌词，蒋凡晞觉得心情怎么有点酸涩呢？

"在BBDC如果不适应，就回来吧。我知道你不喜欢金城分部的环境，到时候，A国总部、杭城、苏城、深市等其他城市的分部，想去哪里跟我说，我来安排。"唐熠声音很轻，在本就昏沉暧昧的环境里，愣是叫人听出温柔、宠溺的意味。

蒋凡晞登时心头发热，但冷静下来，她也只能叹气，摇头，再叹气，再摇头，最后抓起桌上那杯只喝了两口的莫吉托一口闷了，登时又剧烈咳起来。度数虽然不高，但猛的一过喉，还真有点辣。她咳得双眼通红，泪眼模糊地看着唐熠站起身，快步走到自己身边坐下。

男人的手轻拍着她的后背，另一只手递纸巾给她。

她胡乱抓过纸巾就往眼睛上搁，随便擦了几道。

唐熠跟侍应要了一杯温开水，递到她唇边："喝口水。"手还放在她背后轻拍着。

她抓过水杯咕噜噜喝了两口，把气顺下去，杯子放到桌上时，身子往旁边挪了下，与唐熠拉开距离。

唐熠回对面坐下。

蒋凡晞轻咳一声，说："两件事我都说完了，唐总，您同意吗？"

唐熠没表态，只是朝她伸出手。昏黄的环境里，男人的手出奇地白皙修长、骨节分明，指甲边缘修剪得整齐干净，像外科医生的手。

　　看到这双完美的手，蒋凡晞无法控制地想起在T国的那一晚，这双手摩挲过自己的后颈、脸颊和下巴。

　　她心头发颤，那种浑身战栗的感觉卷土重来。她用尽全部力气坚持不发抖，强装镇定地握住唐熠的手。

　　男人的掌心一如既往干燥温暖。

第六章　看上去消沉却又明艳妖媚

> 她走到唐熠面前，对他浅浅鞠了一躬，诚挚地说道："感谢您这几个月的照顾，很高兴认识您、与您共事。"
>
> 唐熠看着她，什么都没说，可那眼神又像是有千言万语，只是不知从何说起。

蒋凡晞是个急性子，周六晚上刚和唐熠说好要重写编程，周日在宿舍就捣鼓上了。

旧程序是她写的，新程序只需在旧的基础上做部分增减。

她边在键盘上敲击着各种烂熟于心的代码，边想：得争取在唐熠生日之前把新程序写到生产线里，还要做一个聊天机器人送给他。

周一，蒋凡晞在无人车间忙到快中午才回办公室。刚从电梯间出来，远远就见凌娅和唐熠坐在办公室谈话。

唐熠也看见她了，跟她招了招手，示意她进去。

"唐总。"蒋凡晞推门进去。

凌娅转头对她笑了下。

"蒋工，进来坐。"唐熠动手烫茶杯，"我刚和凌工谈好了，她今天就可以正式入职，尽快做好交接工作。"

"哦，好。"蒋凡晞朝凌娅伸出手，"欢迎。"

"凡晞，谢谢你。"凌娅态度真诚，"我知道我还有很多不足，我会在交接的这段时间里好好向你学习。"

蒋凡晞惊讶于这番话是从骄傲自信的凌娅口中说出来的，蒙蒙的，没说话。

倒是唐熠说："蒋工很有才华，凌工你确实要多向她学习。"

蒋凡晞瞪唐熠，用眼神告诉他：别王婆卖瓜！

唐熠意会，笑而不语。

凌娅从蒋凡晞的眼神里读出了娇嗔，登时看向唐熠。

唐熠认认真真看着蒋凡晞，眼底有碎芒。

在唐熠那儿坐了会儿，蒋凡晞带凌娅回隔壁办公室，正打算拿了餐卡就去餐厅吃饭，唐熠过来敲门。

他人站在门口，环视一遍办公室，然后看向蒋凡晞："只有一个办公位，交接这段时间，蒋工你到我办公室用会议桌办公。"

蒋凡晞没想太多："好的。"

凌娅脸色微变，刚要说话，唐熠已经回了隔壁办公室。

"走吧，我带你去餐厅。"蒋凡晞拿上手机和餐卡，走出了办公室。

凌娅跟上，往电梯间走的时候，频频回望唐熠的办公室。

"先排队，然后刷卡、取餐盘、取食物。"蒋凡晞边说边把餐卡放到读卡器那儿"嘀"了两下，然后取了两个餐盘，给了凌娅一个。

看着种类繁多、自选自取的餐区，凌娅笑道："像自助餐厅。"

蒋凡晞笑笑，取了一点意面、罗宋汤、牛排和沙拉，端着餐盘，走到一处靠窗的位置坐下。

凌娅入座，瞥一眼她餐盘里的食物："吃意面？你现在不减肥了吗？"

"工作后就不减啦，怕伤脑子。"

"是吗？"凌娅口气夸张，"减肥还能伤脑子？我还是第一次听说。"

"会损害记忆力。"

"这样啊。我从没减过肥，还真不清楚。"

蒋凡晞抬眼看向凌娅天生纤瘦的身材，笑笑，没说什么，开始喝汤。

那口汤刚咽下去，正要换叉子吃意面，身旁位置忽然来了人，紧接着，便是一阵熟悉的冷香。

不用看都知道是唐熠，她继续吃着自己的面。

"唐总，"凌娅讨好地看着唐熠，声音瞬间变得柔软，"您也在公司用餐吗？"

唐熠口气很淡："是，午餐和晚餐一般在公司解决。"

凌娅佯装意外："怎么晚餐也……"

"加班。"

蒋凡晞认真喝汤吃面，没理会正聊天的俩人。

"打算几时去BBDC报到？"唐熠忽然把话题转到她身上。

她放慢进餐的速度，抽空回答："我可能会自己创业，不一定去BBDC。"

凌娅说："BBDC不错啊，你干吗那么想不开要自己创业？"

蒋凡晞无所谓地笑了下："去企业还不简单？随时可以。"

凌娅冷笑："那可不一定。年轻员工有朝气、有活力，还经得起加班的摧残。我们过几年都得结婚生子，精力和心思就没办法全放在工作上。到时候再出来找工作，和年轻人一起竞争，哪里争得过呀。"

她看一眼唐熠，说："不信你问问唐总。"

蒋凡晞耸耸肩，既没问唐熠，也不跟她争。

凌娅骨子里相当高傲，说话做事都要比别人高一头，蒋凡晞早知道了，所以懒得和她争论。

没意义。

她喝了水准备起身走人，就听唐熠说："那倒未必。我这人最看重能力，有没有家庭、能不能加班都是小事。只要有能力，能给企业带来实质性的利益，我什么都能包容。"

凌娅登时哑口无言，只剩讪笑。

知道唐熠在暗暗警告凌娅，蒋凡晞说："那如果带不来实质性的利益呢？您是一点不包容了？"

唐熠讽刺地笑道："我不是做慈善的。"

凌娅已是一脸惨白。

蒋凡晞摇摇头，觉得凌娅还是自求多福吧。

下午，她开始跟凌娅交接工作。

工作内容其实不复杂，都是围绕无人车间展开——三条智能生产线出现故障进行检修；其他车间的设备有问题，设备组处理不来的，她过去帮忙；平时写写工作报告，有需要就做一下生产线升级；最后就是唐熠交代的各种事情。

凌娅是聪明人，上手很快，蒋凡晞只花两天时间，就把工作大部分移交给了她，自己则继续忙于新程序的编写。

把唯一的办公位让给凌娅，蒋凡晞抱着电脑和几本工具书去了唐熠办公室。

唐熠当时正和新来的何副总谈事情，招呼了她一声，转头又谈事情去了。

蒋凡晞把电脑和工具书放到会议桌上，犯了难。

小型会议桌与玻璃墙、唐熠的办公桌平行，蒋凡晞不可能去坐属于唐熠的主位，坐两侧又面临一个问题——是背对唐熠还是面对呢？

一想到唐熠成天在后头盯着自己，她就浑身不自在；可不让唐熠盯着后面，那就得跟唐熠面对面……

比起被他盯着后面，好像面对面更不自在？

蒋凡晞正纠结着，笔记本连着的电源线忽然被人拿走，下一秒，就见唐熠微微俯下身，将她的电源线插头插到地插上。

"陈总这个人不能留。"唐熠把电源线插好后站起身，继续对何副总说，"找到他损害公司利益的证据，我上报董事会，唐副董自然无法再保他。"

他边说边走到蒋凡晞身边，单手拿起她的笔记本放到会议长桌的主位上，低声说道："你坐这里。"说完，回沙发区继续和何副总谈事。

"……金城分部的人工成本要比其他分部高出近三个百分点，我怀疑工价这部分有问题，往这方面深挖。据我所知，有几位车间主任对陈总很不满。"

唐熠点到即止。

何副总点点头："我知道该怎么做了。"

蒋凡晞入座后，轻手敲击键盘，心思却飘到唐熠那边去。

如果没猜错，接下来陈总和何副总会将战斗摆到台面上，斗个你死我活，高层们迅速站队，个人斗争上升到团体斗争，引起集团总部的注意后，这时候再把陈总的遮羞布一把掀开，底子不干净的陈总分分钟就会被踢出局。

天真的陈总还以为唐熠找人过来当副总，只是要分走他一部分权力，所以拉出唐焌保住自己分管的几大重要部门，殊不知唐熠的人只要一进盛华，就会把他查个明明白白，在哪个部门根本不重要。

好一出借刀杀人！

"好了，你先去忙吧。"唐熠起身送何副总。

蒋凡晞赶紧收回视线，垂眸看向电脑屏幕，手在鼠标上装模作样地移动着，装作认真工作的样子，却还在用余光观察着坐在沙发区泡茶的男人。

过了一会儿，一杯冒着热气的茶被放到鼠标垫旁边，唐熠拉开椅子坐下，笑问："创业这件事，是当真？"

蒋凡晞收拢思绪："嗯，很认真在考虑。"

"项目想好了？"

蒋凡晞摇摇头："没办法一心二用，等离职了再开始找项目。"

唐熠又问："人手和资金呢？"

"……都没有。"

"如果需要投资人，可以找我。"唐熠笑着说完这句话，转身回自己的办公位。

蒋凡晞马上想起当时改制智能生产线前与唐熠的那一番谈判，心想找这位"圣诞老爷爷"投资绝对不是什么好事情。

那日过后，何副总便开始大刀阔斧搞管理上的改革。

先是从考勤制度下手，规定整个金城分部的人员，无论职位高低，上下班都必须严格刷脸考勤，就是唐熠也不例外；接着重新整顿绩效制度，重做薪资结构……样样都在伤害某些人的利益。

陈总开始跳脚，在例会上跟唐焌投诉，说如此规定会给公司的日常管理带来很大麻烦，金城分部是制造企业，一切以效益为重，不应把精力放在服从行政管理上。

唐焌似乎有自己的考量，竟没再维护陈总，反而说分部的纪律是该整顿一下。

于是何副总的改革越来越频繁，上到对高层的束缚手段，下到对厂区停车位的整顿，每天都有新花样。

大家也都疲劳了，从意见四起到麻木不仁。

这天，蒋凡晞、凌娅正在唐熠办公室商讨有色生产线的自动化改革，管理部的同事突然拿着本子进来说："何总说要建一个新企业群，这边需要登记一下三位的英文名。"

唐熠说："给我登记TY就行。"

同事拿笔记下。

蒋凡晞刚要报英文名，凌娅忽然出声："稍等，我有个事情要和蒋工商量。"说着，示意蒋凡晞和自己回隔壁办公室。

一进门，她就将玻璃门关上，瞥了眼隔壁的唐熠，将蒋凡晞拉到书柜后的隐蔽角落。

"凡晞，"她似乎很难以启齿，"我们别用以前大学时的英文名了好不好？"

蒋凡晞一脸莫名："英文名有什么问题吗？"

"我怕会被人知道我们以前是受人资助的。"

蒋凡晞皱眉："不可能有这么巧的事情吧？再说了，英文名一样的有很多。"

"是，"凌娅不敢看蒋凡晞的眼睛，目光垂向地板，"英文名一样的有很多，但如果我们两个人的英文名放到一起，那就有被发现的可能。"

虽然蒋凡晞不是很明白她在担心什么，但想到自己很快就要离开，也没什么公布英文名的必要，就同意了。

她们回隔壁办公室，管理部的同事正等着。

凌娅说："我的英文名是Linda。"说完，看向蒋凡晞，目光带着恳求。

蒋凡晞口气寻常："那就给我登记JY吧。"

唐熠看过来："JY是什么意思？"

蒋凡晞笑道："我小名叫瑶瑶，JY就是'蒋瑶'的拼音缩写。"

"瑶瑶？很好听。"

唐熠原本正常的声音忽然就低下来了，有别于平时冷淡、疏离的口气，暖意明显。管理部的同事和凌娅都震惊地看过来。

蒋凡晞发现了，不自在地轻咳一声。

唐熠收起笑，恢复严肃。

自从凌娅入职，唐熠便不再挽留蒋凡晞。

俩人上班时间同处一个办公室，聊得最多的也是智能生产线产能提升的事情。

唐熠偶尔会关心蒋凡晞的创业计划。

元旦前夕，蒋凡晞终于把新程序写好，并利用年度最后一天全公司盘点、所有生产线停工一天的机会将新程序写到生产线里。

一月一日，蒋凡晞、凌娅、唐熠，以及整个技术部的人都放弃了假期，回公司加班。

做了产能升级的三条智能生产线今天要不间断运行二十四小时，做日产能统计，并进行年产能估算。

早上五点半，天还没亮，所有人员到位，在无人车间集合。

蒋凡晞手持轮值表告知众人：

"生产线今早六点开始运行到明早六点，凌工负责早上六点到晚上六点，我负责晚上六点到明早六点。林珂和上次当我副手的几位技术哥哥去帮凌工，其他人跟着我。"

她说到"几位技术哥哥"时，唐熠垂眸看向她，神色不辨喜怒。

将人事都安排好，蒋凡晞开始去主机守着，凌娅则带着几位技术员在生产线内巡视。

唐熠到处转了一圈，最后又回到蒋凡晞这边。

"有什么需要我帮忙的？"

蒋凡晞盯着主机屏幕，头没抬，说："没什么事，您早点回去陪家人过节吧。今天可是新年第一天。"

唐熠没有要走的打算："你不是轮值晚上？怎么还不走？"

"我观察个两小时，没问题了再走。"

"直接回宿舍？"

"嗯。"

唐熠看着她专注的侧脸，想到她晚上还要值夜班，他说了声"好好休息",便转身离开。

蒋凡晞忙着,顾不上注意他的去向。

九点不到,她见生产线运行正常,便将现场交给凌娅,收拾好东西准备回宿舍睡个觉。

人还没走到大门口,唐熠的专车从车位开出来。蒋凡晞退到一旁,打算和唐熠打声招呼再走。

车在她身边停下,主驾车窗降下。唐熠招呼道:"上车,我送你回去。"

这会儿是早上九点,户外零下四五摄氏度。蒋凡晞虽然穿着长羽绒外套、围了围巾,但还是冷得直打哆嗦,没多想,拉开后车门上了车。

体感瞬间从北极回到温带,舒服得浑身的毛孔都在欢呼雀跃。

她低头系安全带:"送我到小区楼下就行。"

"好。"唐熠方向盘一转,车子直接下坡道,驶入工业区小径,"工作交接到什么程度了?"

"我本来想明早和您说呢。工作前些日子就交接好了,明早产能统计出来,我在盛华的工作就都完成了!"

唐熠沉默。

蒋凡晞又说:"但是我之前答应要做一个聊天机器人送给您,所以我还会来公司几天,因为需要用到这里的工具做机器人硬件。这几天算我个人私事,不用给我开工资。"

唐熠笑笑:"改制生产线的三百万元拿到手,你也算小富婆了,聊天机器人我就不和你客气了。"

蒋凡晞轻哂:"三百万元而已,算什么小富婆呀?"

唐熠看一眼后视镜里的她:"留下来,我保证你未来会有一千个一万个三百万元。"

又使用金钱攻势了,蒋凡晞警惕起来,跟他打哈哈:"我不是钱能收买的。"

这话一说出口,俩人都心照不宣地笑了。

唐熠可谓招数用尽,感情牌、金钱牌、理想牌都打过了,蒋凡晞无一不给推回来。

一转眼，车子到了小区楼下。唐熠熄火，转身看坐在后排的蒋凡晞，而后又抬眸看了眼公寓楼："聊天机器人做到什么程度了？"

蒋凡晞老实汇报："软件部分的程序和声音都做好了，现在就差材料把整机做起来。"

"方便我上去看看？"

蒋凡晞错愕地眨了眨眼睛，脑海里出现一个画面——随手丢在沙发上的睡衣，还有阳台晾着的内衣裤。

登时满心抗拒。

她住在只有一个房间的单身公寓，唐熠一进去，就会看到那些很私人很私人的物件。

不行，不合适！

见她脑袋摇得像拨浪鼓，唐熠笑得很无奈："我开玩笑的，你上去吧，早点休息。"

"啊？哦。"蒋凡晞逃也似的下了车，"唐总再见。"

她一觉睡到傍晚，起来洗了个澡，随便吃了几个水饺，赶紧出发去公司。

签交班表的时候，凌娅说："唐总早上走了之后就没来过，他不是挺重视这个项目的吗？我还以为他下午也会过来。"

蒋凡晞在翻看生产线运行记录，随口回道："是吗？可能是陪家人过节吧。"

站在一旁等她们签字的林珂说："唐总的未婚妻是不是从A国回来了呀？A国圣诞节不是都放假吗？说不定现在就在国内呢。"

凌娅震惊："唐总……唐总他订婚了？"

蒋凡晞没吭声。

林珂说："是呀！听说唐总的未婚妻是A国华裔圈的名媛，演过电影，很漂亮也很有气质。"

凌娅一脸惨白。

蒋凡晞将表单翻到最后一页，签下自己的名字，递给林珂："好了，事情做完就下班吧，别背后说领导的八卦。"

林珂接过，笑着离开了车间。

蒋凡晞正想刷卡进生产线，见凌娅脸色很差地杵在那儿不动，问："你怎么了？不舒服吗？"

凌娅回神："哦，我没事。"

她红着眼眶看蒋凡晞："你见过唐总的未婚妻？"

"没有。"蒋凡晞摇摇头，没提到T国那晚，唐熠亲口说过自己没有未婚妻。

凌娅扬起一抹勉强的笑："那我先回去了，晚上辛苦你了。"

"回去吧，注意安全。"

蒋凡晞把三条生产线都巡视一遍，出车间时，已是晚上十点。交代好现场，她回办公室，打算冲泡面充饥。

元旦假期，整个园区都没人了，楼层安安静静的，落针可闻。等水烧开的时候，蒋凡晞拿出手机，犹豫着要不要打个电话回家。

手机屏幕亮了灭，灭了又亮，如此循环数十次，她终于把电话拨了出去。

"喂？"电话那头的女人压低声音，"是瑶瑶吗？"

"嗯，妈，晚上好。"蒋凡晞捏紧手机，精神紧张，"我爸睡了吗？"

电话那头安静了一瞬，蒋凡晞听到中年男人粗重的鼾声。

"我不知道！你打电话问看护吧！"

蒋凡晞瞬间明白了，母亲又丢下瘫痪在床的父亲，出去和情人过夜了。她突然眼睛酸涩，喉头哽得发疼，想哭，却只能拼命抑制自己，什么话都说不出口。

"你在金城找没找到工作？"佟玉英怨气深重，"找到工作就赶快给我汇钱！你爸一个月的看护费用就要六千多块，还有生活费、每月还人家的钱，再加上其他杂七杂八的花费，一个月没两万块你叫我们怎么生活？"

蒋凡晞无力地捂着嘴巴，肩膀因为压抑想哭的冲动而抽动不止。

"怎么？是不想给钱还是没钱哪？"佟玉英在电话那头咄咄逼人，"你当初背着我偷偷跑去G国读书，到底读的什么书？既然在G国拿了文凭，为什么到现在还找不到工作？你这样还不如去广州打工！"

字字句句都在诛蒋凡晞的心。

她闭上眼睛，无力地问道："我六月份不是刚往您卡里转了十万块吗？"

佟玉英"哼"了一声，说："你一年给家里十万块，匀下来一个月八千！这钱就够给你爸请看护！我们不用吃饭啊？还有啊，你刚去G国那几年，一毛钱没给过家里，你爸的费用那么重，我为了保住家里唯一的房子，这些年一直从外头借钱，这些钱不用还人家……"

佟玉英声音尖锐高亢，恨不能将这些年的怨气都发泄到唯一的女儿身上。

蒋凡晞被骂到快窒息，再也无力承受这般精神暴力，留下一句"我过年把钱带回去"，匆匆挂了电话。

她咬唇转身，双手撑着台面，支撑随时要倒下的身体，眼泪一颗颗往下砸。

"咚！咚！咚！"有人敲门。

她一惊，胡乱抹掉脸上的眼泪，垂着脑袋没抬头。

沉稳笃定的脚步声逐渐靠近，一包纸巾递到她面前。

她抬头看向来人，尴尬地问道："您怎么过来了？"

唐熠将水杯放到台面上，打开纸巾包装，抽出两张给她："来无人车间转转。"

她接过，轻拭眼角的湿意。

唐熠拿着水杯走到电水壶边，见到一旁掀开了盖子的泡面，先把热水冲到泡面里。

"晚上就吃泡面？"

蒋凡晞吸了吸鼻子："在家里吃过东西才出来的，随便吃一点。"

唐熠点点头，没说什么，倒好了水，单手拿着马克杯，转过身，后腰抵着台沿，安静喝着水。

原本冷清的夜，因为多了个熟人，变得暖和了些，蒋凡晞放空片刻，人平静下来。

"您刚才在外面站了多久？"

"刚来。"

蒋凡晞觉得唐熠应该没听到自己和母亲的对话，便没多解释，将泡面挪到

120

自己面前，等时间一到就揭开盖子。

"嘀嘀……"掉在地上的手机连续响了几声，屏幕亮了亮。

唐熠俯身捡起来，递给蒋凡晞："微信。"

蒋凡晞接过，进入微信对话框。

玉英：你存了不少钱对吧？

玉英：我朋友帮我打听过了，说G国的工程师一年能挣四五十万，你一年给家里十万，剩下的钱都存起来了对吧？

玉英：你过年带两百万回来。

意识到母亲口中那位朋友大概率就是她的妍头，蒋凡晞怒极攻心，狠狠将手机砸到地上。

手机翻腾几下，最终以屏幕朝上的状态定住。

佟玉英发来的那几行字，以一种狰狞的方式存在于屏幕上。

唐熠这回没再去帮她捡手机，而是一手拿着水杯，一手抄兜，转过身，轻咳一声。

蒋凡晞已是顾不上在意视力达到5.0的唐熠能不能看到微信内容，浑身发抖地上前捞起手机，直接冲出茶水间。

她回办公室，弯身打开笔记本电脑，颤抖的双手在键盘上敲击几下，登录上网银。

人民币余额只有70余万元。

她红着眼睛看一眼隔壁。

灯亮着，唐熠在。

她立刻就把笔记本电脑的电源线拔掉，直接抱着电脑过去。

唐熠刚在大班椅上坐下，看到她站在门口，略感意外，他温声地说道："进来坐。"

蒋凡晞抱着电脑走到他面前："已经一月了，改装生产线的三百万元费用还没支付。"

"我查一下，你先坐。"唐熠打开电脑，食指在触控板上移动着。

蒋凡晞在客位入座，怔怔望着被电脑屏幕遮住下半张脸，只露出一对浓眉、一双深眼的唐熠。

思绪已然混乱的她，无暇欣赏唐熠过分英俊完美的五官。

"集团财务十一月初给我发了回函，我转发给你，你看一下。"唐熠边说边敲了一下回车键。

几秒后，蒋凡晞手中的笔记本电脑收到邮件提示。

内容写着：因为这笔费用属于技术服务类的劳务收入，根据集团财务制度规定，付款期为三个月。

也就是说，三百万元的报酬要一月底才会支付给蒋凡晞。

蒋凡晞立马去看电子日历。

今年的春节是二月中旬，这笔钱一月底到账还来得及。

她跟唐熠说了声"清楚了"，便拿着笔记本电脑回隔壁办公室，瘫坐在沙发上。

佟玉英突然索要两百万元，这打乱了蒋凡晞的全部计划，她心情糟透了。

原本计划作为创业启动资金的三百万元，现在要给佟玉英两百万元还债，还剩下一百万元。

按照家里一个月一万五的费用，至少也要留够两年的钱给家人，她才能放心在金城创业。剩下的六十多万元作为启动资金实在够呛。

AI这一行有多烧钱，没有涉足的人是无法想象的。

"你急着用钱？如果着急，我这边先私人垫付给你。"唐熠不知什么时候进来了，在蒋凡晞身边坐下。

被看出窘境，蒋凡晞有点尴尬，下意识地把身体往旁边挪了点："不用，一月底还来得及的。"

"有什么困难，尽管告诉我，我来解决。"唐熠很有分寸，并未拆穿她被索要两百万元的事。

蒋凡晞心头微热，红着眼睛看向唐熠："您为什么要帮我？"

唐熠垂眸看着她垂在身侧的白皙的手，声音越发低沉："没有为什么。"

他干净修长的手，轻轻覆在了她手背上。

他的答案已是不言而喻。

办公桌上一盏台灯照亮一角，沙发区隐在昏黄里。他和她呼出的气息在空气里飞舞，仿佛要交缠起来。越是安静，暧昧的因子越明显。

蒋凡晞怕T国那一夜的事情重演，迅速抽回手，说了声"我先下车间"，起身匆匆离开办公室。

无人车间里，三条智能生产线有序高效地生产着金属元件，只有大型设备运作的轰鸣声。

蒋凡晞进去巡视一圈，一切正常，便准备回办公楼。走到半路，见唐熠的车还停在车位里，她想到唐熠还在上面，便又折回车间。

然而她回到车间也只是坐在椅子上发呆。

今晚和佟玉英通过电话，她忽然意识到金钱的重要性。她并非富裕家庭出来的孩子，正常应该对金钱保持一定的敏感，可现实是——

这些年，她在财务方面一直都浑浑噩噩，知道要赚钱存钱，却从未好好做过规划，卡里永远只存着要还给资助人的那笔钱。

也就是那七十多万元。

想来还是因为被资助的那五年过得太滋润，毕业后又直接找到收入不错的工作，不需要为钱烦恼，才会对金钱迟钝，以至于现在因为突然要拿出一大笔钱而慌了手脚。

蒋凡晞不免就想，在个人事业并未准备好、家人生活也没保障的情况下，为了见一个不一定愿意见自己的资助人，冲动辞职，逞强创业，是不是很不明智？

她想得深了，便是一阵头疼。

"这里我来看着，你上去休息吧。"不知什么时候唐熠走到她身后。

她惊得坐直了身体。

看到唐熠那双深邃如星辰的眼睛，想起他刚才捧自己的手，蒋凡晞心中一阵紧张："白天睡了，现在睡不着。"

唐熠从旁边拉了一把椅子，在她身旁坐下，和她挨得极近。

"睡不着的话，我陪你说说话。"

蒋凡晞看一眼对面工位，技术员正往这边偷看。

她浑身的神经越发紧张，猛然站起身："不用了！我出去抽根烟提提神！”

风呼呼地吹着，北方冬日的半夜，不是一般的冷。

蒋凡晞将长羽绒服的拉链拉到顶，脑袋缩进帽子里，双手抄兜，顶着寒风快步拐到车间楼旁的巷子里。后背往墙壁上一靠，从兜里摸出烟盒，拿出一根细长的女士香烟咬到唇间。

她半眯着眼睛，仰头盯着夜空，手在裤袋里摸打火机。

“嗒”一声，打火机掉落。

她正想弯腰去寻，打火机已经被人捞起。

下一瞬，“刺”的一声，火苗被寒风吹得左右摇曳。

唐熠用手挡风，举着打火机靠近她手中的烟。

她偏过头看他，犹豫几秒，终究还是低头朝火苗靠去。

火光裹上香烟时，她狠狠吸一口，闭眼仰头，几秒后，白烟从她嫣红的双唇间呼出。

女孩白皙修长的双指夹着香烟，火星闪动，再度靠近唇边。

她抽烟的动作很老练，整个人看上去消沉却又明艳妩媚，充满风情却又不风尘。

“您来一根吗？”蒋凡晞羽睫微抬，盯着夜空，“但我只有女士香烟。”

“好。”

她从大衣口袋里摸出一个黑金色的细长烟盒递给唐熠。

唐熠从里头拿出一支，给自己点上。

她侧着脸，边抽烟边看他，轻哂：“我记得您好像不抽烟。”

唐熠单手抄兜，拿背倚墙，与她平行而立。

他吐出一口烟雾，浓眉微拧，无声笑了下：“不抽不等于不会抽。”

“是吗？”蒋凡晞微笑，“抽烟的人一般有瘾，能做到抽而不上瘾，您挺厉害的。”

“你呢？有瘾吗？”说这话时，唐熠瞧一眼她夹着香烟的食指和中指。

巷子光线昏暗，但他还是一眼看出蒋凡晞手指细长而嫩白，没半点被烟熏黄的颜色，想来也是不常抽。

蒋凡晞淡淡笑着："心烦的时候会抽一点，有时候赶项目咖啡因不够给力，抽一根也能提神。我不知道这算不算上瘾。"

今晚无须提神，想来就是心烦了。唐熠看着她，问："在烦什么？"

她没接腔，指间火星急促明灭起来。接连几次吞云吐雾，火星燃到头了，她蹲下身，将烟头摁灭在脚边的地上。过了一会儿才站起身，双手抄到衣兜里，背往后靠去，仍仰头看着夜空。

唐熠顺着她的视线看过去。

广袤无垠、深得似墨的天幕里，一轮弯月悬于中央，周边围绕几颗小小的星星，挺亮眼。

唐熠将燃尽的香烟丢到地上踩灭，偏过头看蒋凡晞。她的眼睛很亮，就像此时天上的星星。

他问了个很应景的问题："微信名为什么是凡星？"

"凡星……平凡的星星。"蒋凡晞望着星空淡淡笑着，"我很平凡，但也有一颗做星星的心。因为……"

她眼里的光黯淡下来："只有努力闪耀，那个人才会注意到我……"

唐熠半晌没吭声，一阵长久的沉默后，他深吸一口气，轻嘲道："谁？资助你去G国留学的那个老男人？"

蒋凡晞皱眉："您怎么知道人家是老男人？"

唐熠冷呵一声："不然还能是年轻貌美的'小鲜肉'？"

见蒋凡晞一脸的不接受，他又说："就算他三十岁开始资助你上大学好了，十一年过去了，他现在至少也是个年过四十的老男人。"

蒋凡晞斜他一眼："老男人招您惹您了？您为什么对人家敌意这么大？"

唐熠也意识到自己反应太大，掩饰尴尬似的踩了几道脚边已经被踩扁的烟头。

蒋凡晞抬头望向星空，又不说话了。

唐熠问："你到底在想什么？"

蒋凡晞摇摇头："没想什么。"

她不可能跟领导剖白自己内心那些不方便为人知的苦闷。

唐熠站直身子，转过身面对她，声音低了些："我还是那句话，你想要什么资源，告诉我，我给你。"

蒋凡晞觑他："为什么要给我？"

唐熠一噎，别开目光，"爱惜你"三个字差点脱口而出，想来还是不合适，转而说："惜才。"

"明早六点，日产能统计出来，我在盛华的工作就全部结束了，我们以后应该也没什么机会见面，用不着这样。"

唐熠无话可说，气氛再度归于静默。

俩人就站在那里吹风，看着星星，谁都没有再多言。

抽完一支烟，蒋凡晞情绪转好，借口回车间巡视，匆匆离开了巷子。

唐熠什么时候离开的，她不清楚，回车间交代技术员看好现场，便回办公室休息了。

书柜后方有一张便捷床，她支开摆好，和衣躺下。本打算眯个一两小时就好，结果却睡深了，一直到早上凌娅开办公室的门，她才醒来。

"天啊！你眼睛怎么这么肿？"凌娅边脱大衣边走过来看她，"昨晚睡前喝太多水了？"

蒋凡晞顺着她的思路："可能是吧。"说完起身穿鞋，"几点了？"

凌娅看一眼腕表："五点四十五分了。我先去车间，你去梳洗一下再下去吧。"

"好。"

蒋凡晞从包里翻出一次性牙刷和毛巾，刚出办公室，就遇着了从隔壁出来的唐熠。

唐熠盯着她看，低声问："早餐吃什么？"

蒋凡晞有点不自在，躲避他的眼神："我一会儿回宿舍的路上随便吃点。"

唐熠点头："去忙吧，一会儿见。"

早晨六点整，三条智能生产线停机，系统显示日产能达到过去的2.1倍。

众人向唐熠道喜，唐熠露出满意的笑，在车间寻找蒋凡晞的身影，没见着人，立刻回了楼上。

蒋凡晞正在办公室收拾东西。

他敲门进去，蒋凡晞手中动作没停，抬头短暂地看他一眼，又低头往箱子里装东西。

"我前几天就和管理部说了，就上到十二月结束。一月份偶尔会来的几天不用计入考勤，也不算上班，不用给我开工资。"

唐熠走到她办公桌旁，眼睛看着她往箱子里装个人物品的动作，低声问："和凌工都交接好了？"

"好了。半个月前我就不处理原先的工作了，只写编程。"

唐熠眼底有情绪闪过，点点头："行。你的工卡、餐卡还是保留着，以后也许还需要麻烦你过来帮忙。"

"好。"蒋凡晞把外套穿上，背好包，双手抱起箱子。

她走到唐熠面前，对他浅浅鞠了一躬，诚挚地说道："感谢您这几个月的照顾，很高兴认识您、与您共事。"

唐熠看着她，什么都没说，可那眼神又像是有千言万语，只是不知从何说起。

片刻后，他终是抬手拍拍蒋凡晞的手臂："以后遇到解决不了的困难，来找我。"

窗外，金城的天空晨辉刚起，暖金色铺满云幕，希望的晨光穿过玻璃洒进屋内，将他们拢进那光里。

画面似乎定格在这一刻。

蒋凡晞先对唐熠扬了扬手："唐总，再见！"

她抱着箱子转身走出办公室。

这是新年的第二天，盛华大部分员工都还在休假，整个厂区空荡寂寥。

蒋凡晞走出厂区大门，寒风凛冽，吹得她只擦了乳液的皮肤又干又疼。她在心里盘算着接下来不用上班了，要在家里好好休养。然而想到从此之后就要离开盛华，心口却闷闷的，一点都没有预想中的轻松。她转过身，将盛华的样子封存在记忆里。

第七章　唐熠的"瑶瑶"

唐熠轻声唤道："瑶瑶。"

他音色本就好听，此时还用一种温柔、宠溺的口气，像爱人之间的低喃，蒋凡晞登时浑身不自在，耳廓发烫。

兔子肚子亮了一下，屁股发出女孩好听的声音："我在。"

蒋凡晞回到宿舍，舒舒服服地洗了个澡，一觉睡到晚上十二点。

她给自己下了碗面条，边吃边在网上找聊天机器人的机身材料。

办公桌前的白墙上，有一块超大尺寸的软木板，上头钉着几张设计图——

那是她前阵子为盛华的有色材料生产线量身设计的智能生产线，不过设计毕竟是纸上谈兵，要把实物做出来并不容易，所以她没和唐熠提过这件事。

暖黄的台灯照亮原木色小书桌一角，设计图旁边，钉着几张小小的便笺，其中一张上写着：

一月六日，TY生日。

蒋凡晞边吃面边瞅一眼便笺上的日期，琢磨着这聊天机器人大概是赶不上唐熠的生日了。她原本计划做个能发音的傻瓜式机器人就好——

例如，唐熠问机器人"你饿了吗"，机器人只会回答"我不饿，你饿了你就吃饭吧"这类事先设置好、无法根据唐熠的口气猜测他情绪变化的对白。

可等她真正下手去做了，又过不了自己那一关，于是最后就做了一款时下流行的智能聊天机器人。她为此还重新配置了一台专用电脑，也写了独立的操作系统来连接机器人的控制程序。等机器人外身出来的那些天，蒋凡晞每天都会去盛华借用实验室，给机器人做传感器和驱动器。

她一般是午后过去，傍晚离开。每次经过综合楼，都会看见唐熠那辆黑色的专车停在楼下。然而俩人从没碰过面，厂区太大，要碰面实属不易。

聊天机器人做好的那一天，蒋凡晞刚好有演出，就把唐熠约到LiveHouse。

演出一结束，她便带着机器人去上次那个酒吧找唐熠。一进门，远远就见穿一件浅蓝色高领毛衣的唐熠坐在靠窗的卡座里，面前一杯洋酒。

她快步走过去，在唐熠对面入座，笑盈盈地问道："等很久了吗？"

边说边从背包里取出一个绒布袋，推到唐熠面前："机器人做好了，您看下。"

唐熠笑着看了她好一会儿，才接过绒布袋打开。

里头是一只粉色绒毛兔子，三四十厘米高，两只长耳朵粉白相间，眼睛又黑又亮，看上去很可爱。

"辛苦你了。"唐熠捏了捏兔子突出来的肚子，"跟我想象中的机器人差别很大。"

蒋凡晞笑着比画了个半人高的高度，打趣道："您以为有这么大一只呢？"

唐熠失笑："那倒不是。"

他双手捏住兔子短萌的爪子，把它拎起来："只是没想到是毛绒玩具。"

蒋凡晞解释："现在的娱乐机器人一般就是ABS或绒毛外身。ABS比较耐用没错，但单独开模做一个ABS整身至少需要一个月的工期，时间太长了不是？"

唐熠瞥了一眼："ABS开模要花不少钱吧？"

蒋凡晞嘿嘿笑："您还知道开模贵呢？您不是不懂技术吗？"

唐熠没说什么，笑着捏一下兔子的脚，兔子登时就说："唐总，晚上好。"

那是用蒋凡晞的声音处理制作而成的，虽然音色带了机器人味，但唐熠还是听出声音就是蒋凡晞的。

他会心一笑，说："我跟这只兔子说话，你那边能收到？"

"那当然不能。"

"那你想办法加上。"唐熠将兔子装进绒布袋里，推回到蒋凡晞面前，没说非要加联系程序的理由。

蒋凡晞皱眉："您又不是没我联系方式，干吗要通过兔子联系？"

"好玩吗不是？"唐熠拿起酒杯轻抿一口洋酒。

蒋凡晞懒得理他，将绒布袋收进包里："对了，回头您给它想一个名字。"

"名字？"唐熠放下酒杯，"它是女生还是男生？"

蒋凡晞一脸无语："都用我的声音了，那肯定是女生啊。"

唐熠回过味来，唇角弯了弯，说了声"好"，然后跟侍应要了一杯莫吉托。

蒋凡晞忙阻止："哎，不要莫吉托，给我一杯热牛奶。"

唐熠一脸不信："几天不见，你这是戒酒了？"

蒋凡晞撇撇嘴："没呢，特殊时期，不能喝冰。"说完，意识到自己嘴快，尴尬地侧了侧脸。

唐熠抿唇轻咳一声。

猝不及防的安静袭来，蒋凡晞没话找话："我走了后，凌娅如何？没问题吧？"

唐熠单手把玩着圆形杯垫，说："计划年后构建第二个无人车间，最近她在做布局设计，我还没看到方案。"

"我之前已经将整个厂区智能化的设计图发到您邮箱了，您可以直接拿那个出来用的。"

"什么都给现成的，那盛华一年几十万元请她来做什么？"

尽管唐熠神色淡然，但蒋凡晞还是从他口气里听出对凌娅的不满。

蒋凡晞没兴趣破坏他和凌娅的关系，便不多言，转而说："智能化转型挺辛苦的，你保重吧，注意身体。"

话刚说完，手机响了。

是曾嘉，蒋凡晞按掉，转而发了微信语音过去："我就下去，等我两分钟。"

她背好包站起身："我朋友还在下面等我，我先走了啊。机器人改好了，我再约您拿。"

唐熠还未来得及说话，她已经一阵风似的消失了。

唐熠无奈笑笑，拿起酒杯轻抿一口威士忌，看向窗外的皑皑白雪。

台上，女歌手用烟嗓浅浅唱着——

"离开也很体面，才没辜负这些年；爱得热烈，认真付出的画面；别让执念，毁掉了昨天；我爱过你，利落干脆……"

蒋凡晞人刚上车，安全带还没系，曾嘉就绷不住了，斜了后视镜里的她一眼，酸酸地说道："你不是离职了吗，干吗还跟唐熠见面？"

"我拿个东西给他。"

"拿什么？"

"就一聊天机器人。"蒋凡晞忽然想起唐熠的要求，问曾嘉，"对了，你说要给聊天机器人做一个可联络程序，要怎么直接整微信里？"

"直接整个公众号就完事了。"曾嘉转头，狐疑地看着她，"唐熠要通过机器人跟你对话？"

蒋凡晞拿出手机搜微信公众号的建设攻略，随口回道："不清楚。"

曾嘉不说话了，不知在琢磨什么事。蒋凡晞也没理他，自顾自地看着手机。

魏楠和司辰下车后，车子进入京沈路。

曾嘉安静了一路，这才开口："蒋蒋，我跟你说个事。"

"什么？"

曾嘉深吸一口气："你知道我对你的意思吧？"

蒋凡晞没吭声，也不知是没听见还是装不懂。

曾嘉一路想好的说辞，被她这一沉默搞得灵感全无，明明她什么都没说，但他心里那些话就是乱了套。

午夜，汽车在白皑皑的雪地里飞驰，留下两条厚重的车轮印，车里静得落针可闻。

眼见就快到蒋凡晞宿舍，曾嘉鼓足勇气："我会一直等你。"

"嘉子，"蒋凡晞叹气，"我跟你说过很多次了，我们不可能的！千万别因为我耽误了你自己的事情。"

曾嘉苦笑："我年纪比你大，我相信人的选择会随着年龄与环境的变化而改变。你现在觉得我们不可能，不代表以后还这样觉得。没亲眼见到你结婚，我没法死心。我一辈子的执着，也就耗在音乐和你身上了。"

蒋凡晞喉头发紧，抬手用手背抵上嘴唇，什么都没说，红着眼睛看向窗外。

做乐队是一件看上去很酷，但其实很苦闷的事情。

数十年如一日坚持一个炙热的理想，这个理想却不一定会实现。

她见过太多同行多年来穷困潦倒，一场演出分得的酬劳可能只抵得上一顿烧烤的钱，更别谈买车买房、给自己爱的人安定的生活。

可即便是这样，他们还是相信着、坚持着。

曾嘉将她与做音乐相提并论，蒋凡晞太清楚那种力量与苦闷，所以她想哭，因为感动，也因为心疼。

她不希望曾嘉因为自己陷入暗无边际的彷徨。

蒋凡晞花了几天时间搞定机器人的可联络程序，约唐熠取机器人那天，她正准备去成都演出。

几件卫衣和羽绒服整齐地放在床上，地上放着两只超大尺寸的旧行李箱。

手机开了免提丢在脚边，"嘟"了几声后，传来唐熠刻意压低的声音："嗯？"

"您在公司吗？"蒋凡晞往行李箱里装衣服，"机器人弄好了，今天能来拿吗？"

"我在公司，你在哪里？"

蒋凡晞盖上行李箱，扣好安全扣："我下午的飞机飞成都，如果方便的话，我出发前拿去公司给您吧？到时候可能要麻烦您到门口拿一下。"

电话那头安静半响，隐约可听到周恒和凌娅交谈的声音。

蒋凡晞反正不急，就边收拾行李边等着唐熠的回话。

过了一会儿，手机再度传来唐熠的声音："你现在在家里？"

蒋凡晞"嗯"了一声。

"我开完会了，现在过去找你拿。"电话被挂上，传来忙音。

蒋凡晞关掉通话，继续往另一个行李箱里装东西。

几分钟后，门铃响了，唐熠站在一楼门禁外。

他穿一件卡其色呢大衣，看上去清隽儒雅，鼻尖有点红，似乎是被冻得。

蒋凡晞拿上袋子下楼，打开门禁铁门，探出脑袋："这么快，您飞过来的吗？"

唐熠闻声转过身，对她笑了下："怕耽误你赶飞机。"

蒋凡晞把袋子递给他："按照您的要求，加了可联络程序。您以后想通过兔子跟我联系，直接按住它的左脚说话就行。"

唐熠打开纸袋，拿出兔子，按住兔子的左脚，温和地说了声"嗨"，然后看向蒋凡晞："你要怎么收到我说的话？"

"我示范给您看看。"蒋凡晞双手往牛仔裤后袋一摸，空荡荡的，"糟了，手机没带下来。"

唐熠下巴指了指电梯："上去拿。"

"好吧。"

蒋凡晞转身要进电梯，忽然又觉得让唐熠大冷天的待在没有暖气的楼道里好像不太好，冻得鼻子都红了不是？

于是又回过头："您要上去坐坐吗？"

"好。"

电梯缓缓往上走，蒋凡晞仰头看着不断变化的楼层数，一时间也找不到什么话题和唐熠说。

倒是唐熠口气寻常地问："去成都做什么？"

"有几场演出。"

"什么时候？"

"本周五到大年二十九。"

"在成都过年？"

"没呢，除夕那天我直接从成都回老家。"

一问一答间，电梯到了，俩人一前一后出了电梯，拐个弯，就到了蒋凡晞的宿舍。

蒋凡晞开门，在鞋柜里找了一会儿，拎出一双粉色的塑料拖鞋放到门边：

"只有这个，你要介意的话，就不用脱鞋了。"

唐熠没说什么，从她手里接过拖鞋，弯腰解开皮鞋的鞋带，勉强把脚装进拖鞋。

拖鞋是蒋凡晞的，三十七码，唐熠四十三码的男人脚根本套不进去，便只能脚后跟不着地，虚虚地踩着。

蒋凡晞憋着爆笑的冲动说了句"进来坐"，便到开放式厨房冲咖啡。

唐熠走进公寓，脱了大衣，走到落地窗边的单人沙发上入座，观察眼前的一切。

这是一居室，空间不大，进门左侧是鞋柜和卫生间，右侧是一字形的简易橱柜，再往里则是床与衣柜。

床的对面，有一大面落地窗、书桌、书柜。

书柜上的书塞得满当、整齐；书桌上摆放笔筒、台灯、电脑和几本厚厚的专业书；床品铺得整整齐齐，床边有两只贴满航空托运标的旧行李箱。

整个环境给人一种很干净、舒服的感觉。

"可以借用一下洗手间吗？"他问。

蒋凡晞正往咖啡机里放咖啡豆，没回头："可以啊，鞋柜旁边就是，随便用。"

唐熠就进了她身后的洗手间。

洗手间不大，一个约能站得下两个人的淋浴间，门边是略袖珍的马桶及洗手台。

淋浴间的架子上，是清一色的女士清洁用品；洗手台上，有一支电动牙刷和牙膏，以及女士洗面奶、护肤品。

种种细节表明——蒋凡晞一个人住。

唐熠站在洗手台前慢条斯理地洗着手，抽出擦手纸时，唇角弯了弯。

他出去时，咖啡机还在工作。

蒋凡晞踮着脚，伸长了手臂要够顶柜里的东西，但好像够不着，一手撑在台面上，一手在边缘摸啊摸的。

从唐熠的角度看过去，女孩穿着紧身牛仔裤的双腿修长匀称，身上一件白色合体薄毛衫勾勒得腰细臀翘。

唐熠克制地移开目光，走到她身后，一眼瞧见放在柜子最深处的咖啡伴侣及方糖。

"你要拿糖和奶？"

蒋凡晞"哎"了一声："我想给您加点来着。"

话音刚落，她就红了脸，双手紧紧抵着台面。

她被困在唐熠与橱柜之间。

她能闻到独属于唐熠的木质冷香。全身上下每个毛孔，仿佛都被他的气息入侵了。

"我习惯喝美式。"唐熠低头看她。

男人温热的气息钻进她耳中，直冲脑仁。

蒋凡晞只觉脚都要软了，用尽全身力气，才艰难转过身，后腰尽量往台沿抵，但彼此之间的距离还是近得可怕。她低垂着脑袋，脸红得要滴血。

"不用给我加糖和奶。"唐熠后退一步，结束暧昧。他说完就回沙发坐下，拿起手机查看信息。

蒋凡晞回神般"哦"了一声："马上好。"

片刻后，两杯冒着热气的美式咖啡被放到圆形茶几上。

蒋凡晞把办公椅拉过来，在唐熠对面坐下，双手捧着咖啡杯取暖，目光则越过唐熠的肩膀，看着他身后的白墙发呆。

她觉得今天请唐熠上来真不是明智之举。

正想着，就听唐熠问："一个人住？"

她回神，心想这不是明知故问吗？

"不然呢？"

唐熠看着她的双眼："男朋友呢？"

她开玩笑道："在老家呢。"

这话没错，她确实希望找成长环境差不多的对象，所以会优先考虑老乡。

唐熠脸色微变。

蒋凡晞起身去拿手机："您把兔子拿出来，我示范给您看。"

她在微信上操作几下，唐熠刚才在楼下对兔子说的那声"嗨"随即从手机扬声器里传出。

她按住微信的语音键，对着手机说道："唐总唐总，我是蒋凡晞。"说完，对唐熠说："您捏一下兔子的右耳朵。"

唐熠照做，于是就听到蒋凡晞刚才那声招呼从兔子的屁股里传出来。

他失笑："这话从屁股出来，不成了说话像放屁？"

蒋凡晞哈哈大笑，边按手机边说："能出声音就行了，别那么挑剔了！我把公众号推送给您，回头您关注一下就行。"

唐熠拿出手机关注。

"对了，机器人的名字想好了吗？"蒋凡晞起身走到书桌前，俯身操作电脑，"叫什么？我现在就把名字输入后台文本，以后您叫它名字，它才会知道回应您。"

她双手在键盘上敲击着代码，键盘发出的清脆声响与唐熠那句"就叫瑶瑶吧"混在一起。

蒋凡晞暂停敲打键盘，扭头看唐熠："哪个yao？遥远的遥？"

"王字旁的瑶。"

蒋凡晞回过味来，嗔怪道："您不是吧？我做机器人送您，小名还要被您拿出来使唤啊？"

"等我想到好名字，再让你帮我改。"

"行！"

蒋凡晞最后在键盘上敲击几下，站直身子："您现在对着它喊一声'瑶瑶'看看效果，不行我好赶紧调试。"

唐熠轻声唤道："瑶瑶。"

他音色本就好听，此时还用一种温柔、宠溺的口气，像爱人之间的低喃，蒋凡晞登时浑身不自在，耳廓发烫。

兔子肚子亮了一下，屁股发出女孩好听的声音："我在。"

蒋凡晞回神，转身盖上笔记本电脑："大功告成！"

唐熠将瑶瑶装回绒布袋里，看一眼腕表："你几点的航班？我送你去机场。"

"两点半。"

蒋凡晞抱着双臂，后腰抵着桌沿，看着唐熠的目光尽量坦然："不用送了，我直接打车过去很快的。"

"那好，你注意安全，有事联络。"

唐熠起身要走，最后看了一眼站在书桌前的蒋凡晞，目光被她身后软木板上的图纸吸引。

他走过去，细细瞧着图纸。

蒋凡晞要遮已经来不及了。

"这是你画的？"唐熠眼里有光，"为什么不告诉我？"

对于自己的设计，蒋凡晞向来自信。

唐熠已经发现设计图，她没必要再隐瞒，大胆迎上唐熠的目光，莞尔一笑："跟您说了您要怎样啊？"

唐熠垂眸看着她，目光深如宇宙黑洞，像是要把她吸进去。

她前一刻的故作大方不复存在，变成陡然无措。她猜不到显露出这种眼神的唐熠会说什么，这种感觉令她无比紧张却又期待。两种情绪拉扯着，搞得她魂又要飞了。

"跟我说了，"唐熠声音发沉，"肯定不会让你走。"

蒋凡晞嘀咕："那也要看您留不留得住我……而且我要自己创业……"

"我给你投资。"

深感再说下去没完没了，蒋凡晞转移话题："我还有点东西要收拾，就不聊了。"

"好，在外头注意安全，有事给我打电话。"

唐熠转身走到沙发边，拿起装瑶瑶的绒布袋，走到玄关换鞋。

蒋凡晞送他进电梯。

电梯门关上的那一瞬，她似乎看到唐熠脸上有失望的余色，心里忽然一阵没来由的窒闷，脑子里甚至蹿出一个疯狂的念头——

如果没有资助人的存在，那么她现在或许就能留在盛华帮唐熠了。

可一想到没有资助人，就没有今天被唐熠需要的她，她又释然了。

日子一晃过去大半个月，距离农历春节还有两周，胡同内已是年味十足，隔几步路就挂一盏红灯笼。

唐熠去机场接了在E国留学的表弟韩哲回家，遇到正要出门的顾炀。

两车在胡同口"狭路相逢"，同一时间降下车窗。

顾炀朝唐熠扬了扬下巴："今天这么早？"

唐熠说："去机场接韩哲。"

坐在副驾的韩哲乖巧地跟顾炀颔首问好："顾四哥好。"

顾炀调侃韩哲："四哥什么时候能喝上你的喜酒？"

二十出头的韩哲红了脸。

"调戏"完小弟弟，顾炀朝唐熠比画了个约酒的手势，车窗升上，驾车绝尘而去。

韩哲羡慕道："顾四哥怎么一点都没变？我小时候他就这么帅了，现在还这么帅。"

唐熠笑笑，将车子驶入韩家四合院。

刚把韩哲的行李卸下来，手机就响了。唐熠关上后备厢，示意韩哲先进去，自己则走进凉亭接电话。

"唐总，"电话那头周恒紧张地说道，"铜件车间出了问题，报废了一大批紫铜！"

唐熠立马快步朝车子走去。

车子驶出胡同，汇入金城晚高峰的车流中。

"怎么回事？"唐熠声色俱厉，"我才半天不在就出了这种事？"

周恒说："凌工和设备组已经在车间排查检修了。"

"损失了多少紫铜？"

"初步估算十吨左右。"

听到损失了近百万元的原材料，唐熠一张脸黑到底，气得什么话都说不出口，飞速往厂区赶。

这次出事的原材料，是铜材中最昂贵的紫铜。

因为价格高昂，所以仓库并未备多少库存，这批紫铜一旦报废，临时再从无锡调同样的材料来，最快也得两三天。

损失了小百万元不说，还影响产品交货期。

会议室里，一众高层化身甩锅小能手，你甩我，我甩你。

分管生产的陈总指责凌娅没有及时做好设备检修，凌娅则说铜件车间的设备是设备组负责，不是她负责，她只负责无人车间的事。

分管设备组的技术总监加入混战："之前蒋工在的时候，每个车间她都会定期巡视，一发现设备不对，都能立刻通知设备组检修，她甚至也会帮忙修。"

凌娅口气强硬，寸步不让："蒋工没和我交接这部分！那我不清楚！"

陈总登时看向唐熠，冷笑道："我说唐总啊，您之前一年一百多万元请的顾问就是这种素质，连工作都交接不好！走了就算了，还害公司损失了一大批紫铜！……"

凌娅一听蒋凡晞年薪一百多万元，高出自己几十万元，一张脸瞬间又冷又黑。

陈总还在说蒋凡晞的不是，众人最后也不内战了，统一口径——这都是前任技术顾问没交接好导致的损失。

这锅甩了一晚上，最后甩到一个已经离职了个把月的人身上。

唐熠全程无言，等大家都吵完了，才淡淡地对周恒说："去把蒋工的交接清单拿过来。"

众人一副"拿来也没用"的表情。

几分钟后，周恒把文件拿过来了。

唐熠快速翻阅，片刻后，将蒋凡晞的交接清单丢到会议长桌中央。

"这是蒋工与设备组主任、技术部总监签的交接清单，里头包含了除无人车间外所有车间设备的检修日志、计划和责任确认书。"

他看向白了脸的技术总监："去把设备组这一个月的检修日志拿过来。"

技术总监不敢动，看一眼陈总。

陈总随即出来袒护"爪牙"："既然蒋工有交接了，那就不是蒋工的问题，这事还得回到凌工身上！蒋工之前可是经常下车间的，每回去车间都能发现问题，都能及时通知设备组维修！凌工你有吗？你天天就只会坐在办公室里玩电脑！"

"只会坐在办公室里玩电脑"这句话侮辱性极强，令人生气又委屈。

凌娅脸色愈加难看，咬了咬后槽牙，大声道："蒋工是蒋工，我是我！蒋工愿意多做事情，替别的部门做事情，不意味着我也要这么做！还有，我用电脑是在工作，不是在玩！"

陈总大嚷："你这是在对谁瞪眼睛、大嗓门呢？"

其他人也帮腔，犹如在菜市场。

"嘭"一声闷响，唐熠用力拍桌。

众人顿时噤若寒蝉。

唐熠看着众人："都不用吵，这件事责任在谁我心中有数，我会汇报给董事会！谁都甩不掉责任！"说完，黑着一张脸拂袖而去。

他回到办公室，却无法静下心来处理工作，便去了无人车间。

宽敞的全自动智能车间里灯火通明，恍若白日。三条智能生产线井然有序地生产着元部件，偌大的现场只有三名工作人员照看各自负责的区域。

这一切，在唐熠眼中凝成一个十分和谐的画面。

机器替代人工是时代所驱。它不仅能节省大量人力成本，还能通过科学的手段不断提高产能；任何人工无法生产出来的极精密元件，都能通过人工智能实现。

这就是唐熠想要的工业帝国。

可现在看来，前路困难重重。他看着这间蒋凡晞一手构建起来的无人车间，此刻仿佛还能看见她穿着灰色夹克、戴着白色防护镜，在生产线里忙忙碌碌的身影。

"唐总，"周恒小跑进来，"唐副董从A国发来连线，临时召开紧急会议。"

唐熠回神，单手往兜里一抄，阔步离开无人车间。

会议室里。

"这次的紫铜生产线，据说也是自动下料机？"连线那头的唐焌问。

唐熠坐在会议长桌的主位上，转椅四十五度微侧，长腿交叠，手里转着笔，想事情想得入神，没说话。

陈总瞥来一眼，见他一副无所谓的样子，便大胆回道："是的！自动下料机程序错乱，导致切出来的紫铜件尺寸全部出错。"

唐焌："一共报废了多少紫铜？"

陈总："10.07吨。"

唐焌大吃一惊："怎么一下子报废这么多？"

"唐副董，是这样的，"技术总监开口，"原材料经由自动下料设备完成切割后，直接送至下一道程序加工，一直到第四道程序结束才出生产线，转由人工进行第五道程序加工。也就是说，到第五道程序结束，检验人员才能发现料件尺寸出了问题。这之间有一个时间差。"

唐焌失望地连连摇头，看向一直默不作声的唐熠，说："唐总，我看你第二个无人车间的项目恐怕要暂时搁置了。你也看到了，自动化生产并不是那么可靠。"

唐熠抬眸看向屏幕："这次是例检的问题，并非设备本身的问题导致材料报废。"

众人脸白了一道，都听明白唐熠要秋后算账。

凌娅脸色亦是难看，生怕唐熠对自己不满意。

唐焌也不知听没听清楚，略过唐熠的话，转而说："一个车间改造成智能生产，意味着该车间所有工人都要遭到解聘。唐总想过这些人丢了工作后，要如何维持生活？他们背后那千千万万个家庭又要如何继续走未来的路？"

这话说到在座的高层心坎上了。

员工最怕的就是丢工作，见副董事长如此关怀员工生计，大家的心不由得又往唐焌那儿靠，对"刽子手"唐熠再添几分反感。

唐熠蹙眉看着唐焌，眼神极冷。

几秒后，他移眸看向凌娅："凌工，跟唐副董解释一下机器人替代人工这个过程中一些可施行的举措！"

凌娅一噎，紧张地看向唐熠，见唐熠并不看自己，便又转头看向屏幕那头的唐焌。

她磕磕巴巴地说道："我们也许可以跟当地劳动就业中心合作，为替换下来的工人谋求其他合适的岗位，也可以与同质企业进行合作……"

她边说边用余光观察唐熠，见唐熠眼中透着失望，顿时就知道自己说错了，咽了咽口水，没敢再往下说。

唐熠冷冷收回目光，坐正身子，清了清嗓子。

"人们因为缺乏渠道了解人工智能的相关信息，便对人工智能替代人工抱着消极态度，甚至用实际行动抗拒。这边我有一组数据可以说明工人不会因为人工智能而陷入生活、工作的困境，请各位看屏幕。"

唐熠示意周恒摆上数据。

几秒后，屏幕切入PPT（幻灯片）页面。

"人工智能全面替代人工，现有的一千万个工种中，有四十万个将消失，但同时会有八十万个新增工种。"

唐熠继续发言："比如机器和人工智能交叉领域、数据机械合作、虚拟实境和可预见性维修等。这些都是很实在的可以为企业带来高额利润，也很有前瞻性的领域。盛华开拓新领域业务，一来可以解决过剩人工安置问题，二来可以产生相当可观的利润。"

唐焌一时无言。

唐熠这番发言可谓无懈可击，不仅针对唐焌提出的人工安置问题给出解决方案，还列举出一系列可为企业带来高额利润的新领域。

周恒记得这些都是蒋凡晞之前在会上提出的商业战略计划中的片段发言。

唐熠把她当时说的话都记下了。

周恒看一眼刚说了一堆废话的凌娅，摇了摇头。

果不其然，一回办公室，唐熠立即黑脸吩咐："把凌工开了！废物一个！"

虽早察觉到唐熠不满意凌娅，但周恒实在没料到这么快就要把人开了。

隆冬的金城胡同，风沙沙地刮着，小路两旁的树上挂着红灯笼，橘红色的光晕与凌晨的袅袅雾色融在一起，满满的烟火气。

唐熠下了车，拢了拢大衣，走进韩家内院。

家人睡得正熟，他轻手轻脚进了西厢房，人疲惫地躺到沙发上。

刚察觉到后腰抵到了软软的物体，随即就听见蒋凡晞嗔怪地叫道："你压到人家了，好疼啊……"

这一声叫得唐熠瞬间浑身紧绷，血液澎湃。

浑身僵硬地坐了片刻，他伸手将压在后腰的瑶瑶拿出来，抱在怀里。

瑶瑶身上的绒毛又软又暖，他用掌心轻轻顺了几下，手捏着瑶瑶的右脚，说："抱歉。"

瑶瑶："没事啦，原谅你！"

唐熠："你今天开心吗？"

瑶瑶："我很开心，你呢？"

唐熠："我不开心。"

瑶瑶："为什么呢？"

唐熠："工作的事情。"

瑶瑶安慰道："没关系，你一定可以处理好的！我相信你！"

机器人用的是蒋凡晞的声音，虽然做了变声处理，但唐熠还是有一种蒋凡晞就坐在自己身旁说话的感觉。原本窒闷的心情瞬间开朗。

他仰躺着，头枕在沙发扶手上，两条长腿交叠着，将瑶瑶放在自己肚子上，捏着瑶瑶的右脚，和它说话。

"如果你还在，铜件生产线应该不会出这个事情。或许出事了，有你在，我会有信心一些……"

瑶瑶："你要注意休息。"

机器人到底只是一个程序，它没办法帮唐熠分析事情，唯一能做的便是对唐熠话里的关键词及情绪进行简单的反馈。

这些唐熠都明白，所以当初才会要求蒋凡晞加一个可联络程序。程序是加了，他却从未去打扰过蒋凡晞。

他跟瑶瑶聊到快天亮才睡着，梦里，蒋凡晞回来了……

第八章　那不妨考虑考虑我?

> 她深吸一口气，掩饰情绪："把手给我。我告诉你打动女生的方法。"
>
> 唐熠双目灼灼地看着她，伸出右手。
>
> 蒋凡晞低头看着男人干净、温暖的掌心，用食指轻轻写下一个字。

成都创意园区的LiveHouse内，舞台上烟雾四起，粉紫色的射灯横扫整个场地。

乐队主唱撕裂嗓子唱着重金属摇滚，数百名歌迷挤在舞池里疯狂打着拍子，扭动身体。空气里，满满的年轻荷尔蒙。

一曲结束，乐队主唱司辰将直立话筒拿下，走到舞台中央，看向场内所有歌迷。

"今天是二月十四日西方情人节，现场有没有歌迷朋友要求婚的? 我们可以现场弹奏求婚曲。"

人群骚动起来，站在最前排一个戴眼镜的年轻男孩举起与女孩牵着的手："我! 我! 司辰请看我! 我今天要求婚! 偶像帮我唱歌!"

司辰笑道："好，那就来一首《求婚》吧。"说完，打了个响扣，示意其他队员准备。

鼓、吉他、贝斯、键盘声依次响起。

"爱不完的心情，你的温柔，你的哀愁，你的回眸，你的一颦一笑，阳光洒在我的身上，我要一辈子永远拥着你……"

在司辰温柔的歌声里，眼镜男孩拿出戒指，单膝而跪，为自己的女朋友戴上婚戒。

大家纷纷鼓掌和祝福。

这一曲结束，司辰又问："还有歌迷朋友要求婚或者表白的吗?"

舞池里的歌迷们蠢蠢欲动，有几位为了让偶像看到自己，都准备拉着女友再来一次表白。

突然，二层卡座有人高喊："我要表白！"

紧接着，一位穿暗红色双排扣西服，戴镜腿镶钻奢侈墨镜，长得人高马大，浑身打扮得又潮又贵气的男士从二层跑下来，穿过重重人群，直接跑到舞台前。

他一手举着一大束红玫瑰，一手指着架子鼓后的鼓手："我要跟你们的鼓手表白！"

蒋凡晞正发呆呢，没注意那人说了什么，见大家都看着自己，才回神般看向台下的男士。

霍傑把墨镜拿下来，插到西装胸袋里，抱着玫瑰花，朝司辰招了招手："来，这位小哥，麻烦帮我传一下花给鼓手姐姐。"

司辰笑着走过来，弯腰捧起花，送到蒋凡晞面前："那位先生送你的花。"

蒋凡晞起身接过，表情木木地跟霍傑点了点头："谢谢。"

霍傑大声问："鼓手姐姐你有没有男朋友？如果没有，我做你男朋友怎么样？如果有，把那男的踢了，来做我女朋友！"

众人齐刷刷看向蒋凡晞。

蒋凡晞不是第一次被表白，镇定地将玫瑰花放到脚边，口气寻常地回道："谢谢抬爱，但我不喜欢您这款的。"

霍傑丝毫不受挫，追问："那你喜欢哪一款？我会变身的！"

蒋凡晞："……"

现场歌迷起哄："答应他！答应他！"

蒋凡晞随便找了个理由打发："嗯，我喜欢认真工作的男人。因为我偶像说——认真的男人最美丽。"

霍傑瞬间呈现严肃脸："我不仅工作认真，我谈恋爱也很认真的！"

众人大笑。

霍傑不死心，朝蒋凡晞猛眨巴眼睛："我身高一百九！存款也一百九！"说完，他又惺惺作态地小声补充："存款单位是亿……"

现场歌迷都听到了，更加骚动，高喊：“答应他！答应他！”

蒋凡晞简直无语，懒得理会，坐到鼓凳上。

曾嘉看不过去，从司辰手里抢过话筒：“好了好了，这位歌迷朋友，你的表白我们鼓手已经收到了。这边时间关系，我们要进下一首歌，请你坐回原位。”

说完，跟灯光控制台打了个招呼，舞台灯光尽收，进入暗黑重金属的表演。

霍傑回到二层卡座见到伙伴，倒是一点不害臊，眼睛眯着看舞台上的蒋凡晞，大声地说：“你们看吧，一会儿结束我直接去约她！今晚就要把她拿下！”

顾炀丢来一根雪茄，嗤笑道：“人都说了喜欢职场精英，你还不死心？”

霍傑“哼”一声，身子板挺得直直的，拉了拉身上昂贵的手工西服，眼睛瞪得老大：“我不像精英吗？”

顾炀下巴指了指坐在暗处不发一言的唐熠：“职场精英是唐总这款，不是霍少您这款的。”

霍傑顿时无话可说。

刷完手机的韩哲抬头看过来，说：“霍傑哥，那位鼓手姐姐是G国亚琛工大毕业的，好像是做人工智能工作的。”

霍傑笑道：“工科精英哪，我喜欢！”说完，又一脸油腻地看向舞台：“我说呢，气质跟外头那些庸脂俗粉不一样……”

最近数十场演出都到凌晨才结束，蒋凡晞一双手臂又酸又疼，回到后台，立马就瘫坐在沙发上不愿起身。

其他队员在收拾乐器，聊天。

曾嘉：“刚给蒋蒋送玫瑰花的傻瓜，听口音像是金城来的。”

魏楠：“那男的有点眼熟，我好像在哪里见过。”

司辰：“是不是以前看过我们演出？”

魏楠摇头：“不好说。”

曾嘉嗤笑："把存款都搬出来炫耀，真没见过这么俗的。"

魏楠也笑："我没听错的话，他好像说自己有一百九十亿存款？这也是真有钱啊！"

蒋凡晞听得心烦，喊道："好了好了，别说了，没劲！"

曾嘉酸溜溜瞥来一眼："我还没问你呢，你说喜欢认真工作的男人是啥意思？"

蒋凡晞撇撇嘴，眼睛看向天花板："瞎说的呗，能有啥意思。"

一行人背着乐器和运动包出了演出厅，到路边等车。

两辆四座跑车开过来停在他们面前。

前头那辆，副驾车窗降下，戴着墨镜的霍傑笑得一脸风骚："鼓手姐姐，你去哪儿？我送你？"

曾嘉几步上前，俯下身，手肘靠到超跑窗沿上，与里头的霍傑大眼瞪小眼："这位先生，我们和你好像不熟，不觉得这样的搭讪方式太冒犯了吗？"

霍傑也不恼，满脸堆笑："怎么不熟？我在追你们鼓手姐姐呢！"

魏楠上前朝他扬了扬手："走走走，别瞎搭讪！没见哥几个在？"

他人长得社会，这会儿口气还差，霍傑脸色一变，手放到车门上，就要下车动手的样子，坐后排的人不知说了什么，霍傑堪堪收起火爆的脾气。

这时，一辆的士过来，司辰招呼大家上车。

回到酒店，蒋凡晞累得一句话都不想多说，站在电梯前，双眼放空等着电梯从地库升上来。

"叮"一声，电梯到了一楼，门开。

蒋凡晞正想进去，不经意间抬眸，被站在里头的人吓得后退一步。

穿着一件藏蓝色中长款毛呢大衣的唐熠，单手抄兜站在电梯最里，目光淡淡地望着她。

他和霍傑，还有两个年轻男人在一起。

蒋凡晞认得霍傑，登时就想，唐熠刚才是不是也去看械客的表演了。

"进来啊，"霍傑殷勤地将手臂横到电梯门上，笑眯眯地看着蒋凡晞，"快进来啊，鼓手姐姐。"

蒋凡晞硬着头皮走进去，贴墙而站，陆续进来的曾嘉和魏楠如同两大护法站到她身侧。

她侧过脸，隔着两个人看向唐熠，正琢磨着要不要打招呼，就听霍傑说："鼓手姐姐也住这酒店？这也太巧了！看来连老天都同意我们在一块儿，要不咋这么有缘呢？"

蒋凡晞翻了个白眼，扭头看向正前方，淡淡说道："天体物理学早已辟谣，并没有所谓的老天和神仙这种东西，上面只是大气层。"

顾炀拿手遮脸，直呼："太丢人了，别说我认识你。"

唐熠也弯唇笑了下。

但霍傑并不觉得怎么样，双手捂着自己的胸膛，口气夸张："神在心中，只要心中有神，那便是有的！……"

众人无语。

电梯缓缓往上升。

蒋凡晞又看向唐熠，见他也看过来，她忙闪开目光。

"男朋友没从老家过来陪你过情人节？"

蒋凡晞是电梯里唯一的女性，所有人都听得出唐熠这句话是在问她。

霍傑脸色大变，嚷道："什么？鼓手姐姐在老家有男朋友了？"说完，往一旁栽去，一副要晕倒的样子。

韩哲和顾炀赶紧把他架起来。

霍傑半眯着眼睛嚎叫："啊！不行了！我心脏全都碎了！不行了不行了！我要死了！我今晚就要客死异乡了……"

蒋凡晞被他这副做作的样子逗得哭笑不得，只好说："我没有男朋友，你别这样了。"

霍傑这才又活过来。

电梯到了，"左右护法"护送蒋凡晞出电梯。电梯门关上前，她回过头跟唐熠颔首。

唐熠也跟她点了点头，目光很冷淡。

回房间的路上，曾嘉说："那傻瓜也住这酒店，晚上该不会来骚扰蒋蒋吧？我们要不要换个酒店？"

魏楠说："没必要折腾，他怎么会知道蒋蒋住哪个房间？"

想想也是，曾嘉便没再纠结，转而交代蒋凡晞："晚上一定要把门锁好，那傻瓜如果来骚扰你，第一时间给我们打电话！"

蒋凡晞还在琢磨唐熠为什么会出现在这里，随口"嗯"了一声。

她回房间，刚洗完澡，就有人按门铃。

以为是曾嘉他们，她往T恤外面套了件睡袍，毛巾包着湿漉漉的头发就去开门。

外头站着一位服务员，还有一辆餐车。

"蒋小姐，有一位客人给您送了礼物。"服务员说着就要把餐车推进房间。

蒋凡晞以为是曾嘉给自己点的夜宵，侧了侧身子，随口问："是曾先生点的吗？"

"客人说他是您的粉丝。"服务员颔首，关上门离开。

蒋凡晞第一时间就想到霍杰。

她有点烦躁，走上前，将餐车上三个银质餐盘的盖子一一打开。

心型粉钻项链、跑车钥匙、钻石表。

价值昂贵的礼物。

平白沾上这等麻烦事，蒋凡晞脑袋疼，拿出手机拍了张照片发给唐熠。

凡星：唐总，麻烦帮我问下您那位穿红西服的朋友，这些东西是不是他让人送到我房里的？

消息发出去，蒋凡晞安心去浴室吹头发。出来时，手机有一条未读微信。

TY：是。

就一个字，浓浓的冷淡扑面而来。

蒋凡晞觉得唐熠可能心情不好，但她自己也烦着，没心思对前领导进行关心慰问。

凡星：您住哪个房间？我把东西送您那儿去，您帮我转交给您朋友吧？

TY：我去找你拿。

凡星：我在1021。

回复完微信，蒋凡晞套了件卫衣的工夫，门铃就响了。她往猫眼一瞧，见是唐熠，赶紧开门。

唐熠站在门口，没什么表情。

"请进。"蒋凡晞侧开身子，"什么时候来成都的？"

唐熠进门："下午才到。"

蒋凡晞关上门，转身莞尔说道："所以晚上和朋友一起来看我们演出了？"

唐熠没答，走到餐车旁，将餐盘里的礼物逐一拿起来过目。

蒋凡晞跟过去，说："帮我还给您朋友。"

唐熠将钻石表盒丢进餐盘里，凉笑一声："怎么不要？"

"无功不受禄。"

"霍傑在追求你，收下无妨。"

"凭什么他以追求的名义送我东西，我就有义务收下？我又不是回收垃圾的。"她气呼呼说完，将三个银餐盘的盖子逐一盖上，"那人房号多少告诉我，我自己去还。"

动作仿佛也沾染到主人烦躁的情绪，餐盘发出乒乓响。

蒋凡晞把餐车推到门口，就要开门出去，唐熠阔步走过去，握住她的手腕。

她回头看他。

"要怎么才能打动你？"唐熠声音放低了，终于有了热度，不再是冷冰冰的样子。

蒋凡晞心里的焦躁一瞬间被抚平，她马上就明白自己刚才烦躁不是因为收到霍傑的礼物，而是唐熠今晚从见到她就一副冷淡的样子。

唐熠过去对她态度太好、太包容，一冷下来她不习惯，也跟着起了气。

她转身，看着唐熠的眼睛，认认真真问："您是想帮您朋友追我，才这么问？"

"不是。"唐熠眼底情绪浓烈，"我知道他追不到你。"

"那您问这个做什么？"

"不做什么。"

蒋凡晞顿时浮想联翩，她觉得唐熠最近指不定也在追女生，或许遇到礼物被女生拒绝的情况，所以从她这儿打听方法。

她下意识地试探："最近在追女生？"

唐熠目光坦然："是。"

蒋凡晞顿感心脏被扯了一下，有点难以名状的不舒服。

她深吸一口气，掩饰情绪："把手给我。我告诉您打动女生的方法。"

唐熠双目灼灼地看着她，伸出右手。

蒋凡晞低头看着男人干净、温暖的掌心，用食指轻轻写下一个字。

"再给我定一辆最新款的二座跑车，要最贵的！"

"去E国拍卖行看看最近有没有什么古董珠宝，拍个最贵的回来！"

"再买一辆游艇！再买个有码头的别墅！记住！这些全都要最贵的！"

酒店顶层的房间里，霍傑举着手机，站在落地窗边，豪气地吩咐助理。

顾炀和唐熠坐在沙发上品酒，茶几上摆着被蒋凡晞退回来的礼物。

霍傑打完电话走过来，抓起酒杯一口闷，闷完了又倒一杯。

顾炀斜他一眼，嗤笑道："得了吧你，又不是第一次被女生拒绝，至于吗？"

霍傑红着眼睛瞪过来："你懂什么！我这次是认真的！"

"你哪次不是认真的啊？"

霍傑不说话了，自个儿喝闷酒。连闷几杯高度洋酒，摇摇晃晃站起身，嚷道："我要亲自去找鼓手姐姐表白！"

顾炀懒得理他，优哉游哉地品着酒。

唐熠将人给劝坐下，说："太晚了，别打扰人家休息。"

霍傑忽然想起电梯里唐熠问蒋凡晞男朋友的事情，当即回过味来，问唐熠："老唐你跟鼓手姐姐是认识的？"

唐熠也不瞒着："她之前是我们公司的技术顾问。"

霍傑越想越不对劲，说："她说喜欢工作认真的男人，这话我怎么听着像是在暗示喜欢某个同事？你帮我打听打听！"

顾炀笑道："打听到了你是要干吗？"

霍傑嚷道："我要砸个千八百万的，让那小子滚！"

唐熠："……"

情人节翌日是除夕。

蒋凡晞天没亮就起了，搭最早一趟航班回老家，中间经历转机，进家门已是傍晚。

"爸，妈！"蒋凡晞拉着行李箱进家门，"我回来了！"

男人沙哑微弱的声音从卧室传出来："是瑶瑶吗？"

蒋凡晞赶紧放下行李箱，直奔主卧。

父亲蒋志存靠坐在床上，脸色苍白、虚弱。

床头柜上放着一个空的矿泉水瓶、几个散装面包的包装袋。

看到这一幕，蒋凡晞红了眼眶，说了声"我去给您倒热水"，转身匆匆出了卧室。

厨房里，她去年回家买的恒温开水机不见踪影，只剩一台老式电热水壶。

蒋凡晞烧水，洗杯子，等水烧开的间隙，又去浴室打了一盆热水，拿到卧室。

她用热毛巾帮蒋志存擦了几遍脸和手。一盆清水最后变成浑水，可见蒋志存已经很长时间没有擦洗过了。

她强忍难过，一言不发地把脏水拿去浴室倒了，这才又去厨房倒开水进卧室。

做好这一切，她才在蒋志存的床边坐下来。

蒋志存欣慰地看着女儿："工作还顺利吗？"

蒋凡晞说："我辞职了。"

蒋志存问："为什么？"

蒋凡晞实话实说："他们只有三条智能生产线，虽说未来有可能全面推进智能化，但集团总部一直反对，只有CEO一个人在努力。我觉得挺麻烦的，他们大半心思都耗在内部斗争上了，而且工作跟我专业也不搭边，就辞了。"

蒋志存赞同地点点头。

"你的决定很正确，爸爸支持你。全世界都在为进入第四次工业革命而进行各种各样的准备与改革，你如果只做这个浪潮里的一员，你的专业得不到最大的发挥，最终会与平庸融为一体。你应当立足于浪潮之上，做引领者。"

"爸爸您有什么建议吗？"

"爸爸觉得你不妨考虑做咨询公司，用你的专业知识为国内的企业提供进入工业4.0的指导。这类型的公司只卖服务，不涉及研发与生产，无须投入大量人力、财力，相对更适合你现在的情况。还有，线性电路技术工业会改变制造业格局，但我认为这个不急于眼前，大可等你资金充足了再考虑。"

这一席话令原本对创业一头糨糊的蒋凡晞茅塞顿开。

她倾身抱住父亲，感激地说道："谢谢您给我的建议，我会好好考虑的！"

蒋志存拍拍女儿的背，慈爱地说道："平时要多注意身体，不要太拼命了，时刻谨记身体永远比工作重要，爸爸还指望你呢。"

这句"爸爸还指望你呢"令蒋凡晞悲从中来。她压抑着想大哭一场的冲动，紧紧抱着蒋志存。

"今天是除夕，妈都没有准备食物晚上围炉吗？"

蒋志存故作轻松道："你妈不知道你今天回来，看护也回老家了，家里就我和她两个人，也吃不了什么东西，我就让她别准备了。"

蒋凡晞满心疑问，但怕刺激到蒋志存，就忍着没开口，做了一碗面端进来后，开始观察家里的每一处细节。

浴室里只有一条毛巾、一副牙刷牙杯；冰箱里一点新鲜食材都没有，只有茶几上丢着的两大袋散装面包。

可见佟玉英是不住在家里的，看护一放假，家里便只剩下蒋志存一人的生活用品。

蒋凡晞其实早知道佟玉英在外头与人姘居了，但蒋志存有心瞒着她，她也就只能当作不知情，否则撕破脸，佟玉英要与蒋志存离婚，蒋志存就更可怜了。

很多时候，蒋凡晞甚至有把蒋志存带到金城的冲动。

她原本计划工作和收入稳定后就把蒋志存接过去，可现在打算创业，即使把人接过去，一忙起来，她也顾不上。

佟玉英虽说出轨，但至少在蒋志存需要的时候会出现，也会带蒋志存去医院复查。家里有个女主人偶尔出没，看护总归不敢乱来。

这就是蒋凡晞不能与佟玉英撕破脸的原因，很现实，也很无奈。

蒋凡晞给佟玉英打电话，说自己到家了，佟玉英才在晚上七点多赶回家。

一家人相对无言地吃完年夜饭，蒋凡晞洗碗，佟玉英帮蒋志存洗澡。

蒋凡晞洗完澡出来，佟玉英坐在客厅等她，穿戴整齐。

她小声问："我洗好了，你要洗吗？"

佟玉英说："不了，我一会儿还要出去打麻将，跟你说几句话我就走。"

蒋凡晞擦着头发，走到沙发另一侧坐下。

佟玉英脊背挺得直直的，双手环抱在胸前，身上的粉色毛衣质感不错，应该不便宜。

"钱带回来了吗？"佟玉英问。

蒋凡晞点点头："你把账号发给我，我转你卡上。"

佟玉英满意了，站起身："尽快转。"说完，穿上皮草大衣，头也不回地出了家门。

公寓老旧的楼道里，传来女人"嗒嗒嗒"下楼的高跟鞋声。

蒋凡晞吹好头发，见主卧门缝下还有光线，便去敲门："爸，您睡了吗？"

"没呢瑶瑶，你进来吧。"

蒋凡晞推门进去，在蒋志存的床边坐下："爸，您把身份证给我下。"

"要身份证做什么呢？"

"过几天银行开门了，我去给您办张银行卡，再给您买一部智能手机，把银行卡绑到微信，以后您要用钱就方便了。"

蒋志存先是说自己躺在床上，没有需要用钱的地方，后来又说："瑶瑶，你在外头挣点钱不容易，现在还要创业，钱你要自己留着，千万别给你妈。"

蒋凡晞突然回过味来。

佟玉英很有可能在金钱上与情人牵扯不清，蒋志存怕她的钱被佟玉英拿去给外头的人，所以才特地这么交代。

蒋凡晞立刻给佟玉英发微信，让她把这些年欠下的外债列出一张清单，连同债主的名字一起列上。

佟玉英过了凌晨才回一句：你什么意思？

蒋凡晞回：我手头的现金不够，想先把外债还了，你和爸的生活费再另外计划。

佟玉英说自己需要几天时间对一下账。

蒋凡晞也就暂时没去管这件事，而是悉心照顾蒋志存，每天都推他下楼晒太阳。

他们住的这处房子，是蒋志存当年在机械厂工作时厂里分的。二十世纪八十年代的老公寓，外墙刷的黄漆早已斑驳脱落，几幢五层高的公寓楼围成一个类似家属院的小区。

蒋凡晞小时候在这里有不少玩伴，但前些年，大家都在外头买了更好的房子搬出去了，现在还住在这里的，要么是租客，要么是老人。

蒋凡晞去G国的第二年，佟玉英眼见原本与自己家庭条件差不多的老熟人都搬出小区，起了攀比心，时常在电话里对蒋凡晞耳提面命，让她找机会打工，存钱买个带电梯的高层搬出去，方便坐轮椅的蒋志存上下楼。

蒋凡晞当时在亚琛上大一，学业和实验几乎占据了所有时间，根本没机会打工，并且井勤再三吩咐，韩先生不允许他们打工，若是被发现，就立刻断了资助款。

蒋凡晞自然不敢冒险打工，便自己设计了一款装在楼梯扶手上的升降梯，找了父亲老同事帮忙做好并安装，这才彻底解决蒋志存下楼的问题。

蒋凡晞刚把蒋志存推下楼梯，围坐在亭子里晒太阳的老太太们就围上来了。

"哎哟，小蒋啊，这是你闺女啊？"

"长这么大了呀！小姑娘长得真是漂亮，跟她妈一样漂亮咧！"

蒋志存抬头看向长得像极了妻子的女儿，温声道："瑶瑶，快跟奶奶们打招呼。"

蒋凡晞就大大方方地跟老太太们欠了欠身："奶奶新年好！"

她干脆把蒋志存推到亭子边，让他和老太太们聊天。

"好几年没见着这孩子了，听玉英说，去G国留学了是不？"

蒋志存笑呵呵道："嗯，孩子在G国念了本科和研究生，后来又在那边工作了五年，去年才回来的，现在在金城发展。"

老太太们颇感慨："小蒋你们也真是厉害，遇到那么大的变故还能把女儿送到G国留学，不容易啊。"

蒋志存抬头看一眼女儿，维持着脸上的笑意。

"小蒋闺女多大了？"一位打扮不俗的老太太问。

蒋志存说："二十六了。"

"这么巧！我儿子公司有个年轻人，三十出头，俩孩子年龄合适，要不介绍他俩认识认识？"

住在国企安置小区里的人，早年都是一个单位的。大家知根知底，哪家出了点啥事，几乎整个小区都知道。

蒋家男主人高位截瘫，女主人在外头与人姘居，这种家庭，在嘴碎、现实的老太太们眼里，无疑是又穷又拿不出手。

之所以帮蒋凡晞介绍对象，到底还是看在她确实优秀的份上。

虽说娘家条件是差了点，但总归是女孩子嫁入男方家，成为男方家的人，在娘家至多算个客人，也就无所谓了。

见蒋凡晞没什么反应，老太太们开始劝蒋志存说服女儿去相亲。

老同事盛情难却，蒋志存抬头看向女儿："瑶瑶，你的意思呢？"

蒋凡晞从他眼中读出了期待。

她明白父亲心里还是希望她早日成家、有人疼爱，不忍心让父亲失望，便点头道："好，可以的。"

大年初三晚上，蒋凡晞在小区门口见到了相亲男，坐对方的车去市中心一家酒店的西餐厅吃饭。

相亲男看上去年纪不大，戴个黑框眼镜，身穿正式西装，似乎颇重视这场相亲。

蒋凡晞倒是穿得很随意，毛衣、牛仔裤和呢外套，没化妆，绑马尾，戴眼镜。

她没什么食欲，垂着眼睑，无聊地看着餐布上的艺术纹理，有一搭没一搭地和对方聊着。

对方对她似乎很有兴趣，一直主动寻找话题："你研究生毕业后直接留在

G国工作？"

"嗯，"蒋凡晞抬眸看向对方，以示礼貌，"当时没毕业就拿到offer，直接签了五年，去年才回来的。"

对方长着一张平平无奇的脸，导致饭都快吃完了她还记不住对方的长相。

她差点怀疑自己是脸盲，赶紧在脑子里回忆了一遍认识的男人，结果，第一个蹿出来的不是她最熟悉的曾嘉、魏楠或司辰，而是唐熠！

一去想男人的脸，她下意识就想到了唐熠。

不得不说，唐熠长着一张让人过目不忘、印象深刻的脸，还有他的气场，那种平和中又带着威严、让人不能忽视也无法放肆的气场……

越想越过了，蒋凡晞暗咬嘴唇，提醒自己不要再去想一个几乎不可能再见面的人。

相亲男还在叨叨："其实我觉得G国不怎么样，太小了，这个国家的发展有局限性。"

蒋凡晞凝神听着。

相亲男不屑地哼了一声："除了A国，我就看不出这个世界上还有哪个国家将来的发展能比国内好……"

他说了一堆对当今世界经济态势的看法。

烦冗、无知！蒋凡晞没听出重点，也不想听，打断对方："抱歉，我是学理工的，对经济不是很了解。"

对方笑笑，顺着她的话题说："你说你一个女孩子学什么理工呢？学财务不是挺好？将来老公创业了，还能替自家公司管账……"

话题开始延伸到创业畅想了。

才第一次见面，就说想创业。

蒋凡晞心想，创业是那么好创的吗？虽说这年头创业不是什么难事，她自己也有创业的念头，但她从未与人多谈，就是唐熠那种有足够投资能力的富二代加圈内人问起，她也只是回答几句不痛不痒的，自然看不惯相亲男这长篇大论的样子。

对方还在絮絮叨叨自己对创业的看法及打算。

蒋凡晞总算听出来了，相亲男在介绍人儿子的机械厂当业务员，理想是自己开机械厂。

连技术员都不是，手上一点技术也没有，想创业，创的还是制造业。

难不成也是富二代？可看上去不像啊。

蒋凡晞没耐心往下猜，婉转问道："听说你母亲和介绍人奶奶认识？可我听你口音不像本地人。"

相亲男嘴快道："我富平的，来桥西区定居好几年了，我妈是刘总家的保姆。"

蒋凡晞："……"

介绍人奶奶到底是有多看不起他们家，才会给她介绍这样一个对象。

蒋凡晞懒得去深想，告诉自己不能让蒋志存知道这件事。

现场有人在弹钢琴，假山水声潺潺，氛围优雅浪漫。可蒋凡晞一点说话的欲望都没有了，寻思着要早点走。

"我挺喜欢你的，而且我在机械厂工作，也算同一个圈子，以后咱俩结婚了，你也不用在外头打工看人脸色了，就在公司给我帮忙……"

蒋凡晞回神："什么？"

对方重复一遍刚才说的话。

什么叫"就在公司给我帮忙"？这是要女方婚后当免费工的意思？

蒋凡晞听得要吐了，但又不好直接撕破脸，便找了几句让相亲男自己打退堂鼓的说辞。

"其实我结婚后不打算再工作了。"

对方诧异："那……那你结婚后要在家带孩子？"

蒋凡晞摇头："我不喜欢带孩子，到时候得请人带吧。"

对方脸色变了变，随即想到自己那位给人当保姆的母亲。

婆婆就是给人做保姆赚辛苦钱的，做媳妇的竟然要请保姆带孩子？

那种环境成长起来的男人哪里能忍受妻子请保姆带孩子？甚至认为妻子就该与他们一起吃苦，就该把自己所有的资源与能量砸在后代与婆家人身上，这才是传统的好女人。

当然相亲男这些话并没说出口，他喝下一大口奶油蘑菇汤，皮笑肉不笑地问道："那你不带孩子也不工作，你要？"

蒋凡晞笑得很天真："总有事情需要忙，比如提升自己，维护交际圈之类的。"

潜台词不外乎——我就当个美美的少奶奶了。

相亲男顿时无话可说。

精致的金色小圆勺在杯中搅动几圈，蒋凡晞借口去洗手间，拿着包暂时逃离了这令人窒息的晚餐场面。

今晚这相亲，让原本就心情压抑的她更加窒闷，下意识就想抽根烟静一静。

相亲男仿佛一面照妖镜，照出了她落魄的家庭与最害怕的未来。

她找到酒店后门边一处户外花园，倚在墙边，从包里摸出烟盒，拿出一根香烟，咬到唇上。

手还在包里摸着打火机，有人递来火。

她警惕抬眸，见是唐熠，脸便往火苗那儿凑过去。

火苗裹上烟头之际，她用力吸一口，然后仰头，享受地眯起了双眼。

白烟在她嘴里辗转几道，又从她涂了淡粉色唇膏的唇瓣里呼出。

她吸烟一向不过肺。

"您怎么在这儿？"香烟夹在修长的指间，她后脑勺抵着墙，侧过脸看唐熠，笑了下。

唐熠给自己点了一根烟，呼出一口烟雾后，皱着眉头，说："来找人，你呢？"

蒋凡晞螓首微垂，手中的香烟往脚边的立式烟灰缸里抖了几下，嘲讽地勾了勾唇："来相亲。"

唐熠无声笑了下："想结婚了？"

蒋凡晞没吭声，解释自己出来相亲的初衷太麻烦。

唐熠只当她是默认："相亲对象，可满意？"

蒋凡晞扯了扯唇角，双臂环胸，仰头看着前方月明星稀的夜空。

"不满意。"何止是不满意，简直倒尽胃口。

唐熠含着香烟的唇角弯了弯："既然不满意相亲对象，那不妨考虑考虑我？"

第九章　资助人韩先生找到了!

> 她把那种飘忽的暧昧当成成年男女因为接触过多而产生的暂时性
> 吸引，没去想太多，而且压根没想到唐熠来真的。
> 可仅仅因为这暂时性的吸引，就要在一起吗? 甚至谈婚论嫁?

蒋凡晞夹烟的手一抖，怀疑自己耳朵出了问题。

她侧过脸看唐熠。

唐熠用力吸掉最后一口烟，站直身子，将燃尽的烟头摁灭在脚边的直立烟灰缸里。

"我大你五岁，A国国籍，母亲过世，父亲健在，还有一个同父异母的哥哥。我现在和姥姥、姥爷、舅舅一家住在金城，未来十年，事业和生活都会在国内，偶尔到国外短期出差。我自认为包容度还不错，给你完全自由的生活方式还是可以的。婚后不工作、请保姆带孩子，这些都不是问题。"

听到最后一句话，蒋凡晞回过神来，即刻就猜到唐熠听到自己和相亲男的对话。

她没问唐熠是不是有意为之，她问了，他不想说，总归能混过去。

她对此毫无准备，慌忙将烟头丢到烟灰缸里，重新拿背靠向墙壁，视线飘忽地到处看，就是没敢和唐熠对视。

彼此都沉默许久，唐熠说: "你不反对，我当你答应了。"

她被迫正视他的"表白"，佯装大方地轻哂道: "我是丁克，这也没问题?"

"这么巧? 我也是丁克。"

蒋凡晞一时无言。

难以想象唐熠作为一个男人，竟然没有繁衍下一代的想法，她扭头看唐熠，想从他脸上看出破绽。

唐熠神色坦然，毫无异样。

蒋凡晞问："您喜欢我吗？"

唐熠说："我以为你知道我喜欢你。"

蒋凡晞一噎，不知道该说什么了。

之前还未从盛华离职，她就隐约察觉到唐熠对她的态度不同于一般领导对下属。

她把那种飘忽的暧昧当成成年男女因为接触过多而产生的暂时性吸引，没去想太多，而且压根没想到唐熠来真的。

可仅仅因为这暂时性的吸引，就要在一起吗？甚至谈婚论嫁？

蒋凡晞觉得这一切都太不真实了。

她冷静下来，脑子里仿佛被礼花炸过的刺激这会儿全都消散了。

她问唐熠："您还记得在成都那晚，我在您掌心写了个字吗？"

"记得。"

"知道那是什么字吗？"

唐熠沉默了几秒，低低出声："爱。"

蒋凡晞点点头："知道什么是'爱'吗？"

唐熠一时没作声，过了片刻，说："老实说，不是很清楚。"

蒋凡晞扯了扯唇角："您没爱过人？"

"没有。"唐熠反问，"你爱过？"

蒋凡晞脸色微红："我也没有。"

唐熠满意地笑了："既然都没爱过，不是更合适？"

蒋凡晞拿脚尖踢了踢地面，没好气地说道："没爱过不代表不需要。"

唐熠不置可否。

"我们才认识不久，现在谈爱为时过早，但我确定，我们彼此吸引，三观契合，欣赏对方。有这些，你还担心我们之间没办法产生爱吗？"

他看上去无比冷静、理性，就跟当初与蒋凡晞谈判改制三条生产线一样，有备而来、利弊清晰。

蒋凡晞不想第二次上当，况且这次是自己的婚姻大事。

"没有，好像没有彼此吸引，"她站直了身子，拢了拢呢外套的领子，准备走人，"我对您没有那种感觉。"

肩膀忽然被轻轻一捏，整个人被唐熠引导着转过身面向他。

蒋凡晞别开目光，没敢去看他的眼睛。他的眼神太深，蒋凡晞怕自己在他眼里迷了路。

"给彼此一点时间，你想要的感觉，我应该可以给你。"

"我没兴趣。"蒋凡晞轻轻拨开他的手，冷静说道。

说来也怪，先前跟唐熠只是有点暧昧，整个人就跟叫开水烫了似的头晕脑热得不行，这会儿他主动想恋爱，她反而没那份冲动了。

唐熠只是喜欢她。

这种喜欢的感觉随时会因为时间的关系而淡化，或是因为有更喜欢的对象出现而消失，到那时就离婚吗？

她因为父母的关系，对婚姻本就畏惧，唐熠现在说结婚，她哪里敢……

如果此刻还在金城，她有可能会意乱情迷地答应唐熠，可现在回了老家，身处现实，面对这种像梦一样虚幻的喜欢，她是不会接受的。

包里手机在响，蒋凡晞拿起手机一看，是相亲男打来的。

她接起来，口气冷淡："遇到朋友，说几句话就过去。"

唐熠双目灼灼地盯着她讲电话，脸色略显不豫。

蒋凡晞低头把手机放进包里，依旧没敢去看唐熠的眼睛。

"我觉得您有点冲动了，今晚您说的话，我就当没听过。"说完，蒋凡晞拉开玻璃门，走进酒店大堂。

她回到西餐厅，再没心情应酬相亲男，俩人很快买了单准备回家。

相亲男把她送到小区门口，她刚一下车，车子就走了，连一声"再见"也没说，她就知道对方没那个意思，这事算是过去了，心情轻松地回了家。

唐熠目睹蒋凡晞和相亲男一起离开西餐厅，并未强行去分开他们，或者把蒋凡晞强拉到房间逼她答应自己的戏剧性行为。

他什么都没做，目送他们离开，自己回了酒店房间，抱着瑶瑶躺到沙发上。

"瑶瑶，你妈跟一个男人走了，不要我们了。"

瑶瑶："肯定是你做错事了呗。"

唐熠："我应该没有。"

瑶瑶："那你不去把她追回来？"

唐熠思考了几秒："她做事情有分寸，我信任她。"

瑶瑶："你心真大！"

这娇嗔的口气像极了蒋凡晞耍性子时会说的话。

唐熠开怀大笑。

瑶瑶用了蒋凡晞的声音，这让他有一种蒋凡晞时刻陪在自己身边的感觉，所以他最近无论去哪里都要带着瑶瑶。

"瑶瑶你知道吗？"唐熠回想起晚上在西餐厅听到蒋凡晞与相亲对象说的一席话，"她说她结婚后不想工作也不想带孩子，只想应酬交友。我刚听到的那一刻，心里确实有点失望，但我冷静下来，还是想和她在一起。"

瑶瑶："你为什么会失望呢？"

唐熠："大概因为这样的她，与我印象中的她很不同。"

瑶瑶："不同才好呀，有新鲜感。"

答非所问。

唐熠失笑，坐起身，将瑶瑶好好摆放到沙发靠枕上："晚安了，小家伙！"

蒋凡晞洗完澡出来，边吹头发边刷今天的微信朋友圈。

几乎都是商品代购图片，她看得烦躁，屏蔽了几个，微信忽然进了一条新消息。

TY：我明天就回金城了，回去之前，我们见一面？

蒋凡晞看着对话框考虑了几秒，回道：不了，开车注意安全。

TY：好，你回金城跟我说。

蒋凡晞没再回信息，刚要退出微信，凌娅发来一条微信：凡晞，资助人韩先生找到了！

蒋凡晞手一抖，手机差点掉地上。回过神来，立马激动回道：真的吗？他人现在在哪里？

娅娅：在金城，你要过来跟他见面吗？

蒋凡晞立刻就把床底的行李箱拉出来，往里头放衣服。

她给凌娅发去语音："我明早坐高铁回金城，最迟下午就能到！你跟他说，明晚一定要和我见一面！"

凌娅秒回："好，我们等你，你别急。"

翌日一早，天还没亮，蒋凡晞就打车去了高铁站，搭最早一趟班次赶去金城。

她拉着行李箱，风尘仆仆地来到金城。

凌娅和资助人约在外婆家餐厅。

将行李箱寄存在服务台，蒋凡晞走进餐厅，很快就看到坐在靠窗位置的凌娅……和一位戴眼镜、穿戴不俗的中年男士。

想到那人就是自己寻找多年的资助人，蒋凡晞双腿却像是灌了铅似的沉重了，她有些迟疑。

有一股无形的力量在拉扯着她的身体，导致她无力往前。

她本以为自己会很开心见到资助人，却没想到心情这般忐忑。

凌娅看到她，跟她招手："凡晞，这边！"

男士随之看过来，亲和地同她笑了一下。

蒋凡晞回以微笑，深吸一口气，快步走过去。

凌娅拉开身旁的椅子："凡晞，快来，都等你呢。"

蒋凡晞脱下大衣入座，对坐在自己对面的男士颔首问好："我是2006年受您资助前往G国亚琛工大留学的France，蒋凡晞。"

对方扶了扶无框眼镜，笑道："你好，我姓韩，叫我老韩就行了。"

蒋凡晞本想问他全名，但一想到资助人向来不喜欢别人过问私事，便担心自己追问会招来反感，转而说："我这些年一直在找您，原以为这辈子都无法与您见面了，没想到今天能见到您，真是太好了！"

对方客气笑笑，没说什么，拿起茶杯喝茶。

蒋凡晞问凌娅："是在哪里找到韩先生的？"

凌娅瞥一眼资助人，目光闪了一下，看回蒋凡晞："找私家侦探查的，到底怎么找到的我也不清楚，人家说这是他们吃饭的手艺，不能外传。"

"有一天，一个人打电话给我，问我2006年是不是资助了一个叫凌娅的孩子去G国留学，我去找当年的资料确认了这件事，这才和凌娅联系上。"

资助人说完看向蒋凡晞："你这些年也一直在找我？"

蒋凡晞开心地点点头："是的。"

她正想着要怎么跟对方说清楚执着找他的原因，凌娅忽问："凡晞你不是说有东西要给韩先生吗？"

蒋凡晞赶紧从包里拿出一支笔和便笺，推到资助人面前："您能把收款账号给我吗？我想把那些年从您这边收到的资助款连本带利还给您。"

对方措手不及，看向凌娅。

凌娅："韩先生资助我们，不是希望我们归还资助款的。"

蒋凡晞早有心理准备："那，有我帮得上忙的地方吗？"

凌娅："韩先生在广州有工厂，他希望我们能过去帮他。"

资助人一脸歉意地说道："不强求的，只是刚好我公司最近也要转型无人生产，在转型过程中遇到一点困难。"

蒋凡晞不意外，她早就猜到资助人很大可能也是制造领域人士，否则不会资助在机器人或机械领域有专长的孩子出国了。

她看向凌娅："你去吗？"

凌娅笃定："去啊！"

蒋凡晞考虑几秒："好的，那我考虑一下，尽快给你们答复。"

结束晚餐，蒋凡晞打车回宿舍。

她要明天才回老家。

她一进屋，行李箱往玄关一放，便到沙发上坐下，开始发呆。

心情有点怪怪的，她完全没有想象中的喜悦、兴奋。

资助人韩先生……与她设想的完全不同。他没有那种睿智、洞察一切、心怀家国的模样。

甚至，她还觉得资助人有点平庸。虽然穿戴不俗，但举手投足和言谈间表现出来的东西骗不了人。

这种感觉无迹可循，很微妙，说不出为什么，但就是那么真实地存在于她的情绪。

想得深了还无解，蒋凡晞心烦，起身拿衣服进浴室洗澡。

她到睡前才有空看手机。

唐熠今天给她发了三条微信。

第一条是中午十二点左右。

TY：我回金城了。

第二条是晚上六点。

TY：我到家了。

第三条是刚刚。

TY：睡了？

出于礼貌，蒋凡晞回复：还没。

唐熠秒回：在做什么？

凡星：没干什么。

她说谎了，为了把天聊死。

却不想……

唐熠回道——

TY：我在想你。

蒋凡晞盯着那四个字，清了清嗓子。

浑身要烧起来的感觉又出现了，从上身一直蔓延至脸颊、耳后，体温一瞬间升高。她拿着手机，不知道该回什么。她不想伤到唐熠，所以没用对待其他追求者的方式对他。

她对唐熠似乎也带着一种不太自然的小心翼翼。

愣神的几秒时间里，她的手机又振动两下。

TY：我年后回总部述职，你要不要和我一起去A国？

蒋凡晞失笑，心想这位富二代是不知道去A国要办签证的吗？

翌日，蒋凡晞又坐高铁回老家。她琢磨着如果真去广州帮忙，至少也是正月十五之后的事情，还有十天时间。这些天里，她除了正月初十晚上有个初中同学聚会外，再无其他行程，因此一心在家照顾蒋志存。

她给蒋志存办了网银，还买了一部智能手机，教蒋志存如何用手机收付款、叫外卖、网购等。

蒋志存瘫痪前是国企的高级工程师，不仅精通机械电气，计算机也会一点，不出几天，智能手机就已玩得很溜。

正月初六，看护回来上班，蒋凡晞给看护包了一个大红包，交代看护，日后蒋志存有任何事，都直接与她联系，并承诺逢年过节会额外发奖金。

看护高高兴兴地应下，还偷偷告诉蒋凡晞，佟玉英基本不在家里住，偶尔要对买菜的账以及发工资时才会过来。然而在那极少出现的时间里，佟玉英对蒋志存的态度始终很恶劣，要么对他视而不见，要么讽刺、辱骂他拖全家人后腿，怎么不早点去死。

蒋凡晞听得心脏一抽一抽地疼，终于明白佟玉英靠不住。

那几天，唐熠给她发过两条微信。

一条让她有时间去办签证，一条问她几时回金城。

蒋凡晞都没回。

她此去广州，短则一年半载，长则三五年，即便回到北方，也是直接回老家看望家人，不会再特地去金城与唐熠见面，更别说保持暧昧关系。

初八这天中午，蒋凡晞推蒋志存到楼下晒太阳，和小区的老人们聊天。

一辆小车开进小区里，车身干净亮堂，在阳光下发出黑油油的光。

老旧小区极少出现如此昂贵的车子，大家都好奇打量着。

蒋凡晞觉得车牌有点眼熟，回忆几秒，确定是唐熠的车，顿时浑身紧张，动作极快地把蒋志存推走。

唐熠提着几个礼盒，朝他们住的那幢楼走去。都朝一个方向，再走过去就该碰面了，蒋凡晞又推着蒋志存转身，把轮椅靠到亭子边，自己则躲到蒋志存身后，偷偷观察站在门禁处的唐熠。

他穿一件黑色中长款毛呢大衣，搭配深灰色圆领毛衣与蓝色牛仔裤，浓密粗硬的棕发自然地拨到额边，看上去休闲随意却不失稳重。

蒋凡晞不知道他是怎么找到这里的，但知道他肯定是来找自己的。

提着大包小包，这是要来拜年吗？蒋凡晞心想：家里没有人，他把门禁按烂了也不会有人给他开门的，过几分钟他就走了。

"叔叔，新年好。"

听到唐熠的声音，蒋凡晞差点没一屁股坐到地上，人躲在轮椅后，一动不敢动。

蒋志存："年轻人，你认识我吗？"

唐熠："我是您女儿的朋友，来给您拜年。"

"新年好！新年好！"蒋志存扭头看蹲着的蒋凡晞，"瑶瑶，你朋友来了，快起来跟人打招呼。"

蒋凡晞觉得很尴尬，站也不是，继续蹲着也不是，扭捏半晌，硬着头皮站起身："找错人了吧？"

唐熠弯唇笑着，一侧脸颊有浅浅酒窝。

他站在台阶下，春日午后干燥的暖阳洒在他身上，将他浑身都蒙上了一层柔色。

蒋凡晞别开目光，不看他。

唐熠上了台阶，轻声说："瑶瑶掉水里了，要麻烦你修一下。"

蒋志存说："瑶瑶你什么时候掉水里了？"

蒋凡晞解释："爸，不是我，是我做的一个机器人，刚好名字也叫瑶瑶。"

蒋志存笑着拍拍女儿的手臂："那你赶快上去看看机器人怎么回事。"说完又邀请唐熠到家里坐。

蒋凡晞推着蒋志存下凉亭，准备回家。

凉亭有四五级台阶，她把蒋志存推到台阶前，俯身准备搬轮椅，唐熠把礼盒交给她："我来，你帮我拿着。"

蒋凡晞接住。

唐熠俯身，双手握住轮椅扶手，抱起，连人带椅下了台阶轻放到地上，贴心地帮蒋志存把盖在腿上的毯子披好。

蒋凡晞怔怔地看着这一幕。

邻居老头老太小声议论：

"这是小蒋闺女的男朋友？"

"嗯，我看是！不然咋能这么贴心呢？"

"小伙子哪里的？"

"听口音像是金城佬。"

"我就说小蒋家这老疙瘩喜人……"

几句话又是夸唐熠，又是夸蒋凡晞，听得蒋凡晞很不好意思，赶紧下了台阶，追上唐熠和蒋志存。

回家后，蒋凡晞自觉地去厨房准备纯净水泡茶，蒋志存和唐熠在客厅聊天。

"小伙子贵姓？"

"免贵姓唐，单名熠，唐熠。"

"好名字！"蒋志存的朗朗笑声在小小的公寓里回响。

蒋凡晞扭头看一眼父亲，唇角微微扬起。

好久没见父亲这么开心了。

蒋志存高兴，她心情也跟着好起来。

蒋凡晞把过滤好的水拿去客厅烧。

"小唐跟瑶瑶是同事？"

唐熠微笑着点点头："我和瑶瑶都在金城盛华公司工作。"

蒋志存听后客气道："我们家瑶瑶不懂事，平日多亏你照顾了。"

唐熠移眸看向正往烧水壶倒水的蒋凡晞，眼角、眉梢都是笑意："瑶瑶她能力很强，帮了我很多忙，她帮我多过我照顾她。"

蒋凡晞听着，给了唐熠一记眼神——别乱说话。

"叔叔，我喜欢瑶瑶。"

蒋凡晞手里的水差点没洒出来。

她立马放下水壶，用方言警告唐熠："你劈了（瞎说）什么？"

蒋志存严肃地说："瑶瑶，不许没礼貌！"

蒋凡晞抿唇，不敢再说唐熠。

蒋志存看向唐熠，目光多了审视。

气氛变得静默。

蒋凡晞尴尬到脸红，怨怼地剜一眼唐熠。

蒋志存沉默片刻，又笑着问唐熠："小唐你还没吃午饭吧？我让瑶瑶下个火锅，中午就在这边吃！"

蒋凡晞对唐熠使了个眼神，暗示他赶紧走。

唐熠："还没吃午饭，早上不到六点就上高速了，早饭也没吃。"

蒋凡晞："……"

蒋志存催促她去准备午饭，她只能进厨房。

客厅里，一老一少在玩一问一答游戏。

蒋志存："小唐你在单位里做什么工作？"

唐熠："我做执行工作，单位的一切日常事务都是我在处理。"

蒋凡晞边择菜边腹议：我爸知道什么是CEO，你不用讲这么白的。

蒋志存："哪个大学毕业的？"

唐熠："A国一所商学院的硕士学位。"

"哦，你是A国留学生。"蒋志存又问，"这家里头还有什么人？"

唐熠："舅舅一家三口和姥姥、姥爷生活在金城，父兄在A国生活。"

蒋志存诧异："那你是在A国生活还是金城？"

唐熠："我中考后随父移民A国，去年回金城定居，未来十年都会在金城发展。"

蒋志存看了眼正在厨房忙碌的女儿，笑问："你说喜欢瑶瑶，那瑶瑶没答应你吧？"

因为他知道女儿未来一定会在国内发展，基于这个人前提，她很难答应十年后有可能回A国生活的唐熠的求爱。

蒋凡晞端了一盆洗好的生菜出来，一句"我当他是朋友"打断唐熠要说的话。

唐熠笑了下，神色自若。

蒋凡晞走到门边拿大衣，让唐熠下楼说话。

此时正午，原本坐在亭子里聊天的老头老太都各回各家，亭子里空荡荡的。

蒋凡晞上了台阶，在亭子中央站定。

唐熠跟上去。

蒋凡晞转身看他，口气还算平静："怎么知道我家在这里？"

"你简历上写着。"

蒋凡晞深吸一口气，耐着性子说："瑶瑶我修好会寄给您，您早点回去吧，不要在我家吃午饭了。"

唐熠没说回也没说不回，从大衣口袋拿出手机，在上头按了几下，递给她："你那天问我知不知道什么是爱，我后来查了一下这个字的解释。"

蒋凡晞皱眉落眸。

"爱是指人主动或自觉地以自己或某种方式，珍重、呵护或满足他人无法独立实现的某种人性需求……"唐熠说，"包括思想意识、精神体验、行为状态、物质需求等……爱的基础是尊重，是认同、喜欢的高度升华。"

蒋凡晞被气笑了，手机往他怀里一推："您这是在背课文吗？可惜我不是您的语文老师。"

唐熠顺势把她的手按在自己胸前："对你，我自问上头写到的几条我都做到了。珍重、呵护、满足、尊重、认同、喜欢……虽然我那天没说出爱的具体解释是什么，但我确实在做着这些事。"

"爱不是你这样照本宣科。"蒋凡晞抽手，转身下了亭子，突然想起什么，又回头看唐熠。

"我年后要去广州，暂时不会回金城了，所以您还要继续喜欢我？"

唐熠顿觉意外，匆匆下了台阶："去广州做什么？"

"我找到资助人了，他的企业最近也在做智能化转型，和盛华当初一样，不顺利，所以他需要我过去帮忙。"蒋凡晞说完，转身朝楼栋走。

走出几步，手被赶上来的唐熠握住。

她顿了几秒才回头，就见唐熠满目失望地看着自己。她别开目光，不与唐熠对视。

其实在确认那位韩先生就是资助人之前，她不会贸然去广州。这么和唐熠说，只不过是想让他知难而退。因为她觉得，唐熠是基于她能给他带来帮助和利益才会喜欢她。如果她要去广州，无法再帮他，对他来说没有了价值，他便不会再喜欢她。

蒋凡晞说完就想走，用力甩了两下手臂，没甩开。

唐熠攥得更紧，一扯，她整个人就被拉到他跟前。

他满脸的失望："你知道对方是好人坏人就傻乎乎往上凑？人家让你去广州你就去？你就不怕被人卖了？"

这些时日心底隐隐的担忧，被他几语道破，蒋凡晞不得不直面这个问题。

她低头望着鞋尖，逞强道："如果是坏人，当初为什么要资助我们？"

唐熠轻笑一声："十年前是好人，十年后不一定还是好人。坏人他也不一定不会做善事！"

见蒋凡晞闷闷着脑袋不说话，他又问："你跟你爸说过这事？"

"……没。"

唐熠轻哂："为什么不说？"

蒋凡晞没好意思说自己其实也还没确定去不去广州。

唐熠拉着她要上楼。

她用力挣扎："您放开我！您回去！别去我家！"

"你爸还在等我们上去吃午饭。"

"我会和他说您有急事回去了！"

"我没急事。"

蒋凡晞火了，用力甩开他的手，像一头被惹怒的小狮子一样怒视着他："您刚才还说自己尊重我、认同我，您现在在做什么？"

唐熠松开了手。

他把张牙舞爪的小狮子揽进怀里："别跟那个人去广州。"

蒋凡晞挣出他的怀抱，往后大退一步："您让我觉得很有负担，别这样，我不喜欢。"

她不喜欢别人干涉她的决定。

唐熠不知道该说什么了，满心无力。

蒋凡晞转身上楼，铁门被用力关上，他没来得及跟进去，被堵在门外。

他在门禁机上按了房号，刚接通，又被挂掉，怕打扰到蒋志存，他没去按第二次，想着一会儿别的用户开了门，自己再跟着进。

二月下旬的北方城市，寒风像刀子一样在刮在脸上。

唐熠回到亭子里等待。

这一等，过了大半个小时，陆续有老人出来活动。

一位阿姨进了亭子。

"你是这楼里姓蒋的那家女娃的男朋友？"

唐熠没答，反问："你是？"

对方压低声音："年轻人，别找这家的女娃。"

唐熠皱眉："这跟你有什么关系？"

"年轻人，我是为你好！"

见唐熠不吭声，对方继续说道："她爸是抑郁症跳山没死成才瘫痪的，她妈在那之后就去外头跟人家姘居了！家里乱得很！这女娃跟她妈一样漂亮，就怕性子也随她妈……"

"知道造谣要吃官司吗？"唐熠拿出手机，开了录音，举到对方面前，"来，继续说！"

对方一惊，啐了声"不知好歹"，转身跑下亭子。

唐熠收起手机，敛起愤懑，深吸一口气，抬头看面前这幢斑驳老旧的公寓楼，情绪复杂。他没想到蒋家是这种情况。

早上见蒋志存坐在轮椅上，以为是意外导致的瘫痪，完全没想到是自杀未遂；而蒋家大过年的却没见着女主人，家里也没见任何遗照或牌位，他以为是单亲家庭。

完全没想到她是住在外头……

唐熠没再深想。

这时，刚好有人要进楼栋，他赶紧出了亭子，趁着人家开门的机会跟着上楼。

蒋凡晞正往火锅里放水饺，见唐熠又回来，顿时脸色很不好地进了厨房。

蒋志存见唐熠脸色也差，以为俩年轻人吵架，赶紧招呼唐熠坐到蒋凡晞身旁的位置，于是蒋凡晞再从厨房出来，不得不和唐熠坐到一块儿。

唐熠和蒋志存喝了会儿酒，聊到"制造2025"的话题，越聊越热乎。

蒋凡晞见话题走向正常，精神刚松缓下来，就听唐熠说："叔叔，您是伤到哪儿才行动不便的？"

蒋志存笑笑："脊椎骨折脱位伴脊髓损伤。"

唐熠说："烽市医疗水平有限，我接您到金城看看吧？再不行，咱出国治疗，能恢复一点是一点。"

蒋志存始终保持着微笑，乐观豁达："我这病没法恢复正常，既然最终结果还是行动不便，那就不折腾了，其实这么多年也习惯了。"

唐熠刚想说话，大腿被人拧上，他侧过脸看始作俑者。

蒋凡晞一边用眼神警告他，一边拧他的大腿，拧不动大腿前部紧实的股四头肌，就去拧大腿内侧较软的肌肉。

唐熠额上沁出隐忍的汗，手放到桌下，按住蒋凡晞放肆的小手。

蒋凡晞要抽出，却被按得更紧。

唐熠将她的小手完完全全包拢在掌心，不轻不重、一下一下地紧着。

"叔叔，您还年轻，咱们就算恢复三成，让双腿可以借助设备站起来，在家里稍稍走动走动，就可以活动身体，这在生活质量上是很大的提升。"

唐熠面色如常地劝着蒋志存，桌下，手与蒋凡晞十指紧扣。

傍晚，唐熠打算回酒店休息，蒋凡晞送他下楼。

太阳下山，温度更低了，蒋凡晞冷得把脸藏进大衣领子里。

唐熠牵着她的手，放到他温暖的大衣口袋里。

"我们到车里说会儿话。"

蒋凡晞没拒绝，她也有话和唐熠说。

车子启动，暖气从风口出来，整个人暖和了许多。

"我和你一起去广州。"唐熠说，"如果一切正常，我回金城；如果有问题，你也待不下去，那我们一起回金城。"

"为什么是一起回金城？我也许去别的城市。"

"你不是想创业吗？回金城创业，我给你投资。"

蒋凡晞失笑，摇摇头，开玩笑道："我就是不想当您下属才辞职的，您给我投资，那不又重新当回我领导？"

"有的是办法规避投资人对经营决策的干涉。"唐熠笑，"要不，你当我领导？嗯？"

他说这话的时候，就直直地望着蒋凡晞。

蒋凡晞回过味来，脸红了一道，侧过脸去不看他，但很快，她就被拉入一个温暖的怀抱，鼻腔充盈了独特的清冽冷香。

温热的鼻息逐渐靠近，男人低沉温柔的嗓音在她耳畔涌动："我可以吻你吗？"

蒋凡晞一惊，用力推开唐熠，转身拉开车门下了车。

唐熠跟着下车。

寒风中，俩人隔着车顶对望。

蒋凡晞一张脸红得彻底："记得叫代驾。"说完，她转身跑进楼栋里。

回家照顾父亲睡下，蒋凡晞在唐熠带来的礼盒里找到装瑶瑶的绒布袋。

她拎进房间，试了一下，没信号也没反应，找出工具把机子拆开。

是传感器和控制器泡了水，导致部分金属元件生锈。

蒋凡晞稍微处理了一下，用吹风机烘了一会儿，于是测试效果。

她捏一下瑶瑶的右脚："哈啰。"

然后打开笔记本，进入控制程序，看瑶瑶有没有把语音传到程序里。

程序里几千条语音。

"不是吧，他有那么寂寞吗？天天和机器人聊天啊？"

蒋凡晞随手点开一条。

唐熠的声音通过笔记本的扬声器放了出来。

"瑶瑶，你妈跟一个男人走了，不要我们了。"

蒋凡晞失笑："这么快就给瑶瑶找了妈？可真有你的。"

她不好再听唐熠的隐私，鼠标拉到最底部，点开最后一句，想看看这句语音是不是自己刚才发出的测试。

唐熠："我知道她创业是为了跟资助人见面……如果我是她的资助人就好了（这里出现男人无奈的笑声）……贱不贱啊……"

蒋凡晞没敢再往下听，椅子转了半圈，回到案前，继续拆解瑶瑶。把零件都拆放到案板上，她发了一会儿呆，拿起手机打出一个电话。

挂上电话，她给自己订了一张明早九点出发的去金城的高铁，然后继续修瑶瑶。

第十章　与她脑海中的模样重叠

　　她从未见过资助人，也没听过对方的声音，很长一段时间，对方在她心中甚至没有一个具象，但她还是很想他……

　　翌日，蒋凡晞十二点多下的高铁，先去酒店办入住。

　　放好行李，她步行到酒店附近一家茶馆。

　　跟她见面的人已经到了，坐在茶馆靠窗的位置……他正在刷短视频。

　　洗耳神曲在安静的环境里显得尤为刺耳，四十多岁的中年男人穿一件领子带毛的夹克外套，后脑勺的头发睡凹了一边。

　　与那日干净、精神的形象相去甚远。

　　蒋凡晞站在门口，一阵恍惚。

　　这位韩先生与她心目中的资助人差距太大，她很好奇这样的人如何能与文质彬彬、品味高雅的井勤成为朋友。

　　蒋凡晞收拢思绪，扬起笑，走过去："韩先生，您等很久了吗？"

　　对方动作慌张地关掉短视频，抬起头看向蒋凡晞的时候，目光闪躲："小蒋来了啊？快坐快坐。"

　　蒋凡晞把这些细节看在眼里。

　　她不动声色地落座，礼品盒放到桌上，客气道："新年快乐，我从老家带了点特产送您。"

　　对方讨好地道了谢，没推脱。

　　茶艺师过来泡茶。

　　桌上荷花造型的檀香散发着淡雅的气味。

　　蒋凡晞说："今天约您见面，主要是想了解一下您那边的智能生产线，用的是哪个厂家的产品。我去广州之前，想提前做一下功课。"

对方干笑两声，目光闪躲："这些都是下面的人去处理的，我还真不知道。"

蒋凡晞问："那您方便把相关人员的联系方式给我吗？我自己和他们联系就行。"

对方爽快回道："行，我回头给你啊。"

蒋凡晞点点头，口气客气："我也是想尽可能地帮到您，希望您别介意。"

"不介意，不介意。"

茶艺师将茶杯分别夹到桌上，蒋凡晞端起茶香四溢的金骏眉轻抿一口，透过茶烟看向神色不自然的中年男人。

茶杯轻轻放下，她笑道："见到您太高兴了，我晚点打个电话感谢井总，顺便约他回国的时候去一趟广州，请他吃饭，也跟您聚聚，您说如何？"

"哦，好的。"对方面色愈加不自然。

这反应太不寻常，丝毫没有将与好友见面的开心。

蒋凡晞眯了眯眼睛，继续问："您和井总看上去年纪差挺多的，怎么认识的呢？"

"……做生意认识的。"

蒋凡晞脸色变了变。

井勤一直从事留学中介工作，最早是他们这些受资助的留学生的领队，跟实业圈一点关系都没有，他不可能跑去做实业生意。

蒋凡晞再次试探："我上次在信里附了一个3D打印机做出来的机械元件，您收到了吗？我想和您探讨关于3D打印取代数控机床的课题。"

对方一惊，先是问："什么东西？"后来又支支吾吾道："我回去找找……可能在家……在办公室。"

蒋凡晞这下确定了。

她后背靠向椅背，双臂环胸，眼神极冷地瞧着对方："你真的是我们的资助人？"

对方先是目光躲闪、支支吾吾，后面干脆大嚷："当然是！你在怀疑什么？"

茶室气氛安静，他这么一嚷，其他客人纷纷看过来。

蒋凡晞从容拿出手机，打开井勤的微信对话框："我现在拨视频给井总，告诉他我们见面了，他一定会很吃惊，也一定想看看您。"

她转过手机屏幕，举到对方面前："哦对了，井总就是井勤，是当年处理我们留学申请、带我们去G国，甚至安排我们在G国一切活动的领队。他是资助人韩先生的代理人。上次我在T国和他一起吃饭，他还聊到您这位好朋友呢……"

话没说完，手机被对方重重往下压到桌面。

对方愤愤站起身，压低了声音："我不是你们的资助人！你们找错人了！莫名其妙！"说完，气呼呼地逃离了现场。

蒋凡晞收回目光，翻出凌娅的微信。

凡星：那个资助人是假的，他已经跟我承认了。

凌娅秒回。

娅娅：什么？怎么可能？这个大骗子！我们都被他骗了！害我还把盛华的工作辞了准备去广州……呜呜，现在怎么办啊？

蒋凡晞没再回复。

凌娅没有细问到底怎么回事，而是顺着她的思路承认对方是大骗子。

种种反应说明——凌娅早就知道资助人是假的，或者一开始就知道。

蒋凡晞回到酒店，稍作休息，给唐熠发了位置。

凡星：我现在在您家附近，瑶瑶修好了，约个离您近的地方，把瑶瑶给您。

唐熠秒回，一连发了三条。

TY：怎么没说今天回金城？

TY：我刚从烽市回到家。

TY：本来我可以载你一起回来。

凡星：来办点事情，明天一早就回去。

TY：我半小时后到你那儿。

见还有时间，蒋凡晞干脆去洗个澡。昨晚就没洗头，头发有点油。

半小时后，唐熠过来了，在酒店门口等。

蒋凡晞刚洗完澡，赶紧戴上隐形眼镜，涂上基础护肤霜，然后给脸蛋儿上了一层薄薄的"晚安粉"。

二十六岁的女生，脸上满满的胶原蛋白，苹果肌透出天然可爱的粉，只涂了淡粉色唇膏的唇瓣粉粉嫩嫩。她站在镜前，将长发抓蓬松一些，又对着镜子弯了弯眼睛，这才笑着出门。

夜幕下，黑色流线型车身发出奢华尊贵的光泽。站在车边的男人，一身高雅的藏蓝色毛呢长外套，里头搭配的白色薄毛衫衬得他眉目清秀，干净俊朗。

他眸色深深地凝望着站在台阶上的蒋凡晞。

蒋凡晞下了台阶，走到他面前，直接将装着瑶瑶的绒布袋放到副驾位置上。

唐熠低声说："一起吃饭。"

"不了，我在酒店随便吃点就行。明天一早的高铁回烽市，晚上得早点休息。"

唐熠指着不远处的禁停标志："这儿不让久停，上车吧，不然找个地方喝杯东西也行。"

蒋凡晞只好上车。

黑色车子汇入车流。

唐熠侧过脸看她一眼："怎么突然回金城了？"

蒋凡晞不想再提假资助人的事情，转而说："凌娅从盛华辞职了？"

"哪个凌娅？"

"就是之前接替我的凌工。"

"哦，那个……"唐熠手中的方向盘打了个大弯，车子进入北河沿大街，"准确来说，是开除。"

蒋凡晞顿感意外："什么？开除？为什么？"

唐熠看她一眼，那一眼相当有趣，就差没把"你是第一天入行吗"挂脸上。

他看回前路，语气淡淡地说："肯定是能力不足，还能为什么？"

"什么时候开除的？"

"二月初。"

蒋凡晞不说话了，咬唇思考最近发生的种种。

凌娅年前就被盛华开除了，却有意隐瞒，后来不知从哪里找来一个假资助人，谎称自己为了追随资助人去广州特地从盛华辞职。

现在看来，凌娅的举动似乎有煽动之嫌。

不管这一切是出于何种目的，都让蒋凡晞觉得无比诡异与不安。

她拿出手机，直接将凌娅的微信删除，已是决定不再和这个人来往。

车子驶入光华路，蒋凡晞回过神，问唐熠："去哪儿？"

"去国贸。"唐熠说，"三期有个云酷，之前去过吗？"

蒋凡晞摇头："之前上班的时候，除了演出，基本不到市内。"

"那休息时都在做什么？"

"睡觉、看书、画设计图之类的。"

唐熠想起了蒋凡晞的微信朋友圈，几乎都是跟机械、AI有关的行业文章转发，从未见她发生活照，就连微信头像也是一张充满科幻与未来感的图片。

二十多岁的女孩子，正是热爱分享与自我表现的时期，蒋凡晞倒像个稳重的中年人。

"唉——"蒋凡晞抱着手臂，看向车窗外，"我真的挺不思进取的。亚琛工大的同学、APEX的同事，大家都很努力也很上进……但我没有，所以后来再也没获得什么成就。"

车子下坡进地库。

唐熠侧头看她一眼，随即又看回前路。

蒋凡晞把玩着手机，嘀咕道："资助人如果知道我现在混成这鬼样子，应该会很失望吧。当年花那么多钱资助我留学，结果我却……"

唐熠说："人生不是只有上进和努力这两件事，把生活过好、过开心了、过幸福了，也是很有意义的事。你履行对他人的承诺，与过好自己的人生不矛盾。"

蒋凡晞没吭声，不知听没听进去。

唐熠将车子倒入车位，熄火下车，电梯直上八十层。

蒋凡晞低头按手机。

唐熠单手抄兜，站在她外侧，瞥见她开着微信对话框回复消息，说："什么时候去广州？我明天回A国，但会赶在你去广州之前回来。"

"我不去广州了。"

唐熠感到意外："怎么？"

"等会儿，我先处理点事情。"

位于三百多米高的酒吧餐厅，有奢华的酒廊、璀璨耀眼的金城夜景，女歌手用沙哑的嗓音低吟浅唱着英文歌。

蒋凡晞要了一份简餐，唐熠和她一样。

侍应走后，唐熠再次问："怎么不去广州了？"

"那个资助人是假的，所以广州肯定是不能去了。"

唐熠一阵无语，扯了扯唇角，嘲讽道："老祖宗的话还是有道理的。"

蒋凡晞皱眉："什么话？"

"上赶着的不是买卖。"

蒋凡晞没辩解。

她承认唐熠敏锐又警惕，昨天一听她找到资助人，首先就质疑对方是否为假冒的。

是她自己警觉性太低，差点被骗。

蒋凡晞掩饰尴尬地拿起柠檬水喝一口，看向窗外磅礴瑰丽的夜景。

唐熠看着她："知道一个人要基于什么信念才会不断地将国内的学生送到国外学习先进知识，还希望他们回来报效祖国吗？"

蒋凡晞大致知道，但她没说，她想听唐熠的看法。

"那人如果在国内，必然是位有远见卓识之人，所以用自己的微薄之力，为国家培养人才。"

蒋凡晞认同地点头："不过我觉得他应该是在国外生活的。"

唐熠脸色微变，沉默几秒，低声说道："如果他在国外生活，必然是对海外华人的生存现况有切身体会，所以他有一颗愿祖国强大、繁荣昌盛的初心，并且为此散尽家财也在所不惜。"

他移眸看向窗外的远方："也许他的行为不被理解、不被支持，甚至被阻挠过，但他从未想过放弃。他一直在为这个理想努力工作，大部分时间都被工作占据，所以他没时间见你们，也不曾想过要从你们身上得到什么回报。所以，不要去打扰他。"

蒋凡晞从恍惚中回过神来，喉咙哽得难受。

在唐熠的口中，资助人韩先生有了具象。甚至在唐熠说这番话时，蒋凡晞有一种他就是资助人的错觉。

明知道不可能，但那一刻，唐熠的脸还是与她脑海中的资助人的模样重叠了。

"谢谢。"蒋凡晞因为遭遇假资助人而惆怅的心情纾解了不少。

唐熠笑："我又不是你的资助人，谢我做什么？"

蒋凡晞红红的眼睛弯了弯，眼下卧蚕可爱："您虽然不是，但您使我心中的他形象更立体、更伟岸了。"

唐熠轻哂："立体可以有，伟岸什么的你还是别想了。上次跟你说过，对方大概率是老男人，早早就进入身高缩水、肌肉松软阶段。"

蒋凡晞逞强道："精神伟岸也很可以！"

唐熠无话可说。

晚餐结束，唐熠把蒋凡晞安全送到酒店，交代她明天回老家注意安全、保持联系，没再多说其他，很快就开车离开了。

蒋凡晞原先还担心他又要说些让人尴尬的话，见他如此清爽地离去，心情亦是轻松不少。

她洗了澡出来，手机进了两条微信和一张图片，都是唐熠五分钟前发来的。

TY：我到家了。

TY：既然现在不去广州，等我回来再商量创业的事情。

图片则是瑶瑶坐在男人的腹部。一起出镜的，还有唐熠交叠着的大长腿……

嗯，穿着长裤。

蒋凡晞放大图片。

男人的腰粗细合宜，因为长得高，腰也相对长一些。薄薄的白T恤凸出了腹肌的轮廓，看上去很有力量。

翌日，蒋凡晞一早搭高铁回烽市。

晚上有初中同学聚会，她很期待。

在G国那些年，因为经济、工作的原因很少回来，这还是她初中毕业后第一次参加同学聚会。

中午十二点多，唐熠发来一张照片，是他的登机牌，一同出境的还有周恒。

TY：我还有半小时登机，你到哪里了？

蒋凡晞看了眼车窗外头，回道：已进烽市地界，快到了。

TY：注意安全，有事给我打电话。

蒋凡晞心头微热。

她问自己，普通朋友之间也会这样吗？在不见面的日子里，一天几次互报行程？

她回想自己与曾嘉、魏楠等人的互动，大家好像都是有事才会发微信，平时各忙各的，几乎不报行程。

所以，唐熠对她是特别的？

曾几何时，他们只是上下级关系。一眨眼，牵过手、拥抱过，还有那一次次对彼此炙热的凝望。

蒋凡晞望向窗外。

繁华的金城街景消失不见，列车在偏远的四线小城里穿行，还是那片蓝天白云，但林立的高楼早已变成低矮楼房。

同学聚会在威尼斯酒店中餐厅举行，蒋凡晞到达时，现场已经来了不少同学。

多年未见，大家对她的到来很是惊喜，纷纷拉着她关心她这些年的境遇。

席间，班长带了一位同学过来一起吃饭。

蒋凡晞认出对方是当年和自己一起搭档夺得世界杯冠军的任泫寒。

他几乎没变，白净帅气，脸上还有当年的少年气。

女同学凑到蒋凡晞耳边低声说："班长的朋友很帅啊！听说是麻省理工计算机系毕业的，你要不要考虑一下？"

蒋凡晞正要拒绝，余光瞥见任泫寒走过来，赶紧把话吞下去。

"你是蒋凡晞没错吧？"

蒋凡晞站起身，朝对方伸出手，友好地笑了下："你好，我是蒋凡晞。"

"还记得我吗？"

"你是任泫寒。"

任泫寒笑着握上她的手。

这一瞬间，当年一起勇夺冠军奖杯的记忆再度重现。他们相视而笑，眼中有火花。

众人还在聊天吃饭，蒋凡晞和任泫寒提早离席，到一楼西餐厅叙旧。

任泫寒眼中的火花还未熄灭，寒暄几句，切入正题："我听说你现在在金城发展？"

蒋凡晞放下杯子，点点头："嗯，我打算自己创业，你呢？"

"我也是，打算做跟AI有关的咨询公司。"

蒋凡晞大为惊讶："这么巧？我也在考虑这个方向。"

任泫寒眼里的火花烧得更旺了，兴奋道："我们一起创业吧！"

俩人一拍即合，凌晨了还在连线语音。

不愧是当年一起夺得世界杯冠军的搭档，对人工智能、对眼下的世界制造格局、对工业4.0会给全球经济、政治带来何种改变，看法高度一致。

得知任泫寒也是高二那年出国留学的，蒋凡晞很好奇："你怎么也是高二出去的？正常不都是高考完才出去吗？"

任泫寒反问："你也是？"

蒋凡晞调整麦克风，思绪回到十一年前。

"拿到冠军之后没几天，教练跟我说，我被保送清大了，我当时很开心。可几天后，教练又说，有人要资助我去G国留学。其实我当时不想出国，只想上清大。但我爸爸他希望我去G国，所以我高二下学期提前参加了高考，当年九月就去G国了。"

任泫寒久久没有说话，蒋凡晞以为他睡着了，轻喊一声："任泫寒，你在听吗？"

"嗯，我在听。"他声音很低，"这么巧？我当年出国留学也是被资助的。"

蒋凡晞又感意外："原来你也是……"

"和你一样，先是说被保送清大，后来又有人要资助我去G国学机械。可我的专长在计算机，一开始我拒绝了。后来他们帮我申请到麻省理工的本科，我便接受了资助。"

蒋凡晞不放过任何可能性，急问："跟你见面的那个人是不是叫井勤？资助人是不是姓韩？"

"是的。"

这一瞬间，蒋凡晞只觉得自己离资助人又近了一些。

她满怀希望地问："你有资助人的消息吗？"

"没有。"任泫寒说，"井勤有一次来A国，跟我在学校附近见了一面。我问过他资助人的情况，他拒绝回答。"

蒋凡晞满心希望化为一场空。

她垮下肩膀，声音也低下去，喃喃道："都一样。"

连线那头，任泫寒沉默着。

蒋凡晞深呼吸一下，说："那一年，所有参加比赛的获奖者都被送出国留学。不仅是我和你，国内各大赛区的获奖者也都被送出去了……去G国的就有好几个，大部分在亚琛和慕尼黑工大……"

她说到这里，已是喉头发哽，音调全变了。

"资助这么多学生去国外念书，得花好多钱。可资助人他好像一直在做这个事情……他不求回报地资助学生，只希望我们学成回国……他真的……"

蒋凡晞说不下去了，连扯两张纸巾擦眼泪。深夜，人总是容易变得感性。

耳麦里，任泫寒的声音始终冷静："当时和我一起去A国的也有几个，大部分在麻省理工、伯克利和康奈尔。"

蒋凡晞吸了吸鼻子，鼻音浓重地问："除了你，还有谁回国了吗？"

"没有，只有我回来了。"任泫寒说，"其他人大多在待遇、发展前景不错的公司工作。有些加了微信，看到他们晒过在A国的车、房……"

蒋凡晞叹气："差不多。我们去G国的那一批，大部分都留在G国发展了。只有我和……"

想到怪怪的凌娅，她顿了顿，说："只有我和西州赛区的亚军回来了。"

任泫寒"嗯"一声，没再多言，明显他对其他人不感兴趣。

结束连线，蒋凡晞躺在床上翻来覆去睡不着。

她又想起资助人了，很想。

她问自己，如此挂念资助人，多年来执着地寻找他，是基于一种什么样的动机？

感激是肯定的，但似乎还有其他不为人知的小情绪，像蚂蚁那样咬着她的心。

她从未见过资助人，也没听过对方的声音，很长一段时间，对方在她心中甚至没有一个具象，但她还是很想他……

在异国他乡孤独寂寞的时候、在老家岁月静好的时候，她都能想起他。

想与他分享自己的生活，分享对这个世界的看法，也想得到他的认可……

她想到唐熠对资助人的解读——他是一个心怀家国的可敬的人。

因为唐熠的那番解读，她心中的资助人有了具象……

蒋凡晞到天亮才迷迷糊糊睡去，下午两点被一通跨洋电话吵醒。

"我到芝城了，现在在家里。"

是唐熠，他已经到A国了。

蒋凡晞浑浑噩噩、睡音浓重地"哦"了一声。

唐熠顿时就笑了："都几点了还睡呢？"

蒋凡晞把手机放到枕头边，闭眼呢喃："天亮才睡。"

"那行，你继续睡，回头再说。"唐熠挂了电话，手机传来忙音。

蒋凡晞按掉通话键，闭眼翻了个身，裹紧被子，努力想再入眠，却已经睡不着了。

她气呼呼地蹬了几下被子，起床洗漱。

吃饭时，看护给了蒋凡晞一个小本子，说是佟玉英让转交的。

按蒋凡晞的要求，本子里罗列了十几个人的名字和电话号码，每个名字后面都标注着几万到十几万元不等的金额。有些是佟玉英的娘家姐妹，有些是她弹簧厂的老同事。

倒都是蒋凡晞认识的人。

蒋凡晞从茶几下面的抽屉里找出一本发黄的电话本，对着佟玉英给的本子，在借款人的名字后头备注上其配偶的名字和电话，有几个不知道电话的，就去问蒋志存。

然后，她一下午就坐在房间里，逐一给这些人的配偶打电话，确认佟玉英是不是真的都欠了他们家这些钱。

有些人是明确知道佟玉英跟家里借钱的，当即把金额报给蒋凡晞，蒋凡晞逐一记下。

有几位不知情的，说要回家问妻子。这几位晚上再回电话过来，反馈的都是家里没借钱给佟玉英。

蒋凡晞将金额合计了下，其实只有不到五十万元的外债，她连夜把欠款都转了出去。

对于佟玉英一下要坑家里一百万元，蒋凡晞寒心至极，可顾虑到蒋志存并不想与佟玉英撕破脸，她只能忍着。

A国，芝城。

周恒挂上电话，转身走到书桌前汇报："唐总，唐董请您晚上回家吃饭。"

唐熠正在书桌上找着什么，头没抬，口气稍冷："跟他说我要倒时差，述职的时候再去见他。"

周恒面露难色。

唐熠翻找一阵，书桌上的东西几乎都挪了位置，还是没找到，便问道："有没有看到我那枚不锈钢吉他拨片？"

周恒随即上前帮他找："您不是没带回国吗？"

唐熠看一眼书桌右上角的相框："我记得走之前挂在相框上的，怎么不见了？"

周恒也看过去。

简单的原木色木制相框里，装着一张没有人物的照片。背景是蓝天白云，鲜红的旗帜迎风飘扬。

生涩的取景角度，并非出自名家之手，也不像拍照技术不错的唐熠能拍出来的，唯一的可能——这是某个对唐熠来说很特别的人送给唐熠的照片。

周恒没问过照片的来历。

唐熠每次都将一枚穿了皮绳的金属吉他拨片和相框挂在一起，于是周恒觉得这枚金属拨片和送照片的人肯定有关。

唐熠时差没倒，心情本就不好，还丢了东西，回房间前，沉着脸吩咐周恒："打个电话问钟点工，务必把东西找出来。"

周恒赶紧联系钟点工，终于在笔筒底部找到金属拨片。把东西送到唐熠房间时，唐熠正在洗澡，浴室里淅淅沥沥的水声不止。

片刻后，水声停止，移门被推开，唐熠走出浴室。

他腰间系一条白色浴巾，小麦色的皮肤紧实细腻，浑身都是紧致的肌肉。

他擦着头发，走到床边坐下，白色毛巾往肩上一甩，拿起床头柜上的手机。

金属拨片放在手机旁边。

唐熠笑着将小玩意儿攥到手心，大拇指习惯性捻着拨片上早已被摩挲到发亮的部位。

他靠到床头，给蒋凡晞发微信。

TY：刚找到了宝贝。

蒋凡晞秒回：啥宝贝？

唐熠刚想拍给她看，手机忽然进了电话。

见是唐世明打来的，他收起脸上的笑意，冷脸接起："嗯。"

电话那头，唐世明声音威严："晚上回家吃饭，我有话同你说！"

时间过去十多年，唐熠至今仍不习惯唐世明说话的态度。他压了压心头的火，说："我明天会到总部述职，到时候再见吧。"

唐世明怒了，大声反问："你现在是连家都不想回了？要不要顺便跟我断绝父子关系？"

唐熠脸色更冷了，压着情绪，说了声"知道了，我会回去"，随即把电话挂了。

金属拨片还在他的掌心，慢慢被他的体温渗透，变得像心脏一样温暖。

唐熠换上睡衣，抱着瑶瑶一起躺到床上。

"没睡陪我聊聊？"

他第一次使用瑶瑶的可联络程序，通过瑶瑶把这句话发送给大洋彼岸的蒋凡晞。

语音发过去几分钟，毫无反应。

就在唐熠以为瑶瑶的信号无法跨越国度时，瑶瑶的肚子忽然亮了一亮。

他笑着捏了一下瑶瑶的耳朵。

蒋凡晞温婉柔和的声音从大洋彼岸传过来："没睡呢，聊什么？"

唐熠弯了弯唇角，将瑶瑶抱到怀里蹭了蹭，缱绻道："想你了。"

蒋凡晞听闻此言，回想起近段时间唐熠的种种暖心行为，她心里对他的亲近感不免又多了一分，于是"您"这个敬词便消失在他们的对话中了。"俗不俗啊你，少说点。"

唐熠可以想象蒋凡晞说这句话时的表情，一定是娇憨中带着无语。

这一刻，从唐世明那里接收到的负能量烟消云散。

唐熠一手枕在脑后，一手捏住瑶瑶的右脚，说："我父亲让我晚上回家吃饭。"

蒋凡晞："听你口气，不想回去？"

唐熠："我和他关系不好，家庭情况其实挺复杂的。"

这些，蒋凡晞从曾嘉那里听说过，便没多问，只温柔回应："嗯，我听着。"

唐熠："我父母在我两岁不到就离婚了，我母亲带着我，和姥姥、姥爷、舅舅一家生活在金城。但我上小学六年级时，我母亲去世了，我父亲开始和我舅舅、姥爷打跨洋官司，终于在我初三那年，把我的抚养权要走了。"

说到这里，他喉咙开始发堵，变了声调。

平日里从容笃定的男人，眼底全是悲伤。

"我中考后被迫来到A国生活，和我父亲、同父异母的哥哥，还有父亲的第三任妻子共同生活了三年，直到上大学才分开。这些年，我很少回那个家。"

他说到这里就不再往下说，躺在床上，双眼盯着天花板。

蒋凡晞试着安慰他："如果觉得不舒服，就尽量减少接触吧。你是大人了，有独立生存的能力，是时候远离那些带给你不愉快的挂名家人了。"

"好。"

"唐总拿出应酬客户的那一套！"

唐熠被逗笑："他们比客户难缠。"

蒋凡晞再发过来的语音里有了笑意："那你把他们想象成第一次见面的我吧……"

她指的是当初俩人那场拿着计算器互撑的谈判，彼此都很讨厌对方，但后面也能相安无事。若与家人无法和解，那不妨换一个方式对待。

唐熠却没跟她想一块儿去。

他想起的是俩人第一次视频通话。

呼吸顿时粗重几分，哑着嗓子，喊了声："瑶瑶……"

蒋凡晞慢悠悠的声音传来："干吗？"

唐熠："给我一个机会。"

蒋凡晞久久没回。

唐熠："睡了？"

这次，蒋凡晞回复了："等你回来再说吧，我先睡了，晚安。"

傍晚，唐熠还是去了位于芝城密歇根湖附近的"家"。

车子驶过一条长长的绿荫小路，在一幢掩在绿意中的美式老别墅前停下。

唐熠下了车，进入花园。

别墅大门敞开着，里头灯火通明，似乎很热闹。

唐熠单手抄兜，阔步上了台阶。

客厅里，除了唐世明夫妇、唐焕一家四口，还有打扮华丽的安琦。

安琦先看到他，激动地朝他扑去，踮起脚抱住他："你回来了。"

唐熠不着痕迹地推开对方，朝唐世明走去，颔首叫道："爸。"

唐世明笑着招呼："快坐。"

唐熠走到唐焌一家四口对面的双人沙发位坐下，安琦随即挨到他身边。

唐熠稍稍挪动身子。

面容威严、看上去十分年轻的唐世明坐在单人沙发上，一手夹着雪茄，一手搁在宽厚的沙发扶手上，上位者姿态十足。

他看着唐熠，问道："金城分部的无人车间最近什么情况？"

唐熠正要说话，唐焌忽然抢在前头，说："爸，说到金城分部，我这才想起来，不久之前，那边的铜件生产线报废了十吨紫铜，损失了一百多万元。"

唐世明瞪大牛铃一般的双眼，威严地看着大儿子："我问你话了？"

唐焌讪讪闭嘴。

唐熠说："金城分部的无人车间，一月份的产能提升了2.1倍。"

唐世明："利润呢？"

"一月份的财报已经在年前发到您邮箱了。"唐熠说，"无人车间的损益一直是独立核算的，目前来看，一月份的利润是上月的2.5倍。"

唐世明笑着点点头，很满意："我倒是没想到，几个月前还半死不活的无人车间，一下子能有这样的成绩。"

安琦为了融入他们，也加入话题："无人车间为什么可以这样呢？"

唐世明轻轻弹着雪茄灰，看着小儿子与安琦，满意地说道："无人车间的产能到底是怎么提升的，唐熠你跟大家解释一下。"

"金城分部的无人车间由三条零人工智能生产线组成，通过程序控制，自动生产出产品。去年十二月底，技术顾问通过改写程序改变生产线生产工序、缩短单位产品生产时间，最后实现产能提升。除了材料费与部分制造费有所提高，其他费用不变，因此利润提升。"

"哇！好厉害！"安琦惊呼，"这哪里是顾问，简直是魔法师！会印钞票的魔法师！"

有人夸蒋凡晞，唐熠深感自豪，露出进门后第一个笑容。

这一幕，被坐在对面的唐焌捕捉到："是那位姓凌的技术顾问处理的？"

"不是，"唐熠不想在这些人面前多提蒋凡晞的事，"那位技术顾问已经离职了。"

唐世明收了笑，严肃地说道："这种人才怎么能让她走了？应该留下才是啊！唐熠，赶紧再把人找回来！"

唐熠没多言。

吃过晚饭，他被唐世明叫到书房。

唐世明勒令他尽快和安琦成婚。

去年，唐熠自动请缨常驻金城，这一待就要几年，女方哪里等得了？先把婚礼办了，也省得生出其他变数。不想，唐熠直接拒绝："我没打算和安琦结婚。"

唐世明顿时来了气："如果你可以放弃公司，那我就由着你爱娶娶谁！"

见唐熠不言，态度似有软化，他转而谆谆教导道："就算你继承了我一半股份，也无法跟你哥抗衡，他手上已有来自他母亲的股份。你唯有拿到安家手上的股份，盛华才有你说话的份！"

"如果您要说的是这件事，那我就先回去了，时差还没倒。"唐熠起身要走。

"站住！"唐世明大喝。

唐熠没理会，阔步离开了书房。

安琦在客厅跟唐烺的一对子女玩，见唐熠要离开，立即追了出去，眼睁睁看着唐熠的车绝尘而去。

翌日，唐熠回总部述职。

董事们对金城无人车间取得的突破性进展很是满意，全票通过建立第二无人车间的议案。

唐熠一回办公室，就通过瑶瑶告知蒋凡晞此事。

"都是见钱眼开的家伙，动不动把'经营企业不能只为赚钱'挂嘴上，一见智能生产利润如此可观，全都嚷着赶紧弄第二个。"

说完，他随手把瑶瑶摆放到一旁，开始处理工作。

这一忙就到了傍晚，周恒进来。

"安琦小姐来了。"

签字笔画下最后一条漂亮的弧线，唐熠冷冷抬眸："她要干什么？"

"她在董事长办公室，董事长让您过去。"

唐熠挥了挥手，烦躁地回道："说我在忙，没空。"

"是。"周恒退出办公室。

门刚关上，瑶瑶的肚子就闪了两下。

蒋凡晞回语音过来了。

唐熠正要拿文件的手一收，后背往椅背上靠去，单手摁上领结松了松，笑着捏一下瑶瑶的耳朵。

"哦……说'做企业不为营利不如去做慈善'的人不知道是谁呀？我感觉你和那些老头一样呢。"

她刚睡醒的声音实在可爱，软声软气中带着慵懒。唐熠心中一软，烦躁一扫而空。

他看一眼桌上的时钟，金城时间早上五点多，便柔声问："怎么起这么早？"

"起来上洗手间。"

"昨晚几点睡的？"

"三点多吧……"

"怎么放假还熬夜？赶紧再去睡。"

话音刚落，办公室门被推开。

唐熠将瑶瑶放到桌上，抬眸看向来人。

见是唐世明和安琦，唐熠脸上的笑瞬间收得干干净净，重新束紧领结，冷脸将大班椅转过半圈，坐正身体。

唐世明入座，招呼安琦也坐。

"工作先放一边，带安琦出去吃饭吧。"唐世明威严地说道，"别忘了我昨晚说的话！"

这时，安琦看到桌上有一只兔子玩偶，好奇地拿到手上。

瑶瑶的肚子登时发出两下闪烁的光。

蒋凡晞娇嗔的声音在办公室里回响。

"谁都能喊我不许熬夜，你不能……也不知道以前是谁把我抓到办公室通宵的……我回国后，都是因为你才熬夜的……"

唐熠错愕地看向安琦手中的兔子。

唐世明瞪圆了双眼，一脸愠怒。

安琦震惊地指着兔子："熠，她是谁？你们为什么到办公室通宵？"

唐熠起身，拿走安琦手中的瑶瑶："公事，加班。"

安琦红着眼睛追问："是什么事情需要一晚上待在一起？"

唐熠懒得解释。

"时差的关系，晚上工作也是正常的。"唐世明压着情绪说完，催唐熠赶紧带安琦出去吃饭。

唐世明已经把人带过来，又恰好听到蒋凡晞发过来的那句话。

唐熠深知自己再拒绝，唐世明恐怕要当场发作。

他不想跟唐世明吵，便将瑶瑶装进绒布袋里，提着站起身："走吧。"

安琦紧跟在他身后，进电梯后开始追问："熠，刚才用兔子说话的女孩是谁？"

唐熠下巴微抬，倨傲地看着变化中的楼层数，反问："好奇这个做什么？"

安琦一噎。

质问唐熠是否和对方暧昧，显得自己没自信且疑神疑鬼；要唐熠不许和对方联系，更是没那个气场。

安琦小心翼翼地从唐熠身上收回视线，看到反光墙中性感的自己，一瞬间，信心又回来了。

她长得漂亮，五官大气美艳，身材性感，是A国电影圈里有一定知名度的华裔女演员，她父亲在芝城当地亦是实实在在的大富豪，追求她的男人如过江之鲫。

除了总统女儿，她就不信还有其他女人比她条件更好、更适合唐熠。

十六岁那年，她随父母到唐家做客，见到当时初来A国的唐熠，便决定这辈子非唐熠不嫁。

事实证明她眼光很好。

当年清冷桀骜的少年，如今已长成英俊成熟、深沉内敛的男人。

她爱唐熠。她也知道唐熠之所以愿意理她，皆因安家手中有盛华的股份，唐熠可以用这些股份壮大自己。她什么都知道，但只要可以嫁给唐熠，她无所谓被他利用。

"想去哪里吃饭？"

安琦回神，看向唐熠："什么？"

唐熠启动车子，没再理她。

"前阵子，有个C国制片联系我的经纪人，想请我去C国参加一部电影的演出。可竟然是在一个山沟沟的地方拍，我立刻就拒绝了。"

安琦几乎没怎么动筷子，一直在找话题和唐熠聊。

唐熠淡淡回了句"是吗"，继续用手机处理邮件。

"唐熠，你几时回国来工作？"

说起自己的地盘，安琦收起小心翼翼，恢复自信高傲的名媛模样："所有人都想来A国，用尽各种手段都要来，你怎么反倒往国外跑呢？你在那个地方就不会难受吗？"

唐熠起先没说话，见她越说越过分，熄了手机屏幕，冷冷抬眸："难受？"

"对啊！那是个又贫穷又落后的地方！"

她完全不知道自己已经触到唐熠的逆鳞。

唐熠咬了咬后槽牙，一张脸黑到底，手中的餐巾一扔，起身离开。

第十一章　我现在想抱抱你

静谧的夜里，唐熠的声音温柔缱绻："我现在想抱抱你。"

蒋凡晞涨红着脸呆滞几秒，突然翻过身，将被子紧紧按在怀里，仿佛那被子就是唐熠。

三月初过完元宵节，蒋凡晞启程回金。

她和任泫寒已敲定合作意向，这次回金城的任务很明确——筹备公司。

抵金当天傍晚，她去见乐队成员。

听闻她要开咨询公司，曾嘉立马就说："我也要出钱，当你合伙人！"

蒋凡晞喝一口啤酒，打着嗝说："我找到合伙人了，我俩把细节都谈好了，目前不缺资金。"

司辰问："什么人？"

蒋凡晞说："之前跟我一起参加青机世界杯的搭档，这次回老家参加同学会碰上的。"

"哇！"魏楠瞥一眼傻眼的曾嘉，"这么说，那位搭档小哥主攻计算机网络？"

"是的，麻省理工计算机系的。"

蒋凡晞将桌上的签子排成网络线图："计算机这块，跟人家比起来，我差远了，应付应付工业机器人还行，真要叫我做更精细的机器人，有难度。我们当年是搭档过的，我相信我们这次一起创业会再创辉煌。"

魏楠没话了，给蒋凡晞点了个赞。

曾嘉不死心，又问："那你们还需要做机械设计的吗？"

蒋凡晞摇摇头："都没接到项目呢，我们两个人都嫌多。"

曾嘉："现在不缺资金，万一以后缺呢？"

蒋凡晞潇洒地说："以后再说！"

见曾嘉狂喝闷酒，一直不太说话的司辰替他问道："跟你合伙的搭档叫什么名字？"

"任泫寒。"

曾嘉拿出手机开始一顿猛搜，搜完，脸色更难看了。

魏楠凑过去看了几眼，啧啧道："任泫寒，2008年ICPC（国际大学生程序设计竞赛)冠军组成员之一，ACM（国际计算机学会）会员，师从图灵奖获得者，主攻人机交互领域……啧啧啧，这么牛的履历，竟然跑来跟蒋蒋一起创业……"

蒋凡晞咬着串，一脸笑："所以你们说，我是不是捡到宝贝了啊？"

曾嘉幽怨酸道："这话你在我们跟前说说就算了，可千万别去其他男人面前说。"

蒋凡晞斜他一眼，拿走盘子里最后一串烤里脊。

魏楠艰难吞下满是气泡的啤酒，打一声响嗝后，拍拍曾嘉的肩膀："嘉子说的没错，男的听到这俩字要误会的。"

蒋凡晞踢了踢司辰的脚："宝贝，你会误会吗？"

司辰淡淡笑着，不予置评。

蒋凡晞随即看向魏楠和曾嘉："我喊阿辰宝贝了啊，他误会了吗？"

曾嘉扎心了，比画了个心脏中箭的动作，往魏楠身上栽去。

蒋凡晞没搭理这戏精，转而跟司辰、魏楠说："帮我留意一下月租在五万以内的写字楼，大概一百平方米就行。"

司辰问："要在哪个区？"

"义庄吧。"蒋凡晞说，"开发区企业多，就在这块找，地段能找多好就找多好。"

蒋凡晞晚点得跟任泫寒开网络会议，没喝到太晚，不到九点就回了宿舍。

洗好澡出来，手机有一条未读微信，是唐熠通过瑶瑶发来的语音。

蒋凡晞弯了弯唇角，边擦头发边听。

"嗨，晚上好，在做什么？"男人刚睡醒的声音沙哑低沉。

蒋凡晞笑着把手机拿近："早上好，我刚洗完澡。你呢？"

"我九点出发上班，我们还可以聊一个小时。"

蒋凡晞失笑："谁要跟你聊一个小时？我要工作了。"

这句话刚发出去，手机提示Skype有新的连线。蒋凡晞赶紧坐到书桌前，打开笔记本电脑，接通连线。

任泫寒："晚上好，今天回金还顺利吧？"

"顺利，晚上跟朋友吃饭，让他们帮忙物色写字楼。"蒋凡晞边说话边打开软件，做接下来的行程计划。

"我这边也联系到一个愿意加入我们的人。"

"对方什么专业？"

"稍等，我看一下他的简历。"

这时，蒋凡晞手机又进了微信语音。

唐熠："工作？什么情况？"

蒋凡晞抽空给唐熠发语音回复："我要跟朋友一起开咨询公司……"

与此同时，电脑扬声器传来任泫寒斯文清朗的声音："浙大企管本科应届生，男孩子。"

蒋凡晞对着手机匆匆说完"我现在要忙，下次再聊"，便松了大拇指发出语音。

语音一起收录了任泫寒的声音，发送给大洋彼岸的唐熠。

之后，唐熠再没发语音过来。

蒋凡晞开会到凌晨三点，睡前打开微信。

唐熠在昨晚九点半给她发了一条文字微信。

TY：你先忙，忙完了和我说。

蒋凡晞看一眼时间，芝城现在是下午两点，心想唐熠应该在工作，便发了文字过去。

凡星：忙完了。

唐熠过了几分钟才回复。

TY：忙到这么晚，明天几点起？

凡星：我现在是预备老板，想几点起就几点起。[微笑.jpg]

TY：蒋总好。

蒋凡晞大笑。

凡星：工作很闲吗？有时间开玩笑？

唐熠发来一张图片。

桌上一份摊开的文件，全英文，旁边还摆着一沓。

TY：今晚加班。

蒋凡晞睡意袭来，有点意兴阑珊，回道：那先不聊了，你早点处理完工作早点下班。

TY：合伙人是哪里找的？

凡星：当年和我一起参加比赛的搭档。

凡星：睡了，晚安。

蒋凡晞退出微信，熄了手机。

临睡前，她想，圈子没有半点交集的男女，平时聊天，大概都是这么尴尬吧？

唐熠还老想谈恋爱，都没什么话题聊，怎么谈呢？

过了两天，曾嘉找到一个不错的写字楼。

蒋凡晞赶紧通知任泫寒从老家来金城。

写字楼位于义庄商圈，大楼里汇聚了大大小小的咨询公司，带家具、精装修。一百二十平方米的空间里，隔出三个小办公室、一个会议室、一个带十来个工位的大厅，看上去很不错。

最重要的是月租远低于蒋凡晞预期，任泫寒和她都很满意，当即签下一年租期。

跟物业预约了保洁服务，蒋凡晞和任泫寒翌日搬进各自的办公室，开始讨论接下来的项目。

俩人都是效率极高的学霸，这边刚把申办执照的资料交付第三方，那边已经连夜开会做市场预判。

"光机电一体化基地、金桥科产基地，"任泫寒在地图上画下两个圈，

"我们一人负责一个基地，把它们当中还未实行智能制造的企业筛出来。"

蒋凡晞在资料上做标记："筛出来后呢？"

"我有办法让目标企业的决策人看到我们为他们做的方案。"

蒋凡晞停笔，抬眸看过来，清澈、明亮的桃花眼看得任泫寒一时愣了神。

"什么意思？你要用黑客技术侵入对方网络？"

任泫寒回神，笑道："不是，只是运用大数据，让他们的决策人更容易看到我们的宣传，提高他们找我们咨询的概率。"

蒋凡晞"哦"一声，又垂眸看资料，正要说话，手机忽然"嗡嗡嗡"振起来。

她拿起来一看，笑着站起身："先暂停五分钟，我出去接个电话。"

她边朝办公室走，边接起电话："嗯？"

唐熠："在哪里？"

蒋凡晞在沙发上坐下，踢掉高跟鞋，将脚放到茶几上放松："在公司。"

"公司在哪里？"唐熠的声音听上去有点疲惫，背景音沙沙的。

蒋凡晞便问："你在哪儿？"

"刚从机场出来。你公司在哪里？我过去找你。"

蒋凡晞思考几秒："我在义庄呢。你从机场过来太远了，早点回家倒时差。"

说完把电话挂了，揉揉脚板，又穿上高跟鞋回会议室。

周恒看向后视镜里举着手机无言的男人，问："送您回家，还是去蒋工那儿？"

唐熠熄了手机："回家。"

"好的。"

车子往机场高速方向走。平阔的道路仿佛没有尽头，通往无涯。

唐熠陷入思考，如果蒋凡晞有心躲着，偌大一个金城，他去哪里找人？

蒋凡晞九点才结束工作，还在地铁上，唐熠微信来了。

TY：下班了？

蒋凡晞有点累，便没回，等到回家洗好澡上了床，才给唐熠回过去。

凡星：九点下班，这会儿要睡了。

消息发过去，她看一眼时间，都快十二点了，难怪那么累。

唐熠秒回：发一下公司位置。

蒋凡晞警惕地问：你想干吗？

TY：万一有事要找你。

凡星：直接打电话。

TY：公司现在到什么程度了？还顺利吗？

蒋凡晞懒得打那么多字，直接发语音过去："写字楼租好了，现在等执照、公章、对公账户那些办好就差不多了……"

唐熠也回了语音过来。

蒋凡晞点开那条尾巴带一个小红点的白色语音条——

"那现在应该喊你一声蒋总了……"唐熠的声音有点低沉，带着他一贯的轻哂，听起来怪亲切的。

蒋凡晞很给面子地笑了下，说："看着你曾经的下属现在也是个总了，什么感觉？"

"很骄傲，也很自豪……"

这话来得猝不及防，蒋凡晞心肝一颤。正想着要怎么回唐熠，他又发过来了。

白色语音带很短，只有三秒。

这么短的语音，感觉不像说正事的。

蒋凡晞纠结几秒后按下。

静谧的夜里，唐熠的声音温柔缠绵："我现在想抱抱你。"

蒋凡晞涨红着脸呆滞几秒，突然翻过身，将被子紧紧按在怀里，仿佛那被子就是唐熠。

啊啊啊，我也超级想抱你啊！

她抱着被子在床上胡乱滚了一会儿，才重新拿起手机。

她不好意思再发语音，转而发了文字过去。

凡星：说实话……

202

TY：嗯？

凡星：我也挺想抱你的。

这话发完，她退出微信，被子往头上一蒙。

呜呜呜！

真是丢死人了！

翌日下午。

蒋凡晞正在做最后的目标客户筛选，手机响了。

井勤来电。

她又惊又喜地接起来："井总？"

井勤口气和善："小蒋，最近在忙什么呢？"

蒋凡晞诚实汇报："我和朋友一起开了咨询公司，打算做工业人工智能行业的咨询服务。"

"不错！这年头，利用知识提供服务是来钱最快、风险最低的创业方式之一了！很适合你！"

井勤什么时候这么夸过人？蒋凡晞受宠若惊，于是就想趁他心情好，再打听一下资助人的下落。

可话还没问出口，井勤又烦躁了："公司在哪里？微信上发个地址给我！"

蒋凡晞听话地回了声"好的"。

井勤立马挂了电话。

蒋凡晞叹了叹气，将位置发过去，熄了手机屏幕，努力扯出笑。

虽然这次还是没得到资助人的下落，但至少井勤知道她开公司了，给了她肯定，并且主动要了位置去，说不定会在资助人面前提到这件事？

蒋凡晞生出一点希望。

傍晚，蒋凡晞和任泫寒在会议室边吃外卖边处理工作。

会议长桌的中央，堆着一摞资料。

这是一家做气动部件的日企，在义庄有制造分部，产品远销世界多个国家，是一家实力雄厚的老牌制造企业，且它与盛华有多款同质产品，客户也有交叉。

蒋凡晞在盛华前后待过四个多月的时间，对这类产品的制造过程很熟悉，因此最后筛出了它，想争取项目回来做。

"SME正在招聘CNC（计算机数控）加工工人，而且需求量还不少。"蒋凡晞放下勺子，翻出几页资料扔给对面的任泫寒，"一个工人可以控制三到四台数控机床，我推测他家数控车间规模应该不小。"

她又翻出一个文件夹扔过去："这是我以前写的论文，关于3D打印替代数控技术的可行性分析。"

任泫寒翻开论文，边吃饭边看。

他花几分钟大致过了一遍内容："目前，3D打印在医疗、航空领域更受推崇，制造业似乎还未有这个迹象。"

蒋凡晞点点头，说："其实3D打印也十分适合运用在制造领域，我分析给你看。"

她喝一口水，随手抽出一张草稿纸，在上头画示意图。

"首先，3D打印的设备占地要比数控车床小很多，维护的频次、费用也相对低一些；其次，3D打印只需提前把程序设置好，便可实现连续自动打印，节省了人工；还有，数控技术会产生料头料尾，3D打印则不存在这个问题，一定程度上节省了原材料……"

"所以，3D打印能大大降低制造成本！"蒋凡晞在纸上画出一个圈，"计划书该怎么做我都想好了，就从降低生产成本这点切入。最后给出数据，一年能帮他们省多少钱。我就不信SME的人算不懂这笔账！"

任泫寒有些疑惑："3D打印技术出来很多年了，虽说制造业领域用得不多，但也不是没人做。SME财力雄厚，技术和设备都是行业顶尖的，为何之前就没想过要做3D打印？"

"他们肯定想过，只不过做不来。"

蒋凡晞又翻出一份资料递过去。

"这是我从他家官网下载的产品目录，一千多种……他们如果没有一个同时熟悉3D打印编程设计和机械制造原理的技术员，这活干不来。3D打印机的生产厂商只负责生产机子，每台机子配备好的打印编程屈指可数，你打印的类型杂、多，就得自己做编程，甚至还得制作辅助打印的工具。"

任泫寒听完，点点头，翻开目录。

蒋凡晞不免感慨："目前，大部分制造型企业还停留在传统的数控加工层面，完全是工业2.0的程度。工业4.0这条路，任重而道远啊……"

"叮咚"，有人按门铃。

蒋凡晞坐在面门的位置，押着脖子看向大门。

玻璃门外，站着一个身型高大的男人。他穿黑色西服，外面一件深灰色暗格纹长款风衣。

男人的脸被门上粘贴的公司logo遮挡住，但蒋凡晞还是觉得这人异常眼熟……

好像是唐熠？

她赶紧抽一张纸巾擦了擦唇角，迅速站起身："好像是找我的，我去开门。"

门被打开，男人的脸一下毫无遮挡。

真是唐熠。

他单手提一个原木色纸袋，上头印着餐饮图片。看到蒋凡晞，笑了下，空着的那只手将她揽到自己怀里。

蒋凡晞后脑勺被他的大手按着，脸颊贴在他胸膛上，怔了几秒，小声问："你怎么来了？"

"来给你抱了。"

蒋凡晞耳边"嗡"地响了一声，顿时就想起昨晚的微信留言。

啊！

要疯！

她轻轻推开唐熠，别开脸，不敢直视他，尴尬地摸了摸鼻子。

唐熠提了提手中的袋子："一起吃晚餐。"

"我们在吃了，你进来坐吧。"

"好。"唐熠跟在蒋凡晞身后进了会议室。

任泫寒早已站起身，微笑着同他打招呼："你好。"

唐熠不动声色地打量一眼环境，然后从西服内袋拿出皮夹，抽出一张名片递给任泫寒："唐熠。"

任泫寒双手接过，憨笑道："任泫寒。名片还没出来，抱歉。"

唐熠笑笑，没说什么，将袋子里几个食盒拿出来，招呼任泫寒一起吃。

装满生鱼片、鱼子饭、烤物的食盒摆满一桌。唐熠拆筷子，给蒋凡晞夹了一大块烤鳗鱼。

"谢谢，"蒋凡晞难得跟他客气，"但我其实已经吃饱了。"

"再陪我吃一点。"

蒋凡晞皱皱眉："晚上吃太多会胖吧。"

唐熠微微一笑，低声说道："晚点我陪你消耗掉多余热量。"这话透着古怪，容易引起歧义。

为免唐熠乱说话，蒋凡晞跟任泫寒继续刚才的话题。

"我的想法是这样的——利用推广3D打印的契机，了解目标客户的需求。一旦有机会接触到客户的整个制造生产线，就能找出其他可合作的地方，比如自动装配线、自动钣金线等等。"

任泫寒点头赞同："我也开始做大数据分析，等你方案出来，立刻进行针对性的推广。"

"方案我一天时间就能做好，你那边需要多久？"

"你一天，那我也只能一天了，总不能拖你后腿。"

这项目如果成功了，咨询费几百上千万元的不在话下，甚至以后每年都有可观的包年服务费进账。

交完税，扣去不多的运营费，蒋凡晞和任泫寒各能分得几百万元。

想到这里，蒋凡晞难以抑制地兴奋、激动。

"如果能在SME把项目成功推开，未来还有无数的企业找我们做项目！到那时，钱可是滚滚而来啊！"

任泫寒淡笑着说："我想知道的是——你对3D打印技术的把握到什么程度了？"

蒋凡晞从资料堆里抽出一份推过去："我本科的时候设计过3D打印机，并且成功打印出一批毫无瑕疵的合金棒件。"

任泫寒眼中有光，翻开资料。

全程安静的唐熠忽然问："你还设计过3D打印机？"

蒋凡晞觑他一眼："对啊，怎么？"

唐熠没说什么。

结束晚餐，蒋凡晞继续工作，唐熠就自己四处转转。

整个公司就百来平方米，唐熠转了两圈，很快就回来了。

蒋凡晞眼睛盯着电脑屏幕，说："你晚上不是要巡视车间吗？在这边等我会不会浪费你时间？"

"我送你回家，再顺路回公司。"

"好吧。"

唐熠百无聊赖，便去看蒋凡晞丢在桌上的资料，翻到她本科时写的论文，很是诧异地说了声"这么巧"。

蒋凡晞问："什么这么巧？"

手中的论文副本又翻过一页，唐熠认真看着，说："几年前，也有个男孩子跟我说过——未来，数控技术将从制造业中消失，3D打印将取而代之。他的思路和你一样，也认为利用3D打印机打印机械元件会更高效。"

蒋凡晞专注地看着电脑屏幕，密密麻麻的文字映在镜片上。

"这不奇怪，自2005年第一台彩色3D打印机面市，就有人预言了3D打印技术在生活中方方面面的应用。机械圈的人预言它将取代数控技术也很正常。"

唐熠不置可否，继续翻阅论文。

"盛华适合用这项技术吗？"

蒋凡晞眼睛看着电脑屏幕，手在键盘上高速敲击着，即使这样，她还能分出注意力开玩笑："我是做咨询服务的，唐总如果想咨询，是需要付费的哟。"

唐熠嘿嘿一笑："我还能不知道你的规矩？"

蒋凡晞哈哈大笑。

见时间到八点，她起身穿大衣拿包。

原本计划今天加班到九点，但考虑到唐熠送她回家后还要回盛华巡视车间，她不想让唐熠太晚休息，便只能提前下班。

工作没做完，心情有点不痛快。

男人果然耽误女人搞事业！

俩人一起进了电梯，唐熠问："你爸最近怎么样？"

"老样子。"

"打算接他接到金城吗？"

蒋凡晞无奈地摇摇头："我现在这情况，照顾不了他，过阵子再说吧。再说他也不一定愿意来金城。"

唐熠没再多言，牵住她的手。

车子上机场第二高速。

夜深了，沿途风景沉寂下来。道路尽头，明亮的繁星或散或聚，明天又是个好天气。

蒋凡晞感慨道："还是有车方便，要不我从义庄搭地铁回家，九点进站，得十一点半才能到家。"

"你有驾照吗？"唐熠侧过脸看她一眼，视线很快又看回前路。

"有G国驾照，没国内的。"

"找个时间申换国内驾照，然后准备买车。不仅是回家的问题，你以后出门见客户，有车也方便一点。"

蒋凡晞忽然想起他要付费咨询，一下来了精神，说："你要咨询什么？"

"你现在这个项目做完，到盛华帮我做3D打印吧？"

蒋凡晞思考几秒，说："如果我们现在这个项目没谈成，半个月后就能接你的项目；如果做成了，可能要半年后才有时间。"

"没关系，我能等。"

蒋凡晞侧过身子对着他，双手合十，下巴抵在指尖上："谢谢唐总对初创小公司的支持。"

"蒋总客气了。"

车子平稳驶出机场东路。

　　蒋凡晞有点累，打起了盹。放在腿上的左手忽然被握住，她惊醒，落眸看向自己的手。

　　唐熠的手指撬开她收拢着的五指，手掌往下一转，与她十指紧扣。

　　他专注看着前路，来车的灯光在他脸上投下忽明忽暗的光影。

　　蒋凡晞看不清楚他的表情，耳边回响着他低沉却笃定的话——

　　"我希望今晚，能给我们的关系下一个定义。"

第十二章　聪明是一种新式性感

> 她后背贴着房门，扬起脸望向唐熠。
> 唐熠的眼睛很亮，像装满整个星辰，只看一眼，她便会在他眼里迷路。

"定义？"蒋凡晞垂下眼睫，没什么底气地说，"朋友啊。"

唐熠侧过脸看她一眼，很快又看回前路。

他唇角弯了弯："成为爱人的前提——双方是聊得来的朋友。这句话我赞同。"

"你也看到了，我现在在创业，很忙，没有时间谈恋爱。"

"忙有忙的谈法。"

他口气轻松寻常，蒋凡晞就觉得，他应该恋爱经验很丰富，毕竟都谈出方法了。

她心里有点闷，从唐熠掌心抽出手，抱着手臂看向窗外。

唐熠的条件、年纪和阅历摆在那里，怎么可能没谈过？

如果她与唐熠只能谈一段，最终成为他恋爱故事里淡淡的一笔，那不见得有什么意义。

她也不是非得唐熠娶她才能谈恋爱，而是缺乏一个让她冲动答应的契机……

蒋凡晞望着车窗外璀璨斑斓却又毫无归属感的夜景，叹了叹气："你让我考虑考虑行吗？"

"好。"

之后几日，蒋凡晞和任泫寒成功拿到SME的案子，一下子忙碌起来。

一个周末的晚上，蒋志存打来电话，说唐熠帮他联系到协和一位专家，想带他去金城看病。

蒋凡晞这才知道唐熠接连几个周末都去她老家探望蒋志存。

她给唐熠发微信表示感谢。根据唐熠提供的资料，她查到那位医生确实是权威，曾帮助过不少高位截瘫病人重新站起来。

蒋凡晞心里生出希望，跟唐熠聊了会儿蒋志存的病情。

中间唐熠说要去洗澡，她不知道他要洗多久，就爬起来找了一本书看，刚翻了几页，唐熠电话过来了。

她接起电话，笑问："这么快，你洗没洗啊？"

衣柜门被推开的声音过后，唐熠说："洗好了，现在在找睡衣穿。"

蒋凡晞的脑海中顿时出现一个画面——皮肤紧实细腻、肌肉精壮的男人，腰间系一条白色浴巾，站在衣柜前挑选衣服。

她摸了摸自己的脖子，有点烫，心跳也比平时快一些。

"能问你个问题吗？"

"嗯？"

"……你有腹肌吗？"

"……有。"

"几块呢？"

电话那头，唐熠抬手摸了下自己的腹部："六块。"

蒋凡晞得寸进尺："有人鱼线吗？"

"腹外斜肌吗？"

蒋凡晞不知道人鱼线是什么肌，比手画脚地补充："就是骨盆上方，两条合起来像字母V的线条。"

那头没声了。

蒋凡晞就觉得唐熠没有人鱼线，所以他没好意思回答，正想转移话题，就听唐熠低低回道："我不是很确定在哪里，改天……你自己来找找看。"

蒋凡晞回过味来，脸一下就红了，又烧又烫。

"你爸住的地方到时候怎么安排？"唐熠的声音拉远，他开了免提。

蒋凡晞回神："我最近在找房子，尽量找一个离医院近的地方。"

"到时候我们一起去看看。"

"你有时间吗？你们年后不是开始做第二无人车间了吗？"

"有，"唐熠声音又变大了，手机贴到耳边，"提前一天跟我说，时间我会安排。"

"好。"

那头传来吹风机的呼呼声。

唐熠在吹头发。

蒋凡晞没说话，翻了个身，将手机贴到另一侧耳边。

她躺在暖烘烘的被窝里，边等唐熠吹完头发，边在心里盘算父亲来金城后的生活……

"睡了？"唐熠吹完头发了。

蒋凡晞懒懒地应了声"还没"。

"最近工作很忙？"

"嗯，明天交设计方案给客户，没问题的话，过几天就要启程去深市了。"

"我陪你去。"

蒋凡晞心中一暖，但还是理性地拒绝："没事，我们挺多人一起去的。阿寒、助理，还有客户的技术员。"

唐熠没再坚持，交代她出门在外要格外注意安全。

蒋凡晞被他说得犯困，打了个哈欠："没事的话，我睡觉了，晚安。"

"瑶瑶……"唐熠轻唤一声。

夜深人静，男人的声音温柔缠绵，像是随时准备对她说甜言蜜语。

她知道唐熠的习惯。

唐熠喜欢在夜深人静时，通过微信或聊天机器人跟她说"我在想你""我想你了""我想抱你"之类的情话。

紧张和心动之下，蒋凡晞准备正式回应唐熠一句"我也在想你"。

今晚确实是想他的……

"早点休息，晚安。"唐熠挂了电话，通话变成一阵忙音。

蒋凡晞："……"

她按掉手机，翻了个身，仰面躺着，怔怔望着天花板。

心里有点空。

之后几天，蒋凡晞跟SME顺利签了合同，也在医院附近租下一套三居室，准备从深市回来就把蒋志存接到金城。

到深市的那一天，飞机一落地，她立马赶往厂家看设备。

大家尝试打印出几枚SME所需要的元件，可反复几次总是达不到标准。

这一下，大家都急了，赶忙连夜开会。

蒋凡晞主张制作支架改善角度超差的问题。大家都赞同她的思路，决定第二天再试试。

结束会议已是后半夜，蒋凡晞累到洗澡的力气都没了，直接躺在沙发上睡着了。梦里，唐熠满世界找不到她，打电话将她骂了一顿，很凶很凶。

"嗬！"蒋凡晞惊醒。

窗外，深市的天空泛起鱼肚白，尽头处一片绯橘的晨光。

蒋凡晞看一眼腕表，早晨六点十分。她拍了拍混沌的脑袋，从沙发夹缝中掏出手机。

有十几通未接来电和无数条微信。

打开一看，全是唐熠的。

电话从昨晚十点多一直打到今早五点多。

TY：忙完了？

TY：睡了？今天这么早。

TY：怎么不接电话？

TY：回个话。

TY：担心你，快回个话！

……

蒋凡晞没敢再往下看，赶紧给唐熠回了电话。

电话秒接，唐熠口气急躁："在哪里？怎么现在才回电话？"

蒋凡晞缓缓坐起身，揉着发胀的太阳穴，闭眼仰头靠在沙发上，低声说：

"抱歉，昨晚开会手机设成静音了。三点多才回房间，太累了，直接在沙发上睡着了。"

听到那头有飞机起飞、降落的轰鸣声，她随口问："你在机场？"

"嗯。"

"去哪里？"

"深市。"

蒋凡晞忽地睁开双眼，坐正了身子："你要来找我吗？我这边特别忙，你来了我怕没时间招呼你。"

"飞机快起飞了，回头你把酒店和厂家的位置都发给我。"

"哎——"

"嘟嘟嘟……"连续的忙音，唐熠那边先挂了电话。

蒋凡晞苦笑着摇摇头，自觉地打开微信对话框，把酒店的位置发过去。

本打算再睡个回笼觉，可一想到最迟中午就要跟唐熠见面，她又赶紧爬起来洗澡、化妆。

一上午，蒋凡晞都在忙着做下午要用的打印支架，忙到忘记时间。

直到手机进了微信。

TY：我到酒店了，中午一起吃饭？

蒋凡晞和任泫寒交接好，赶紧打车回酒店，一进大堂，就给唐熠发语音："你房号是多少？"

唐熠回了个数字过来，在二十五楼。

蒋凡晞很快找到房间，按下门铃的时候，忽然想起工作的事情，低头给任泫寒发微信：用支架做测试的时候，记得让厂家选用0.2毫米的喷头进行打印。

消息刚发出去，"咔嚓"一声，门同时被打开。

蒋凡晞还未抬起头，手臂就被人握住，接着身体一个惯性向前，整个人被带入房内。

房门自动落锁。

她后背贴着房门，扬起脸望向唐熠。

唐熠的眼睛很亮，像装满整个星辰，只看一眼，她便会在他眼里迷路。

她一时间生出紧张，移开目光，佯装淡定道："你还真的来了，工作不忙吗？"

"有年假。"

"我差点忘记盛华的年假有半个月。"她说完回过味来，"你该不会想在深市待半个月吧？"

唐熠弯唇一笑："我明天就走。"

后天是周五，他要开每周经营例会，不能缺席。

蒋凡晞松一口气："那就好。"

"好什么？"

唐熠向前一步，将她困在胸膛与门板之间。

他脸颊边的咬肌鼓起，正用力咬着后槽牙，控制某种情绪："今晚别加班了。"

蒋凡晞垂下眼睫，没吭声。

他更进一步，彼此的身体差一点就要贴上。

男人温热的鼻息在这方寸之地肆意发酵成暧昧的因子。

蒋凡晞本能地别过脸。

唐熠的手臂，轻轻环到她腰上。

她深吸一口气，闭上双眼。

"咔"一声，房门被打开。

唐熠情绪隐忍："先下去吃饭。"

西餐厅里，蒋凡晞边切牛排，边和唐熠聊起这两天的工作。

"早上开始做支架辅助打印，如果还不行，那就说明目前市面上的3D打印机还无法打印出此精度的产品。"

"有解决的办法？已经跟SME签了合约不是？"

"办法肯定会有的。人类工业发展的历史长河里，多少当时无法攻克的难题，最后还不是人类给解决的？"

"乐观是好事。"

蒋凡晞接过话："但不能盲目自信，对吧？"

唐熠欣慰地一笑："知道就好。"

想到他是因为担心自己才连夜赶来深市，蒋凡晞有点抱歉，说："我在这里挺好的，别担心我，你明天回去后别再来了，别耽误了工作。"

唐熠刀叉一放，拿起餐巾纸拭了下唇角，然后把纸巾对折再对折，放到骨碟里。

他收了笑，脸色略严肃地看着蒋凡晞："无论多忙，都要注意保持联系。昨晚若换成你爸联系不上你，老人家该有多心急？"

蒋凡晞失笑："我爸知道我忙，很少给我打……"

话没说完，手机响了。

任泫寒在电话那头说，支架做好了，已经成功打印出第一个配件。

蒋凡晞一个激动，手已是按到包包上："我马上过去！"

手机收起来，她满怀歉意地看向唐熠："我得回去工作了，你下午怎么安排？"

唐熠笑着点点头："你先忙。我下午去盛华的供应商那儿走走。"

"那我忙完了给你打电话。"

蒋凡晞赶到厂家实验室时，助理沈书途正在为刚打印出来的配件拍照。在支架的辅助下，精度堪称完美。

其他人则全神贯注盯着第二个配件的打印。

蒋凡晞走进打印室，隔着可视玻璃，看3D打印机里正进行第二层叠加打印金属零件。

任泫寒小声问："午饭吃好了？"

"嗯。"蒋凡晞抬头对他笑了下，又看回打印机，"你们还没吃吧？"

"太高兴了，中午就不吃了，晚上一起庆祝。"

蒋凡晞感到意外："庆祝？"

任泫寒笑说："大家忙了一天，挺辛苦的，咱们晚上请大家吃顿饭放松放松。"

蒋凡晞犹豫几秒："那是当然。"

她晚上还得招呼唐熠，这边要庆祝的话，是要把唐熠带上还是让他自己找节目？

想到SME与盛华多多少少算竞争关系，蒋凡晞不得不打消带上唐熠的念头。

一天的工作结束，大家决定晚上到罗湖吃海鲜。

蒋凡晞打电话知会过唐熠，答应他会早点回酒店。

夏初的夜晚，江边热闹繁华，户外大排档烟火气十足。

咸湿的风吹打在身上，又黏又闷。蒋凡晞拉了拉衬衫领口，拿手给脖子扇风。

一桌子的饕餮美食，有炭烤波士顿龙虾、手臂般粗的濑尿虾、肥美多汁的肥牛……

金城很少能吃到这么新鲜的海鲜，大家都挺尽兴，蒋凡晞喝了几大杯啤酒，又吃了一大份锡纸炭烤濑尿虾，饱得上腹都凸出来了。

厂家业务员热情地往大家杯子里倒酒："来！希望我们明天的打印工作一切顺利！"

蒋凡晞拿起大尺寸啤酒杯，与大家干杯。

"你会不会喝太多了？"任泫寒往她另一个杯子里倒椰汁，"喝多了对胃不好，少喝点。"

蒋凡晞抬手搓搓又红又烧的脸颊笑道："大家高兴嘛，我不好扫兴！"

在座的七八位里，除了她，其余都是男人，喝起酒来那叫一个豪气。

厂家业务员见她空杯，又殷勤地为她倒满。

"来，蒋总，我敬您一杯！您和任总是我的偶像啊！年纪轻轻就开了公司，还拿到SME的单子！要知道SME的项目可不是谁都能做的……"

俗套的商业吹捧，蒋凡晞没这个嗜好，酒杯与对方轻轻碰了下，喝一口权当给了面子。

这边酒杯刚放下，唐熠的电话就来了。

她走到一旁去接。

唐熠问："几点结束？"

蒋凡晞抬手看一眼腕表："估计还得个把小时吧。"

"在哪里？我提前过去接你。"

蒋凡晞"嗯"一声，抬眼看向前方。任泫寒离席了，可能去洗手间了。

"没事，你不用过来了，我现在就去催他们赶紧走。"

挂上电话，又一阵热风吹过来，吹得她身上的衬衫都要和皮肤粘在一起了。

蒋凡晞头有点疼，心情也躁，恨不能立刻飞回酒店房间泡个澡，躺在空调房里贴面膜、看电视。

她拍了拍混沌的脑袋，朝餐位走过去。

人走到屏风后，听到厂方业务员问沈书途："小沈，你们两位老板，其中一位和盛华老总有什么关系吧？"

蒋凡晞顿住脚步。

沈书途说："我不知道啊，我刚上班一礼拜呢。"

厂方业务员口气酸溜溜的："听说是盛华的老总跟SME的老总打招呼，这个项目才给到你们的。"

SME技术员："我也听过这么个说法。"

厂方业务员："没错吧，这消息从北传到南，一字不差，说明可信度很高！"

沈书途没再吱声。

屏风后，蒋凡晞浑身像被点了穴一样挪不动脚步。

厂方的人不知道她以前担任过盛华的技术顾问，为什么会平白无故将SME的案子与盛华老总扯上关系？

为什么不是别的公司，偏偏是盛华？

盛华称得上总的，且跟她有私交，除了唐熠，没有别人。

想起唐熠之前几次主动关心SME的案子，蒋凡晞心情一下子变得有点复杂。

"进去吧，站在这里做什么？"

蒋凡晞回神，扭头看向任泫寒："阿寒，你知不知道他们说的这件事？"

"关键不是我们怎么拿到的这个项目，而是我们能不能把它做成业内标杆。"

蒋凡晞深吸一口气，点点头："我知道你的意思。"

"进去吧。"

回到酒店，蒋凡晞满腹疑问，一刻都没耽搁，直接去找唐熠。

房门被打开，唐熠笑着看她，温声说："刚回来？"

他已经洗过澡，身上套一件白色圆领T恤，浅蓝色棉麻家居裤；头发微湿黑亮，干净得仿佛是从韩剧里走出来的少年。

蒋凡晞脸烧了一下，别开目光。

唐熠牵她的手："进来。"

她没忍住，直接问："是你让SME的程凯把项目给我们的？"

唐熠神色镇定，仿佛早有心理准备她会知道："不是你想的那样。"

"那是怎样？"

唐熠揽着她进房间："先过来坐。"

她站着不动，气呼呼的，一副要秋后算账的架势。

她不喜欢这样。公司确实需要SME的项目，但她不希望靠裙带关系。

晚上厂方和SME的人私下八卦，认为他们靠盛华老总才拿到案子，这种说法万一在圈里传开，会毁了她和任泫寒的所有努力。以后一说起SME的3D打印车间，没有人会记得他们的出色和为此付出的努力，只会说："哦，关系户。"

见她站着不动，唐熠作势要抱她："走不动，是吗？那我可要把你抱过去了啊。"

她一惊，推了下唐熠，自己走到沙发旁坐下。

唐熠关上门，笑着走到吧台，从冰箱拿出一瓶酸奶，走过去挨着她坐下。

他把脸凑到她脸颊边，深深吸了一口气。

"喝酒了？"

蒋凡晞不看他："还抽烟了。"

"你一女孩子跟六个男人又抽烟又喝酒的？知不知道社会险恶啊？"

竟然连她晚上和六个男的一起吃饭都知道?

蒋凡晞回过味来,反问:"所以我在深市做点什么你都知道?因为你跟SME的程凯认识,程凯什么都告诉你?"

她侧过脸,质问唐熠:"所以你今天会出现在深市,并不是真的因为昨晚联系不到我,只是找个理由来?"

言外之意,唐熠连她跟什么人吃饭喝酒都知道,会不清楚她昨晚开会到深夜才回房间睡觉?

见唐熠没否认,蒋凡晞气得随手抄起抱枕朝他抡过去:"原来你是这么个心机货!害我今天一整天都在内疚昨晚让你担心了!"

唐熠接住抱枕,解释道:"一开始确实很担心……能不担心吗?你人在外地却联系不上……"

话没说完,身子被蒋凡晞推倒在沙发上。

蒋凡晞双膝跪在他身侧,像只张牙舞爪的小野猫,骑在他身上要捶死他。

他隐忍地握住她作威作福的手。

等蒋凡晞意识到情况不对,想跳下沙发,已经来不及了。

唐熠单手抚上她的后颈,往下一压,男人英俊深邃的五官登时放大在她眼前。

眼镜被唐熠拿掉,眼前模糊一片,唯一能看清楚的,是他深不见底的双眸。

他念想浓重地凝望着她,用尽全部意志力控制某些情绪,哑着嗓子解释:"我只是偶然在程凯车上看到了你们的计划案,提过盛华的无人车间是你善后的,没再说其他,更没让程凯把案子给你们做……程凯那个人精,能按着我的意思做生意吗?"

蒋凡晞回想起唯一一次和任泫寒当着唐熠的面商量案子,全程没有提过SME的名字。再后来,他们开会,唐熠都在另一个办公室处理自己的工作。

所以在他们把计划书发给程凯之前,唐熠应该都不知道这件事。后来在程凯车上看到有他们公司logo的计划书,顺便提了一嘴,也不是没可能。

会把计划书打印出来,还带到车上,说明程凯当时已经对他们的方案有一定兴趣了……

想通这些，蒋凡晞舒心不少。

正想问唐熠和程凯是什么关系，一股温热的鼻息已在她耳边蔓延开。

"嘀嘀"两声，房间灯光瞬间暗了下去，仅有沙发旁的落地台灯发出昏黄暧昧的光。

蒋凡晞回过神，双手撑着唐熠的胸膛想坐起身，唐熠一个翻身，将她压到身下，小心翼翼地吻上她的唇……

他把蒋凡晞紧紧抱在怀里。

"我要开灯了……不然要做坏事了……"他声音不复平时的淡然，透着压抑、痛苦，像生了一场大病。

蒋凡晞理解他，安抚地吻了吻他的唇："我来开。"

她下了沙发，黑暗中，凭着感觉，在沙发后找到灯的遥控，还有唐熠丢在地上的T恤。

唐熠接过T恤，三两下套头穿好，然后开始帮她扣衬衫的扣子。

感觉到两人衣服都穿整齐了，蒋凡晞才把灯打开。

她一张脸红到底，不敢看唐熠。

唐熠挨着她坐过来一些，将她拢到怀里，低头吻了吻她的眉眼，唇抵着她红到晶透的耳廓，低低说道："谢谢你没有拒绝我。"

"谢谢你尊重我。"

过年在老家，在唐熠的车里，唐熠抱着她，吻她之前，问她可以不可以；这一次，环境和时机都如此合适，但他还是征求她的意愿，甚至在彼此都意乱情迷的时候，他首先克制住自己，首先喊停。这些都让她有一种被尊重的感觉。

蒋凡晞没敢久坐，唐熠送她，俩人手牵手进电梯。

"SME的事不要乱想，相信自己。"唐熠看着变化中的电梯楼层数，"程凯之前不是没想过用3D打印取代数控加工，但都卡在打印精度这个关键的技术点上。"

蒋凡晞没吭声，还未从刚才的情动中清醒过来。

唐熠倒是恢复了那副只谈公事的严谨模样。

"他们这几年也打算完成全面智能化，你们把3D打印这个项目做好了，程凯别的项目首先会考虑你们。而眼下这个项目，将是你们接下来与他谈判的最大筹码。好好做，别错过这个机会。"

蒋凡晞用余光偷偷打量他，只见他脸色寻常，心想：这男人变脸真快，刚在屋里还像小狗似的，现在一出门又人模人样了。

俩人手牵着手出了电梯，来到房间门口。

蒋凡晞面上佯装自然："明天几点的航班？"

"十点半。"唐熠眉眼温柔地解释，"明天下午约了供应商谈事情。有一个产品工艺升级，需要同步升级配件。"

蒋凡晞点点头，放开他的手："那你回去休息吧，我也要睡了。"

"好。"唐熠下巴指了指她身后的门，"进去吧。"

蒋凡晞刷卡进门。门关上，她像往常一样插卡开灯、换鞋、放包，拿睡衣去浴室洗澡，仿佛今晚只是寻常的一晚，并没有任何特别的事情发生。

只是洗完澡，站在镜前，望着前胸刺眼的点点红痕，她忽然双腿打抖，双手紧紧抓着台盆边缘才不至于软了脚。

她能捕捉到自己此刻的心态跟以往不同。以前，他们只是拥抱、牵手，她还可以忽略对唐熠的心动；可现在，她知道自己比想象中更喜欢他，更想念他了。

翌日，计划要打印的五个配件，因为辅助支架做得不顺利，最终只打印出三个。

蒋凡晞忙到深夜，全然忘记唐熠已经在中午离开深市。

她到睡前才有时间看微信。

唐熠早上十点多发了两条信息。

TY：我上飞机了。

TY：出门在外，一切多注意，有事给我打电话。

下午两点多又发了一条。

TY：到金。

她赶紧给唐熠回过去。

凡星：今天工作不太顺利，忙到现在。

唐熠秒回：什么情况？

蒋凡晞改为发语音，把今天发生的事情跟他提了下。

唐熠很快回了文字过来。

TY：可以考虑使用近场直写法。

近场直写法？

蒋凡晞思索片刻，突然跳下床，打开笔记本电脑，双手快速敲击键盘——

传统的熔融沉积3D打印技术打印出来的直径太大，近场直写技术能够实现几微米到几十微米超细纤维的可控沉积。通过对近场直写路径的规划达到调节支架各部分的孔径大小的效果……

敲下最后一个标点符号，蒋凡晞松了一口气。

唐熠拨了语音过来。

她接起，开心地说道："我刚才写邮件去了！谢谢你的提醒！我真的没想到可以用近场直写法，它之前一直用于医疗打印，但其实在超细直径的工业打印上也可以尝试！"

"是的。"

"对了，你怎么懂3D打印？"

"了解一点。"

蒋凡晞惊呼："将3D医疗打印技术运用在工业打印上，这可不只是了解一点就能做到的。你不是学金融的吗？"

她真的要怀疑唐熠是披着马甲的技术大佬了。

"下次见面我再告诉你。"唐熠声音温柔，"忙了一天，累吗？"

蒋凡晞这才发现自己脑袋发胀、双腿发酸。

将松软的枕头垫到后腰，她叹气："早就知道创业很累，有心理准备的。"

"既然累了，那就早点休息吧。"

蒋凡晞开玩笑："催我去睡觉，你要跟别的女生聊吗？"

电话那头，唐熠口气平静："没有别的女生，我对别人没兴趣。"

蒋凡晞满意了，举着电话甜滋滋地笑起来。

223

她把手机开了扬声器，放到枕头边，双腿蹬空中自行车，平缓心中的紧张。

"那意思是——只对我有兴趣？"

唐熠低低地"嗯"了一声。

明明他此刻连说话都算不上，但愣是叫蒋凡晞心跳加速，满心都是幸福的泡泡。想起昨夜的亲密，她红透脸，声音也变得不自在，声线比平时粗了一些："那你喜欢我什么？"

唐熠沉默几秒，说："Smart is the new sexy."

蒋凡晞有点意外，又似乎不意外。

聪明是一种新式性感——这是唐熠的回答。

她停下双腿，将手机贴近耳边，说："你是Sapiosexual'智性恋'？"

唐熠说："也许。"

蒋凡晞沉默了。她不觉得自己智商高，至多就是在某个领域有点天赋加刻苦努力，真要拼智商，她并不见得比别人优秀多少。聪明过她的人浩如烟海，在G国那些年，她早就认清自己、摆正心态了，可唐熠对此好像有误会。

将来某一天，如果唐熠发现她并不如自己想象中聪明，或者他面前出现一个比她更聪明的女生，他会移情别恋吗？

蒋凡晞有点不舒服，匆忙挂了电话，带着纠结辗转到后半夜才睡着。

她从深市回到金城，已是四月底。她没通知唐熠，直接从机场回了宿舍，收拾了几套夏装和日用品，打车去新租的三居室，打算今晚就住下。

公寓在市中心，她下车时，天已黑透。

背着大包小包出了电梯，才发现钥匙落在宿舍，只好按门铃。

是看护开的门，一见她，转身就要朝里头喊，她连忙示意不要声张。

"我爸在干吗？"蒋凡晞把行李袋放到玄关柜上，环视屋内，压低声音，"你们搬过来几天了？还适应吗？"

看护笑道："在这边住了半个月啦！很适应！老蒋别提多开心了！"

一进门就有好消息，蒋凡晞心情不错，俯身换拖鞋。

鞋柜前放着一双反羊绒男士皮鞋。

224

蒋凡晞认得唐熠的鞋子，抬眼看向看护："唐先生过来了？"

看护笑着指了指主卧方向："晚上六点多来的，在老蒋房里聊天。"

蒋凡晞抬手看一眼腕表，晚上十点多了。

唐熠不知道她今天回来，怎么会待到这么晚？

她跟看护比画了个"嘘"的手势，指指房间，小声说道："你先忙，我进去看看。"

她悄悄朝主卧走去。

门没关，唐熠清朗、温润的声音传出来。

"最近五年，珠三角、长三角地区的机器人使用增长率达到35%，可以预见，未来大规模的生产线上没有人……甚至有无人潜艇、无人战斗机、无人轰炸机。"

"第三次工业革命，把人变成机器；第四次工业革命，把机器变成人。"蒋志存说道。

唐熠点头称是。

蒋志存又说："G国和欧洲的工业是五元结构，它至少能提供五层以上的产品。但我们国家，目前为止只有二元，这中间的差距，不知道要花多少年，要几代人才能追上……"

蒋凡晞站在门边听了会儿，见他们聊到死胡同，笑着走进去。

"不要这么悲观。我们国家是全球最具市场化的国家，政府对于工业生产这一块的补贴力度也相当大。在看到第四次工业革命这个机会的同时，看到落点与差别，正视工业体系中存在的问题，去克服它，早晚都会实现弯道超越的。"

她走到蒋志存床边坐下，帮蒋志存披好薄被，刚要给他倒水，就见保温杯里已经倒好了温水。

蒋志存看着女儿，笑问："回来了？几点下的飞机？"

蒋凡晞说："六点多，我又回宿舍收拾了东西才过来的。"

蒋志存点点头，笑着看向唐熠："你不在的这些日子，小唐每天晚上都来陪我聊天。"

蒋凡晞回头对唐熠笑了下："谢谢。"

"应该的。"

蒋凡晞抬手看看表："爸，不早了，我先送唐总出去，再来和您说说话。"

唐熠听出这是逐客令，起身随蒋凡晞离开主卧。俩人一前一后走到阳台。

蒋凡晞关上移门，一转身，就见唐熠静静盯着自己。

她冷不丁就想起俩人在深市那夜的亲密，登时一阵紧张，面红耳赤。

虽然这半个月她强迫自己不去想，但今日一见唐熠，心动又回来了。她佯装镇定地走到藤椅旁坐下。

唐熠在她对面入座："怎么没跟我说今天回来？"

"提前完成工作，昨晚很迟才临时决定今天回来的。"

其实是因为她今天要回宿舍一趟，不好让他接机，怕俩人独处一室又会做出冲动的事情。

许是已经习惯她的被动，唐熠没纠结这个，转而说："叔叔开始进行康复治疗了，两天一次，一次五十分钟，看护知道怎么处理。"

这些事情，蒋志存在电话里和蒋凡晞说过，蒋凡晞大概了解。

"谢谢你为了我爸的事情这么费心。"

"应该的。"

唐熠没再多言，只是用一种深不见底、情绪浓重的目光望着她。

这样的眼神，蒋凡晞不是第一次见。T国那夜、深市那夜，暧昧到极限时，她能从他眼中看出渴望。蒋凡晞别开目光，双手不自在地插进风衣口袋，双腿伸直，佯装看楼下的街景。

俩人都沉默着，各怀心思。

良久，唐熠开口："这半个月，你在想什么？"

蒋凡晞没正面回答，抬眸看向深得似墨的天空："看见那些星星了吗？"

唐熠将目光从她脸上移开，看向天空："嗯，看见了。"

"是不是有的很灿烂，有的则暗淡平凡一些？"

"决定人类肉眼看到的星体明亮程度，有三个因素——亮度、辐射能量及距离。看上去暗淡的星体不一定亮度不强或能量不大，也可能是因为距离遥远。所以用'平凡'来笼统定义它并不准确。"

蒋凡晞双手抚在腿侧，仰头望着星空，说："如果我是星群里的一颗星，你觉得我是哪一颗？"

唐熠没有犹豫："距离月亮最近、最亮的那颗。"

蒋凡晞嘲讽地笑了下："那你有没有想过，它看起来最亮，只是因为有距离上的优势。也许，她的亮度和辐射能量很一般呢？"

唐熠沉默，不置可否。

"星体是会移动的。"蒋凡晞缓缓落眸，目光定格在楼下车来人往的街道。

比起浪漫却无法触及的星辰，她更喜欢脚能踩到的烟火。

她喃喃道："明天，别的星体来到月亮附近，最美、最亮的那颗便不再是我。"

"月亮已经和自己深爱的那颗星建立了磁场联系，在星体移动的周期里，它们只是暂时分开。下一个周期，它们依然会相遇，依旧相爱。"

"我想跟你说的是——我不是什么聪明人，你所见到的我的一切才能，都只是因为我是学这个专业的。"

蒋凡晞扭头看一眼主卧方向，门开着，蒋志存还没休息，在等她进去说话。

她语速快起来："因为我爸是机械工程师，所以家里经常有机械小玩意儿。我从小把它们当玩具玩，对机械的操控能力只是熟能生巧，并不是什么过人的本事或高智商。对我来说，这技能就像走路、吃饭那样平常。

"如果你是因为我为盛华处理了三条问题生产线而觉得我聪明，继而喜欢我，那你以后会失望的，因为还会有比我更聪明的人出现。"她说到这里，耸了耸肩，佯装潇洒，"希望你慎重。"

唐熠看着她，半晌没说话。片刻后起身走到她面前，俯身将她拥到怀里。

他轻吻她的头发，温柔地问："想不想知道我为什么喜欢你？"

"想。"蒋凡晞闭上眼睛，"我想知道。"

"在成都，我问你什么才可以打动你，你说'爱'。那么你知道打动我的是什么？"

蒋凡晞摇摇头："不知道，你没告诉过我。"

唐熠轻声说："真。"

"在我已经批准你离职的情况下，你还为无人车间做产能升级。因为你知道我迫切需要无人车间的盈利来向董事会证明自己，你在为我着想。你每一次对我释放的善意和真心，我都能感受到，也都记在心里。"

蒋凡晞大感意外，完全没想到他心这么细。

移门后，有脚步声靠近。

看护隔着门小声问："小蒋，老蒋要休息了，你一会儿还要进去和他说话吗？"

蒋凡晞一惊，推开唐熠。

唐熠放开她，站起身，拉了拉身上的深色西服："我回去了，你进去和叔叔说说话吧，咱俩回头再说。"

"哦，好，我送你。"

第十三章　工作它不比谈情说爱有意思吗？

看着因为着急而吹丑了的发型，蒋凡晞心态崩了，觉得自己自从和唐熠确定关系，每每俩人独处，她就仿佛分裂出另一个人格，大脑短路，毛毛躁躁。

送走唐熠，蒋凡晞跟蒋志存聊了会儿才回房。

蒋志存告诉她，这段时间，唐熠每天傍晚都会过来陪他聊天，一直到十点多才走。

蒋凡晞恍然发觉，在老家还蔫蔫的蒋志存，如今看上去面色好多了，心情也格外开朗。

这一切，都是因为唐熠。

蒋凡晞内心大为触动。这一刻，她确定唐熠是真的喜欢她。她有一种想要立刻答应唐熠的冲动。

床头柜上的手机安安静静的，蒋凡晞看一眼时间，十二点多了。

往常这个时候，唐熠一定会联系她的。

今晚却从走后到现在都安安静静。

他在干吗呢？睡着了吗？不是说回头再谈吗？

蒋凡晞抱着手机躺到床上，犹豫着要不要主动联系唐熠。

她从"唐熠到底在做什么"，一直无节制地发展到想念他的吻和怀抱。

她被两股情绪折磨到辗转难眠，受不了了，摸出手机，打开与唐熠的微信对话框，"嗒嗒嗒"打出一句话。

凡星：我后悔了，晚上应该跟你一起下去的。

唐熠隔了几分钟回过来一个问号。

她一鼓作气，又打了一个铺垫发过去。

凡星：因为我有很多话想跟你说，可能要说一整夜。

唐熠没回了。

蒋凡晞有点尴尬，想撤回。大拇指按到那句话上时，唐熠回复了。

TY：明天不上班？

凡星：我是老板，上不上都行。

TY：我十五分钟后到你家楼下，到了给你打电话，你下来。

蒋凡晞手一抖，手机掉到被子上。怔了几分钟，她跳下床，换衣服、弄头发，把糊了保养品的油脸洗得清清透透，最后涂了一层淡粉色的唇膏。

她拿着手机去阳台，掐点看唐熠的车进小区。

十五分钟过去，他的车子还没进小区，蒋凡晞等不及了，套上单鞋就往楼下跑。

人刚出公寓大门，就见黑色的车子缓缓驶入小区，开到她面前停下。

唐熠下了车，揽着她走到副驾那侧，为她开了车门："先上车。"

蒋凡晞乖巧上车。

车子驶出小区，进入主路。

唐熠专注地开着车，脸上没什么情绪："你有没有想去的地方？"

蒋凡晞摇头说："没有。"

"那我们找个安静的地方说说话。"

"好。"

瞥见他身上的衣服没换，蒋凡晞问："你从我家离开后没回家吗？"

"还没回去。"

蒋凡晞有点意外。

这一个月来晚上频繁地联系，她已经很清楚唐熠的生活习惯。

他一般晚上回了家，就会洗了澡待在家里，就算洗完澡还要外出，也会换上休闲轻便的衣服，而不是现在这身上班穿的西裤、衬衫。

今天从她家离开后，整整三个小时，开着车，不是和朋友喝酒，那他一个人大晚上的能去哪里晃悠三个小时？

车子在公园门口停下。

蒋凡晞看向树木繁茂的园林，缩了缩脑袋："有点暗，要去里面散……"

话没说完，大半个身子被拉进一个温暖的怀抱。

男人温热的鼻息冲进她耳蜗，唇抵着她的耳廓，轻轻吻了一下。

她僵了下，在心里告诉自己尽量自然点，享受与唐熠的亲密。

片刻后，她顺从地抬起双臂，圈住唐熠的腰。

深市那一夜的记忆，顺着骨血，爬满她全身的神经末梢，有一种本能的力量在驱使她主动去亲近唐熠。

没见到他的时候就还好，尚且能克制冲动；一跟他独处，就绷不住了，总想和他亲近。

这一刻，蒋凡晞才发现自己比想象中更喜欢唐熠。

她主动捧起唐熠的脸，闭着眼睛，生涩地吻上他的唇。

唐熠温柔地回应着，直到她不得不放开他，埋在他颈窝间调整呼吸。

他抱着她，在她耳边低喃："从你家离开后，我回了公司一趟。你发微信给我那会儿，我刚回家，还没进胡同，就又找你来了。"

蒋凡晞小声笑着："我还以为你这三小时无声无息的，是跑去哪个温柔乡了。"

她这话也不全然是开玩笑，而是带着几分真实的。

唐熠这种极品，他朋友圈的姑娘里，肯定有几位是带着暗恋或等待的心思的吧？

他真想找，就一个电话的事情。

她第一次如此确定，是该为这段关系下个定义了。

"我问你啊。"

"嗯？"

"我想跟你确定一些事情。"

"好。"唐熠唇抵着她的耳廓，"你说。"

蒋凡晞组织措辞几秒，说："你最后是不是会接受家族联姻？"

她并非无端揣测。

唐熠家庭背景复杂，之前还有过未婚妻的传闻。

"不会。"唐熠没多考虑，"我会忠于我们的关系，忠于你。"

蒋凡晞满意了。

她脸还埋在唐熠颈肩处，小声说："第二个，也是最后一个问题。"

"好。"

"你谈过几次恋爱？都是因为什么原因分手的？"

她觉得，如果唐熠谈太多段不成功的恋情，那说明他在男女关系里或多或少也有点问题。

她想先避开雷区。

唐熠声音依旧温柔："这个问题很重要吗？"

"嗯。"

"你的标准是什么？"

"这个没有什么所谓的标准。"

唐熠笑道："既然没有标准，那这么问的意义何在？"

蒋凡晞一噎，手抵了抵他的胸膛，已是想挣出他的怀抱。

"那你的意思，以后我问你什么问题，都要有意义吗？"

唐熠解释："我不是那个意思。"却绝口不提自己的恋爱史。

蒋凡晞看出他铁了心要保密。他时刻守住自己的原则，不该说的，绝对不多言。在他身上，永远能看到从容与游刃有余。

蒋凡晞满腔的热情又灭了。她挣出唐熠的怀抱。

下一秒，又被唐熠强行抱到怀里："只喜欢过你，从没喜欢过别人，你放心……现在能告诉我答案了？"

蒋凡晞满意了，伏在他怀里小声笑着。

"明年的今天，我要收到恋爱一周年的礼物。"

"想要什么，我都给你。"

"这可是你说的……"

蒋凡晞天快亮才进家门，睡醒已是下午。

手机里有两条唐熠发来的微信信息。

TY：起床了？

TY：今天要做什么？

信息是中午发来的，怕唐熠担心，她赶紧回过去。

凡星：刚起，今天不忙工作，这三天假期要好好休息。

TY：那晚上去外面吃饭？

凡星：好，你来接我。

唐熠是傍晚过来的，给蒋志存带了茶叶和晚餐，陪他聊了一会儿，才和蒋凡晞一起出门。

他们去附近一家私房菜吃火锅。结束晚餐，正好赶上九点的电影。

这是一部警匪片，画面略为昏暗。蒋凡晞不喜欢看动作片，看得哈欠连连，唐熠直接将她半个人揽到怀里。

他调整了个舒服的坐姿，黑暗中，唇抵上她的额头吻了下，轻声说："困了就睡会儿。"

蒋凡晞其实不困，但还是美滋滋地将脑袋靠在唐熠怀里。

靠着靠着，就有点心猿意马了，脸贴在他胸膛上，手则在他T恤下摆处来回摸索几秒。

唐熠专注看着电影，手在她脑袋上揉着。

她有一下没一下地把玩着唐熠的T恤下摆，慢慢地，手伸进去了，触到他温热的腹部肌肤。

蒋凡晞再次摸到了六块腹肌……

看完电影，唐熠把蒋凡晞送回家。

确定关系的第一天，他们做了大部分情侣都会做的事情——吃饭、看电影。

平淡，却踏实。

蒋凡晞喜欢这种感觉，却担心唐熠会觉得无趣。

洗完澡，跟唐熠微信闲聊的时候，她便问他：会不会觉得和我谈恋爱很无聊？

唐熠回了挺多字过来。

TY：比起站在厂房后面的巷子里，顶着寒风、黑灯瞎火地陪着你抽烟，不仅自己抽，还要吸你的二手烟，今晚的行程可以了，我很满足。

蒋凡晞满意了，说：你的满足好像难度不大。

TY：慢慢来，我怕吓到你。

蒋凡晞只当他在开玩笑。

翌日，因为蒋凡晞想在家陪蒋志存，便没和唐熠出去约会，在家装模作样地表现出一副还没确定关系的样子。

等到蒋志存进屋午睡，他们才有机会腻歪一会儿。

唐熠提到过几日要到海城采购工业机器人，蒋凡晞有点担心。

工业机器人迭代速度太快，口碑再好的厂商，或多或少都会存在销售上的不透明，比如把快淘汰的库存卖给不懂行的客户。

蒋凡晞怕唐熠被忽悠，决定和他一起去。

她在电话里告诉唐熠这个打算时，唐熠有点意外，毕竟她忙自己的工作都来不及。

"怎么突然想跟我一起去海城？"

"怕你去那边找小姑娘呗！上次在T国，我可算是见识到你们男人都是怎么应酬的。"

她佯装口气严肃，其实已经在电话这头无声笑开。

唐熠笑说："海城又没人妖表演。"

"我不管，反正我要和你一起去！"

"好，一起去。"

蒋凡晞满意了，问："要去几天呢？"

"预计三天。"

翌日，蒋凡晞收到周恒发过来的行程和航班信息，把工作计划重新整理了一下，三天时间就空出来了。

"蒋总，"沈书途敲门进来，"SME的程总来了，在会议室，任总已经过去了。"

"知道了，我马上过去。"

蒋凡晞找出一份文件，是项目二期费用的申款单，需要程凯签字才能完成汇付。

为防止精明的程凯索要项目进展，她把笔记本电脑也一起带上。

会议室里，浓眉大眼的男人坐在会议长桌面门的位置上，正和任泫寒说话，见蒋凡晞进来，随即停止话题，站起身，朝她伸出手。

蒋凡晞扬起公式化的笑脸，伸手和对方简短握了一下，客气道："程总，您让秘书打个电话，我们过去就行，怎么还亲自过来了？"

程凯收回手，大大方方坐下："刚好路过，上来看看。我寻思着这还是第一次来你们这儿。"

说完，目光打量一圈不大的会议室、窄小的办公区，调侃道："倒是没想到，你们公司才这么丁点大？不要叫写字楼了，叫写字间算了。"

SME在金城的厂子占地上千亩，是个大厂，对程凯来说，蒋凡晞和任泫寒这处百来平方米的地方，着实够砢碜。

蒋凡晞入座，笔记本电脑放到桌上，申款文件压在薄薄的笔记本电脑上，四个角对齐了。

她淡笑道："我们这一行，看的不是门面，是脑子。门面再大，脑子里没货，有用吗？"

"啧！"程凯拉了下转椅的扶手，人往桌子前靠近了些，也跟坐在对面的蒋凡晞距离更近了些。

他大而明亮的眼睛盯着蒋凡晞瞧："蒋总，你得这么想——这脑子里有货，门面还好看，不是更完美？明明二者皆可得之，你干吗只要其一？小孩子才做选择，大人都是全要！"

"程总说得十分有道理！"蒋凡晞顺势把申款文件夹推到他面前，"这不，资金还差点。等您把这笔二期款给我们批了，我立马去租一个更大的写字楼！保证下次一定不委屈您坐在这种小会议室里！"

程凯闻言收了笑，一秒恢复严肃脸。

他接过文件，后背靠向椅背，翻开文件："得嘞！我这是给自己挖了个坑啊！"

任泫寒笑了。

程凯细细看完文件，合上的同时，严肃地看向蒋凡晞："要二期款，得先让我看看一期工作到什么程度了。"

蒋凡晞有备而来，随即打开笔记本电脑，把前些日子在深市拍下的视频打开。

画面里，一台台3D打印机正精准地进行着打印工作，视频记录了打印机如何在几分钟内，将一片片的金属零部件毫无瑕疵地打印出来的过程。

"如您所见，我们现在已经做好所有能打印出贵司所需金属部件的打印程序，一期工作完美结束。接下来，只要您拨款了，二期工作立马开始。"

蒋凡晞下巴指了指程凯手中的文件："第三页有二期工作介绍。我们到时候会在贵司原有的旧车间基础上，通过不改变水电网路的方式，构建出一个匹配的3D打印车间。"

程凯问："那三期呢？"

任泫寒说："二期工作一结束，我们将立刻确定打印机台数及外观，然后通知深市厂家生产。打印机成品一出来，我们会负责安装及调试，直至贵司打印车间正常投产，这是三期工作。"

不等程凯追问，他又汇报："四期工作主要跟售后维护及程序升级有关。将来贵司遇到产品工艺升级，需要升级程序，或者产品有任何售后问题，这些将由我们对接厂家，直至问题解决。"

程凯又去翻文件，片刻后，意味不明地笑了下。

"也就是说——这个打印车间建成了，一千万元的咨询费用我们支付了，过后每年还得给你们支付一百万元的费用用于售后维护？既然你们最后也是要对接厂家，那何必劳烦你们？以后打印机出了问题，我们直接找厂家不就完事了？"

任泫寒看一眼蒋凡晞，示意她跟"金主爸爸"解释。

蒋凡晞压着心底的烦躁，客气地说道："咱们当时只签了三期工程，四期不强求的，贵司的售后和升级不给我们做也行。"

程凯盯着她瞧，没说话。

能做到跨国公司分部的总经理，就不是头脑简单的人，那眼神自然是带着审视的意味，很是锋利。

审视之外，似乎又有其他情绪。

蒋凡晞避开程凯的目光，示意任泫寒补充。

"贵司这一千多个3D打印程序，包括辅助支架工艺，按照协议条款，产权全属于贵司，贵司之后要交给谁做升级都可以，但……"

说到这里，任泫寒笑了下："这些程序和工艺都是由我们团队研发出来的，别的工程师能不能升级，升级出来能不能精准打印，打印出来的东西有没有瑕疵，那我们就不敢保证了。"

程凯沉默几秒，把文件往桌上一甩："你们这一行真有赚头！还差投资人吗？我给你们投点！"

蒋凡晞勾了勾唇，知道他已是全盘接受，将笔递上去："我们差研发人员，不差'金主爸爸'。"

程凯唰唰签下大名，收起笔的时候，挑眉看向蒋凡晞："听说盛华之前那个半死不活的无人车间也是你给收拾的？"

蒋凡晞不知道他葫芦里卖的什么药，说话格外注意："是，我之前是盛华的技术顾问，这在我们第一次见面时，我就强调过了。"

程凯点了点头，站起身："行，我知道了，走了！"

蒋凡晞示意任泫寒送客。

楼下，上了车的程凯越想越不对劲，拨了一通电话出去。

几秒后，那边接起："我是唐熠。"

"老唐，你们那个无人车间的设备，以后是不是也要升级？是不是这种智能类的设备都少不了升级？"

"升级一般分两种情况：客户通知工艺升级，程序肯定要跟着升级，这个一般由技术员处理；另外一种，提高产能方面的升级，这个就需要设备设计师来操作了。"

程凯懂了，知道任泫寒没忽悠自己。

可一想到每年还得花小百万元养着那堆3D打印机，他就肉疼，吐槽道：

"我刚从咨询公司出来，才知道以后每年还得花一大笔钱买这个设备升级服务。他们干这行的可真赚钱啊，也许一年到头一次升级都没碰上，这钱却是实实在在地进了口袋。"

电话那头，唐熠沉默几秒，问："HanRen咨询公司？一年得多少钱买升级服务？"

程凯拍了下脑门："百来万呢！HanRen那俩年轻人，不出几年就能比咱们这帮做实业的都要有钱。"

唐熠笑："这年头，卖方案比卖产品来钱快。你心里也清楚，他们带给你的利益，远超过你支付的服务费。"

程凯嘴上抱怨，脸却是带着笑："这么说也没错！你先忙，回头一起吃饭。"

挂电话前，脑子里忽然飘过蒋凡晞清丽的身影，于是又压着手机，低声问："你知道HanRen的蒋总有对象了吗？"

"怎么？对人家有想法？"

程凯没听出唐熠话里的隐忍，摩挲着下巴，笑道："那小姑娘有点本事。"

即便是朋友，在追女孩这件事上，说话也得留三分。

唐熠对女性，向来如绅士般尊重，对走得近的朋友风格亦相似。

程凯对蒋凡晞有意，唐熠听出来了。

他本想告诉程凯自己就是蒋凡晞的男友，但想起之前答应过蒋凡晞，暂时不公开关系，便也不好多说，只道："人家有对象，你别乱来。"

程凯倒也干脆："得！懂了！"

很快到了周末。

蒋凡晞为了空出时间和唐熠去海城，选择加班。

SME打印车间的设计图已定稿，3D打印机的尺寸经过精准设计，数据已发给厂家。大概一个月后，数千台3D打印机将从深市发出，运抵金城。

蒋凡晞正琢磨着这一个月的时间要怎么平衡，才能兼顾工作、家庭和男朋友。

有人按大门门铃。她穿上高跟鞋，走出办公室。

玻璃大门外，唐熠两手提着白色塑料袋。

蒋凡晞欣喜地迎过去，把大门打开："你怎么来了呀？"

唐熠进门，揽着她进会议室："过来和你一起吃晚饭。"

蒋凡晞心里一阵甜蜜。

"你昨天就去我家陪我爸吃饭了，今天又来这边陪我。那你都多久没跟家人一起吃晚饭了？"

"我每天都陪他们一起吃早饭。"唐熠把袋子里的食盒和餐具拿出来摆好，"来，趁热吃。"

"我去给你倒水。"蒋凡晞随手拿起桌上的马克杯，去茶水间倒了一杯温开水过来，"杯子是我的，你不介意吧？"

话刚说完，后脑勺就被男人的手掌一压，身子随即被迫迎向唐熠。

她下意识扬起脸，闭上眼睛，感受唐熠的吻。

唐熠用实际行动告诉她自己不介意。

俩人缠绵片刻，才重新坐下来准备吃饭。

"明早七点半我去接你。"唐熠把食盒盖打开，又把一次性餐具拆好，一起放到蒋凡晞手边。

他已是气息如常："八点半之前得到机场。"

只有蒋凡晞还红着一张脸："好。"

"晚上早点休息。"

"好。"

结束晚餐，蒋凡晞开始收尾工作。

唐熠去了趟洗手间，回来陪她加班。

"公司名是什么意思？"他看向玻璃大门上的logo，"HanRen？"

蒋凡晞眼睛看着电脑屏幕："都来多少次了，怎么突然问这个？"

"之前没注意，刚在外头站了一会儿，注意到了。"

唐熠其实早知道她公司名叫HanRen，但一直以为是"汉人"的音译。直到前几日，程凯打电话给他，称呼HanRen的音调竟是"韩任"。

他隐约觉得不对劲，所以亲自问蒋凡晞。

"随便取的，没什么特殊含义。"蒋凡晞说话间，打印机又唰唰吐出几张纸。

"HanRen……"唐熠轻念，"没这个单词，你这是拼音？"

蒋凡晞不自然地笑了下："嗯，是拼音。"

"汉人？汉族人、华人的意思？"

"嗯。"蒋凡晞顺着他的思路承认，没多解释。

HanRen若要汉译，其实是"韩任"。

由资助人韩先生和任泫寒的姓的拼音组合而成。

当初决定公司名，蒋凡晞和任泫寒都没什么灵感，又着急注册，任泫寒便提议直接从彼此的姓名里摘一个字组成。

蒋凡晞一下就想到了"韩"姓。

她觉得自己有今天，都是因为当年受了资助，所以将"韩"字取进公司名，代表了对资助人的致敬、感谢。

公司名背后的含义，只有她和任泫寒知道。唐熠此番问起，她不多加解释，是因为俩人现在是恋爱关系，不希望唐熠不舒服。

打印机还在唰唰往外吐着纸，蒋凡晞将纸分门别类装进文件袋里。

唐熠坐在沙发上，有一搭没一搭地跟她聊着。

"程凯前几天跟我吐槽，说你们要收他一年一百万元的服务费。"

蒋凡晞整理文件的手没停："我跟他说了，不强求，他可以找别人做。"

唐熠一双眼睛专注地看着她："这事情别人可做不来。"

蒋凡晞嘲讽地勾了勾唇："买一条生产线动不动用上十几二十年，设备商卖设备，头一年有钱收，之后的十几年呢？真靠卖设备早倒闭了。客制化服务才是来钱的根本。"

唐熠点点头："我赞同。"

"说到这个……"蒋凡晞停下整理文件的动作，"过年那会儿，我不是跟一男的相亲？他竟然问我为什么要学机械，不去搞财务！"

唐熠失笑："也难怪你看不上。"

蒋凡晞噩梦般直摇头："这都什么跟什么啊！简直是鸡同鸭讲……"

"由此可见，相亲不靠谱。"唐熠走到她身后，为她捏肩颈。

蒋凡晞舒服得闭上了眼睛。

翌日中午，蒋凡晞和唐熠抵达海城，随行的还有盛华的技术总监和顾问。

赶在下午两点到厂商，大家随便对付了点简餐便一起前往距离酒店不远的机器人工厂。

工厂位于康桥工业园区，浅棕色外墙、大片绿色玻璃建造而成的现代化厂房矗立在偌大的园区一隅，厂房最高处有醒目的公司名logo。

一行人下了车，厂家销售迎上来，热情招呼大家进展厅。

蒋凡晞跟在唐熠身侧，安静地听着销售对各种机器人的展示介绍。

"唐总您看看这台，"销售指着一台灰白色的单臂机器人，"这款非常适合应用于袋、盒、板条箱等包装形式的物料堆垛，卖得很好，我们一个月要出几万台。"

技术顾问李工上前细细观察，说："3.15米到达距离和250千克有效载荷的高速机器人，可以。"

销售赶紧低头开单："IRB 660-250/3.15，二十台。"

"稍等，"蒋凡晞忽然出声，"这台是四轴的吧？"

销售迟疑几秒才点头，神色略慌张。

蒋凡晞说："现在工业机器人都到七轴了，常用的最少也是六轴。你给我们推荐一台四轴的？"

唐熠蹙眉，脸色不佳。

销售咽了咽口水，抬手抹了把额头："四轴也有很多企业在用，它价格更有竞争力……"

蒋凡晞上前，在机器人身侧观察，说："这台是2013年产的吧？今天是哪一年你知道吗？"

销售："……"

众人没吭声。

唐熠淡淡说道："价格不是最重要的因素，主要还是考虑机器人的性能。"

销售脸泛尴尬，手指旁边一个玻璃门："里头还有一个展厅，大家随我进来。"

众人跟过去。

蒋凡晞和唐熠走在队伍最后。

"这个展厅的机器人都是快淘汰的机型，都是几年前的产品，"蒋凡晞压低声音，"厂家在销库存呢。"

她说得小声，唐熠低头听她说，听完了，笑道："还好你一起过来，不然这次又得买一堆快淘汰的设备回去。"

蒋凡晞叹气："买设备就是这样，即使找正规厂家，也不见得就能完全避坑，还是得有懂设备的自己人跟着。"

说完，她下巴指了指走在前头的李工："他之前不是在LLQ吗，怎么连这个都看不出来？"

LLQ是业内先行全智能生产的企业。

唐熠抬眸看一眼李工的背影，目光已是冷了几分："LLQ是全自动生产线，单体机器人不多，且他的专业方向不是机器人领域。"

"专业方向？"蒋凡晞不认同，下意识抬高声调，"出校门的时候还不就是那一两个专业？很多知识和技能，在毕业后，依旧得继续深入学习和研究，不能拿与专业不符当挡箭牌。"

她看着唐熠，眼神相当有公事公办的凛冽："你如果也赞成这种什么专业不符就不用做的思想，那你一个技术顾问不够，你每一条生产线都得请一个……"

话没说完，技术总监回过头来看他们。

蒋凡晞以为自己说话太大声被他们听到，赶紧收起话题。

唐熠低声说道："好了，晚上回房再说。"

众人前后进入另一个展厅。

销售指着展台上一款橙色双臂机器人："这是目前最先进的包装机器人，但价格是老款的三倍。"

唐熠看向蒋凡晞："蒋工，你过去看看。"

"好的。"

蒋凡晞在机器人身后贴着的铭牌上看了几眼，又细细观察过细节，对唐熠说："这款包装机器人，每年能完成约一百万次的十秒循环工作节拍。二十四小时不间断工作的话，保守估计，一台机器人能替代八个左右的包装工人。"

销售咋舌，李工也愣愣地看着蒋凡晞，大约都在想：这是什么神仙，随便看几眼，就能知道一台机器人能顶几个工人？

唐熠转身问周恒："一个包装工的费用是多少？"

"工资加上五险一金及其他福利，一个包装工一个月的费用在一万一左右。"

一台机器人半年就能回本。

唐熠即刻做出决定："要这台，按计划采购！"

销售赶紧开单。

有蒋凡晞的把关，下午的采购工作相当顺利。

此次采购量大，而且是高端机型，厂方看出盛华是块肥肉，销售经理出面邀请唐熠等人晚上一起吃饭。

蒋凡晞不太有兴趣，唐熠看上去也兴致不高，他们晚上有自己的节目，但李工和技术总监喜欢应酬，直嚷着晚上一定要一起聚一下。

包厢里，几个大男人围坐在一起，酒过三巡，便开始商业吹捧，顺便夹带私货。

唐熠不喜欢，但素养使然，对厂方的人倒也客气，给足了面子。

厂方经理多喝了两杯，脸红脖子粗地扬着眉毛，吹嘘道："三年前，我们在国内的销售收入就超过了这个数，单位是十亿美元。"

他对唐熠比画出几根手指："国内工业机器人市场份额第一！这说明我们的机器人那是相当受市场欢迎的！多少企业只认我们这个牌子！很多热门机型经常断货……"

蒋凡晞心想：这不忙着销库存呢，还断货？

她本来好好坐在周恒旁边的位置，安静吃着饭，见厂方经理开始忽悠唐熠，便站出来说几句点点对方。

"那是因为贵司赶上好时候。三年前，国内制造智能升级大背景下，机器人市场成为热点。"

对方忙不迭地摇头："话可不是这么说的。"

蒋凡晞淡笑，调整了个舒服的坐姿。

"三年前，政府提出《制造2025》纲领，也因此出台相关补贴企业的政策。保持制造业大国地位一个重要的指标就是提高工业机器人的份额，这是引领国内制造业从量变到质变的举措，对整个机器人产业布局自然也有巨大的影响。"

她的潜台词——这是因为你们遇到政策利好的节点，于是份额爆发，这说明的是政府政策的指引带来某些产业的腾飞，而非你们质量、技术过硬而平地起飞。

她没说得那么直白，但在座的，除了唐熠，都是圈内人，自然心知肚明，不再多言。

蒋凡晞知道唐熠以后还得跟这帮人打交道，不能让这帮人抱着"盛华的唐总是个能坑的主"的心思，所以她今晚要让这帮人幻灭一下。

"市场是无限的，但你们这一行有着制约产业发展的瓶颈。"

众人神色各异，唐熠淡笑着看蒋凡晞。

厂方经理则脸色一阵红一阵白。

蒋凡晞继续说道："企业采用机器人进行生产，机械臂是通用的，但人才不是互通的。比如这个汽车行业和家电行业的机器人工程师，对系统集成、软件使用和流程的掌握都是不一样的。机器人市场的爆发，不是简单改造一条生产线或一个工作站就能实现的，它是整个系统的整合——如何用最少的资产、最少的能耗、最低的成本给客户提供最好乃至个性化、多元化的产品。"

她说到这里，看向下午那位销售，笑了下："不说定制机器人了，就在下午，你们还在给我们推荐准淘汰机型呢。看来还是挺有库存压力，所以才这么着急销库存……"

她的潜台词——这一行，目前就没对客户绝对合适的机器人，所以你们的机器人绝对不是最好的！别忽悠了，这行我比你懂。

蒋凡晞寥寥数语将这个行业的遮羞布一下撕开。

厂方经理尴尬地举着杯子，与唐熠碰杯："唐总您带来的这位蒋工理论很扎实啊，但咱们这行，光有理论可不行……"

唐熠笑着与对方碰杯，举杯轻抿红酒时，移眸看向蒋凡晞，眼里是浓浓的欣赏。

李工跳出来打圆场："蒋工之前不是一直在G国吗？没想到对国内的政策这么清楚。"

蒋凡晞笑笑，从包里拿出名片夹，起身分发给在座的各位："忘记和大家说了，我目前在金城从事与智能生产、工业4.0有关的咨询工作，欢迎大家找我们咨询。"

分到唐熠那边，她本想绕过，唐熠却伸手，直接将她手里的名片抽走。

晚餐尾声，李工说想出去抽根烟，技术总监要作陪，俩人一同离开。过了不多久，厂方经理接了个电话，也说有事，一会儿得走。

蒋凡晞正好要上洗手间，便去喊李工他们进来。

远远瞧见李工和技术总监靠在吸烟区抽烟，她走了过去。

"这个蒋工有两把刷子啊！"李工往旁边抖了抖烟灰，香烟往嘴里一咬，轻笑道，"年轻漂亮，又懂这一行，唐总当初为什么要把人给拒了？是想找有钱人家的女儿？"

蒋凡晞脚步一顿，往旁边的绿化摆件侧了侧，掩住身影。

"不是不是，"技术总监吸一口烟，眯着眼睛说，"李工你没搞明白。"

"那是？"

"被唐总拒了的那个叫凌工，在蒋工之后、你之前。"

蒋凡晞震惊。

唐熠拒过凌娅？

凌娅是跟他示爱过还是怎么的？

"我还以为是这一位，这一位看着挺不错的，就是……"李工嘲讽地笑了下，"太年轻了。年轻人有本事、有盛气正常，但太过了就不好咯，容易得罪人而不自知……"

蒋凡晞没再听下去，转身回包厢。

她回座，边整理包，边消化刚才听到的话。

隔一个座椅，唐熠正和厂方经理说话。

蒋凡晞侧过脸看他。

两条长腿包裹在合身黑西裤里，白衬衫的袖子卷到手肘处，隐约可见肌肉轮廓，小臂上盘着强壮的血管，右手腕间一块黑色鳄鱼皮机械表；浓密的黑发码向脑后，和人说话时，脸上带着淡淡的笑意，给人矜贵自信却又真诚的感觉。

又帅又有味道，也难怪凌娅会喜欢他。

想到凌娅，蒋凡晞登时就想起假资助人，突然间，她好像明白了凌娅为什么要那么做。

凌娅大约是早看出唐熠对她有意，所以才弄出一个假资助人，想把她骗到广州，远离唐熠。

蒋凡晞打了个寒战。

一行人从包间出来。

唐熠让周恒送李工和技术总监回房，自己则带蒋凡晞进了另一部电梯。

电梯门刚闭合，他便伸手将蒋凡晞揽进怀里。他拿背靠着电梯墙，让蒋凡晞靠在他胸膛上。蒋凡晞圈着他的腰，扬起脸看他："你喝了挺多。"

唐熠垂眸，微红的脸上挂着淡淡笑意："酒味会不会很大？"

蒋凡晞踮起脚，脸往他唇边凑去，吸了吸鼻子。

"还好，味道不大。"话音刚落，后脑勺就被温热的手掌扣上，唇也被吻上。

唐熠温柔地吻着她，直到电梯门开，才放开她，搂着她往外走。

"味道真不大？"男人温热的气息在她耳畔涌动。

蒋凡晞咬唇："嗯。"

在深市那次，她就知道了，唐熠口气清新、干净，跟他给人的感觉一样。

唐熠笑笑不说话，搂着她一路往走廊末端走。

入夜后的酒店寂静无声，空气里弥漫着浪漫的香气，让人生出了亲近对方的渴望。

蒋凡晞在包里翻找房卡。

唐熠静静看了她片刻，低声说道："我回房洗个澡，一会儿过来找你，咱俩说说话？"声线已然蒙上某些情绪。

"哦，好啊。"蒋凡晞红着脸，在包里一阵掏，摸到硬硬的卡片，拿出来指了指门，"那我进去了？"

唐熠抬手在她脸颊上摩挲着："去吧。"

门锁一落，蒋凡晞就像上了自动发条，先是从行李箱翻出睡衣，然后又一头扎进浴室洗澡。

她不知道唐熠说的"一会儿过来"是多久，怕他过来时，自己还没洗好，便洗得火急火燎，发型也没吹出来，赶紧又用水弄湿重新吹。

唐熠发来微信，让她洗好了说一声，他再过来。

相较于她的慌乱，唐熠一如既往地从容。

看着因为着急而吹丑了的发型，蒋凡晞心态崩了，觉得自己自从和唐熠确定关系，每每两人独处，她就仿佛分裂出另一个人格，大脑短路，毛毛躁躁。她盘腿坐在床尾凳上思考片刻，发微信让唐熠过来，然后去浴室，把吹坏了的刘海全部往后撩去，露出饱满的额头和清透干净的脸。

"叮咚"，门铃声响起。

蒋凡晞深吸一口气，起身去开门。

唐熠穿白色圆领T恤、浅灰家居长裤，吹个半干的头发微湿黑亮，自然地垂在额边。

蒋凡晞马上就想起上次在深市，唐熠也是穿这样一身，把她带进房间。

想起那晚的事，她就浑身发烫。

"不请我进去吗？"唐熠举了举手上的红酒，"一起喝一杯？"

蒋凡晞回神，烧着脸侧开身子："你进来。"

关上房门，她从吧台找出两个高脚杯，拿去洗手间洗干净。出来时，唐熠已经把红酒打开了。

她拿着高脚杯走过去，递给唐熠，佯装自然地问："晚上还没喝够吗？"

红色酒液倒入透明澄净的酒杯里，瓶口转了半圈，唐熠把倒好的那一杯放到她跟前："跟他们喝是任务，跟你喝是享受。"

说着，倒好自己那一杯，走过去挨着蒋凡晞坐下。

他体格大，往正常尺寸的双人沙发上一坐，立即占去大半空间。

蒋凡晞轻抿一口红酒，笑说："再来点下酒菜就……"

话没说完，唐熠已是靠了过来，将她揽到怀里，额头抵着她的额角，往她身上压："有你就够了……"

蒋凡晞手一抖，红酒洒了一些在沙发上。

她趁势将唐熠推开，转移话题："你怎么没和我说凌娅跟你表白过？"

唐熠又靠过来，重新将她揽到怀里，单手抱着她，另一只手晃着高脚杯，看着杯子里晃动的猩红色酒液，心不在焉地回道："谁是凌娅？"

"就是接替我的那位凌工！"蒋凡晞知道他是故意的，较劲了，"她什么时候跟你表白的？怎么表白的？"

唐熠轻扯唇角，意味不明地笑着："哦，那个啊。"

再没下文。

见他不说实话，蒋凡晞凑过去，往他喉结啃了一嘴，以示警诫："说不说呢？"

温软滑腻的触感袭来，唐熠压了压火，横在蒋凡晞身后的手，抚上她的后脑勺，轻揉地安抚。

"什么时候？好像是过年前？嗯，开除她之前。"

蒋凡晞更好奇了："所以到底是怎么表白的？竟然严重到要开除的地步？"

见唐熠不吭声，蒋凡晞一脸的不自在，她惊呼："该不会是怀孕了要逼宫……"

"我有那么饥不择食？"

蒋凡晞撇了撇嘴，拉开和唐熠黏着的身体："那谁知道你们怎么回事……"

"二月初报废了一批紫铜，损失了百来万元。虽说损失不是因为她，但却暴露了她能力不足、工作态度不端正的缺陷，所以我当时立刻让周恒联系猎头重新找人。"

"然后呢？"

唐熠慢悠悠地摇晃着酒杯，又抿一口红酒，手重新横到她身后，摩挲着她白腻的肩胛骨。

"陆续来了几个面试的，她知道我要把她开了，有一天晚上，假装陪我巡车间，说了些莫名其妙的话。第二天刚好李工来面试，我觉得合适，就让她走人了。"

"她连跟李工交接都不愿意，还跟公司的人说……"话到这里，唐熠顿了一下，"说她因为对我产生感情，不方便再留下来一起共事，太敏感。"

蒋凡晞无语至极，这确实符合凌娅的作风，为了面子和目的，什么都敢说。人已经被开除，还假惺惺说是因为爱上唐熠而离开，借此留下悬念，让人以为她的离开是为了与唐熠有更好的未来。这简直是往人身上泼屎的行为。

蒋凡晞仿佛吞了苍蝇般恶心，直摇头："这个凌娅也是怪怪的，不知道她在想什么。"说完，举起酒杯，喝一口红酒。

唐熠揽着她，看着她笑："她在想什么我不知道，你在想什么我倒是能猜到。"

蒋凡晞睖他一眼："那你说说看，我在想什么？"

唐熠视线从她身上简单的浅蓝色T恤一路看到竖条纹睡裤："我第一次见到你，看你装束，就知道你是来做实事的。"

蒋凡晞轻挑眉梢："你第一次见我，我什么装束？"

"白衬衫、牛仔裤、黑色帆布鞋。"

她像刚出校门的大学生，朴素、青春，却又一身盛气。初次见面，她就敢底气十足地跟集团CEO叫板，一点都不怕的。

那一天，他对蒋凡晞印象深刻。

"当时是不是觉得我穿得很寒酸？"

唐熠摇摇头："不被物质牵制的人才是真正有底气的。"

知道他在安慰自己，蒋凡晞自嘲地笑笑："大家当年一样是留学生，一穷二白去的G国，但现在，凌娅已经一身奢侈品了，我还……"

她没说下去，觉得唐熠应该不知道那些便宜货。

唐熠说："你在G国的收入，应该穿得起高档服装。"

蒋凡晞垂眸看着杯里的酒液，笑得无奈："扣去生活花销和寄一部分回家给父母，每年还要存下一些。"

"存钱回国创业？"

蒋凡晞摇摇头："不是。我之前告诉过你，我当年去G国留学是受人资助的。资助人不让我们打工，一切学杂费、生活费都是他负责的。我存钱，是希望将来有机会能把资助款还给他。"

唐熠颇感意外，半晌没说出话。

过了好一会儿才说："第一次听说受资助还要还钱的。"

蒋凡晞深呼吸几口气，坐正身体："也不是说我没能力还，既然有能力，那肯定要还了，谁的钱都不是大风刮来的。你说的，资助人为了资助我们，也许一直在辛苦工作。"

想起自己在G国那些年节衣缩食，再想到一身奢侈品的凌娅，蒋凡晞这才突然间明白为什么自己和凌娅几年同学，却始终不怎么联系，也玩不到一块儿去。

大家当年一起去G国，在人生地不熟、没有亲人和朋友的异国，本应抱团取暖才对，却始终走不到一起。

因为她俩根本就不是一个世界的人。

只是没想到，她们会喜欢上同一个男人。

蒋凡晞还在愣神，唐熠靠过来了，抱着她坐到自己腿上。

他已是心猿意马，只可惜蒋凡晞好像还没做好准备，但没关系，他有足够的耐心。

"在想什么？嗯？"他吻了下蒋凡晞的耳垂。

蒋凡晞缩了缩脖子，往他颈窝躲："我在想，凌娅那么漂亮优雅，你为什么不接受她？"

一想到他们的那些独处、凌娅对他的表白，蒋凡晞就忍不住想，唐熠是否也对凌娅心动过，哪怕只有那么一秒。

唐熠还想吻她，被她躲过去。

"给我一个接受她的理由。"

"她喜欢你，你把她收了，对你来说没什么损失。"

意识到蒋凡晞在吃醋，唐熠无声笑开，露出整齐洁白的牙齿。

"我没那么闲。而且，工作它不比谈情说爱有意思吗？如果我愿意花时间去追求一位异性，去和她单独做某些事……比如我们现在这样……"

他往蒋凡晞细滑的颈窝间凑去，沉溺地吸着她的体香，声音极尽温柔："那一定是因为——我喜欢她，喜欢到可以为她打破原则……"

蒋凡晞还来不及反应，一道闷闷的轻响传来——唐熠的高脚杯滑落到厚实的地毯上。

她绷直了身体，任由唐熠把她抱到床上。

第十四章　小说里都是骗人的

> 熟睡时的唐熠像个毫无防备、惹人怜爱的孩子。平时总码到后面的黑发，干净蓬松地垂落在额边，有几撮遮住部分眉眼。蒋凡晞抬手，小心翼翼地将其拨到旁边。

夜深了，黑色天幕里，有一颗星星依偎在月亮旁边。

蒋凡晞拿开男人横在自己腰上的手臂，下床进了浴室。

她站在镜子前，愣愣地看着身上的吻痕，无所适从。虽早有心理准备，但当下还是陷入对人生迈入新阶段的陌生与胆怯。她冲好澡出来，站在窗边的唐熠听到动静，转身看过来，对她笑了下。

见他身上还穿着刚才那身，她问："刚才我洗澡的时候，你怎么没回你房间洗？"

"我怕你出来见不到我会……"

猜出他大概是想说"怕你以为我跑了"，蒋凡晞失笑，走到床边坐下："我没那么笨。你赶快去洗吧，刚流了那么多汗。"

"好。"

唐熠洗澡去了，蒋凡晞把乱糟糟的床铺整理了一下，又把灯调暗，这才拿着手机躺回床上。

她放空大脑缓了会儿，一直告诉自己要平常心，像平时那样放松就可以。

手机还没打开，门铃声响了，她赶紧去开门。

"你怎么这么快？洗没洗啊？"

唐熠关门，绕到另一侧床边，自然而然地掀被上床："男人冲澡很快，一般十分钟解决。"

蒋凡晞侧身躺下。

他挨过去，从后面抱住她，吻了吻她的耳廓："我明天把我的房间退了？"

"被周恒知道怎么办？"

唐熠将她圈在怀里，双手握着她环在身前的双臂，笑得不以为意："你以为周恒看不出来？"

蒋凡晞懊丧地蹬了蹬被子，表达自己的不满。

唐熠抬起一条腿压住她不老实的双腿："就这么说定了！好了，睡觉！"

说完，就要把她的身子扳过来面向自己。蒋凡晞偏不，抱着双臂，像个木疙瘩一样固执地背对着他。

唐熠双手稍稍用了力，想分开她紧抱着的双臂，试过几次，没成功。

她把自己抱得太紧了，蜷缩着身子侧躺。

唐熠只好从背后将她圈到怀里："困了吗？"

"暂时没。"

"那我们说几句话？"

"好。"

唐熠抱着她，调整了个舒服的姿势："你一直用这种姿势睡觉？"

"什么姿势？"

"蜷缩着身体，双臂紧紧抱着自己。"

蒋凡晞沉默了几秒，说："入睡前是这样，睡着后就不知道了。"说完，想起什么，"上次去T国，在飞机上，你问过我这个问题。"

唐熠也想起来了，将她往怀里捞，柔声劝道："你试着放开双臂入睡，感觉会更好。"

蒋凡晞摇摇头："以前试过，不行，那样睡不着。"

"那你抱着我看看，反正让手臂有东西抱就行了。"

察觉到她身体有松动的迹象，唐熠趁势分开她的手臂，手掌往她腰间一捞，将她扳过来面向自己。

他拉着她的手臂环到自己腰上，把她垂在额边的长发往后拨去，吻了吻她的额头："睡吧。"

蒋凡晞乖巧地闭上眼睛。

她没睡着，在心里琢磨着：小说里都是骗人的。

蒋凡晞一觉睡到天亮，醒来时，窝在唐熠怀里，双手圈着唐熠的腰。

有那么一瞬间，她还以为自己做梦了，冷静片刻，才慢慢回想起昨晚的事情。找回白天的理智，当即红了脸，浑身僵硬，一动不敢动。

唐熠鼻息轻浅均匀，似乎睡得很踏实。

蒋凡晞望着他的睡颜发呆，看着看着，唇角溢出笑。

熟睡时的唐熠像个毫无防备、惹人怜爱的孩子。平时总码到后面的黑发，干净蓬松地垂落在额边，有几撮遮住部分眉眼。蒋凡晞抬手，小心翼翼地将其拨到旁边。

他眉骨偏高，眼窝也比较深，难怪平时看人的眼神那么深邃。

山根高挺，鼻梁长直，鼻头精致；厚薄适中的唇是天然的淡粉色，下颌线条干脆利落。

蒋凡晞盯着他的唇，想起昨晚，忽然双腿打抖，几秒后捂着脸背过身去。

这一番动静，直接把唐熠吵醒。他也跟着翻了个身，睡音浓重地喃喃道："几点了？"

蒋凡晞从床头柜上摸出手机看了眼："快八点了。"

"哦……"

唐熠没声了，蒋凡晞以为他还要睡，便习惯性打开微信朋友圈。

刚刷了不到一分钟，唐熠翻过身，把她捞到怀里，闭着眼睛，低低地问："不再睡一会儿？"

"睡不着了。"

身后又没声音了，蒋凡晞以为他又睡着了，又把手机打开，结果，耳廓一热，男人的唇抵在她颈窝边："还疼吗？"

她一怔，回过味来，顿时面红耳赤，好久才憋出一句："还好。"

其实很不舒服，但她没说，总觉得事后说这些矫情。

"不舒服要跟我说。"

"好。"

唐熠没说话了，把她抱在怀里，似乎也没睡着，只是闭眼休息的样子。

她怕俩人一起起床会有各种尴尬，趁唐熠翻身，赶紧溜下床躲到浴室洗漱、化妆。她还在刷牙，唐熠进了浴室。

"我到隔壁房间洗漱、换衣服，等下过来找你，一起下去吃早餐。"

蒋凡晞含着一口牙膏泡沫，抬眼看向镜中的唐熠，点点头。

大约因为昨晚饭局上蒋凡晞点了点厂方经理，第二天的采购异常顺利，销售没再介绍淘汰机型，无形中节省了不少时间，下午四点就结束全部工作。

李工和技术总监提议说晚上想去浦江附近吃吃逛逛，唐熠问蒋凡晞想不想去，蒋凡晞还疼着，就说不去，要早点回酒店休息。

唐熠便让周恒陪李工等人去玩，自己带蒋凡晞回酒店。

工业区附近没什么好吃好玩的地方，俩人在酒店自助餐厅简单吃了点晚餐便回房了。

蒋凡晞洗好澡出来，让唐熠也去洗，唐熠的手机刚好进了电话。他看了眼来电，脸色微变，离开房间去外面接。

蒋凡晞心生疑惑，是什么电话，唐熠需要躲着她接？

她记得唐熠一直都大大方方当着她的面讲电话。

她心里不是滋味，打开电视却没心思看，心想等下唐熠进来要问问他。可冷静下来又觉得是自己敏感了，便打消盘问的打算。

半小时后，唐熠回来了，蒋凡晞注意他的表情。

看上去他心事重重。

"我去洗澡。"唐熠朝行李架走去，拿了睡衣要去洗澡。

蒋凡晞状似不经意地问："谁来的电话说这么久？"

"我父亲。"

"没事吧？"

"没事。"唐熠拿好睡衣，又说了一次，"我去洗澡。"

浴室里，淅淅沥沥的水声传来。

蒋凡晞心里的问号如同那些砸在地砖上的水珠，越来越密集。

对于"没事吧"这种问题，直接回答"没事"的，一般都是有事，只是那事难以启齿。

盛华老董与唐熠，父子关系向来疏离，平时肯定不会聊家长里短，能长谈的也就两件正经事：公司的事、唐熠的婚事。

公司的事情，唐熠对她向来直言不讳。

那不能让她知道的便是婚事了。

蒋凡晞似乎明白了什么，但她相信唐熠能处理好。

浴室门被打开，蒋凡晞已经熄了灯准备睡觉。

电视开着，正在播放海城本地新闻。

她听到唐熠去检查了门窗，然后打开冰箱说："要喝水吗？"

她摇摇头，哼道："不了。"

唐熠把矿泉水瓶拧上，放到床头柜上，掀开被子躺进来。

他轻轻握住蒋凡晞的双臂，把她身子扳过来，让她的手臂环着自己的腰。

他温柔地吻了下她的额头："睡吧，晚安。"

从海城回来后，蒋凡晞和任泫寒开会梳理接下来的工作安排。

她提到唐熠找HanRen做咨询服务的事情。

任泫寒放下笔，问："他想怎么个咨询法？"

蒋凡晞说："类似SME八月之后的包年服务。"

任泫寒考虑半晌，说："我不同意这个事情。"

蒋凡晞感到有些意外："为什么？"

当初计划创立HanRen，大家就有扩张公司的理想，且都认同扩张之前现金流要充裕，包年服务钱虽不多，但不像独立项目工作量那么大，是完全可以做的项目。

"盛华的情况你比我清楚，我就简单说两点。"任泫寒站起身，严肃地说道，"第一，唐熠准备全面推进无人化生产，对于这个采购点工业机器人都需要你拨出三天时间的企业，你一年的服务费得收多少才能赚回你的时间成本？你开出的价格，盛华集团与唐熠能否接受？第二，你与唐熠关系特殊，这点是否会造成工作上的不便？"

蒋凡晞沉默了，因为他说的都对。

可唐熠需要她，她一直很清楚，她还未从盛华离职就知道唐熠需要她的帮助。

唐熠靠第一无人车间以及她的产能提升编程争取到第二无人车间的批准建立，如果有她的帮助，第二无人车间成功后，第三个、第四个，直至最后整个东南亚地区的制造分部都能实现无人化。

到那时，唐熠在盛华集团才算真正站稳脚跟。

"阿寒，"蒋凡晞抬眸看向搭档，"如果你实在不同意，那我能否以个人名义为盛华提供咨询服务？"

任泫寒看着她，失望地摇摇头，半晌没说话。

他走到窗边，打开会议室里唯一的窗户。

远处，是义庄新城，无数优秀的制造企业在此扎根，其中不乏世界百强企业的在华分部。

"你还记得你的理想吗？"他转身看着蒋凡晞，"你说，要让全球制造圈都知道HanRen！要看到我们国家大部分制造型企业实现无人化、高效化！你要赚很多钱，像韩先生那样，资助有资质的孩子出国学习！可你现在要将大半时间、半个职业生涯、大部分可能性埋在一个小小的盛华？"

蒋凡晞垂下眼睫，咬唇没说话。

任泫寒转身，重新看回窗外的义庄新城："你与唐熠关系如何我不清楚，但我知道的是，你会成为他往上爬的踏板！踏板是什么？是工具！"

这话触到蒋凡晞的痛点。她愤而抬头，盯着任泫寒："他才不是这样的人！"

任泫寒冷笑："不是？那他为何一定要找你？盛华有钱，要找什么样的人咨询不行？非得找跟他关系匪浅的你？"

蒋凡晞哑口无言，片刻后，解释道："盛华现在找的技术顾问之前是LLQ智能工厂的设备主任，但是对工业机器人这一块不太熟，所以唐熠才会问我能不能帮他，工业机器人这一块我确实比较擅长。"她这番话更像是在说给自己听。

任泫寒深吸一口气，关上窗户，坐回原位。

笔在手上转着，分散部分怒气，他冷静地说道："我们与SME签订的包年服务，只是针对3D打印车间。这个车间是我们一手做起来的，以后会出现什么问题，一年有多少工作量，我们清楚，所以有底气。可唐熠要你做的呢？是什么？一年有多少工作量？你说得出来吗？"

蒋凡晞摇摇头。

任泫寒在担心什么，她全都知道，她知道的甚至比任泫寒还多，可有什么办法？

蒋凡晞觉得再说下去，俩人会吵起来，便带着笔记本回了办公室。转椅往后一转，她看着窗外发呆，想平复一下心情。她心烦意乱，因为任泫寒刚才提到资助人。她想起自己从盛华辞职，选择创业的初衷就是因为不想让资助人失望，也想成为资助人那样心怀家国的人。可兜兜转转了一圈，她又因为喜欢上唐熠而打算再次回到盛华。

如果资助人知道这一切，应该会很失望吧……

花了那么多钱培养她，到头来，她却为了一个男人而选择把路走窄。

蒋凡晞摸出手机，给唐熠发了微信：你在干吗呢？

唐熠没回，可能在忙。

蒋凡晞有点失落，又发过去一条：在忙吗？

依旧没回。

蒋凡晞打开微信朋友圈。

这是她加了井勤的微信才养成的习惯。

井勤是个微信朋友圈狂人，热衷在朋友圈分享游历各地的照片与感受，并且十有八九会带上位置。蒋凡晞保持刷朋友圈的习惯，就是打算等井勤回了金城，再找机会见上一面。

大拇指往屏幕上方滑着，井勤的朋友圈没刷到，倒是刷到几条G国同学发的代购广告。

其中一个G国品牌的秋款新品藏蓝羊毛西装三件套看上去很适合唐熠，蒋凡晞点开大图，认真看了好一会儿后，给同学发去私信询价。

同学秒回：最近刚好有折扣，直邮到金城给你，八千元。

这是蒋凡晞第一次为唐熠看衣服，第一不知道尺寸，第二不知道他平时穿的西服价格大概在哪个区间。

如果唐熠一身西服要几万元，她给买一身八千元的好像不合适。

想了想，给同学回道：我回去问问尺寸，要的话再麻烦你帮我代购。

同学问：买给男朋友的呀？

蒋凡晞回了个害羞的表情。

同学：哇！男朋友是什么情况呀？

蒋凡晞：外籍华裔，目前在金城工作。

同学回了个赞的表情过来，倒也没多八卦，本来就不是多熟的关系。

退出微信朋友圈，蒋凡晞发起呆。

同学刚才一问，她才发现自己对唐熠了解不多，更是没见过他家人，对他的了解仅限于他之前两次主动提起的那些。

当然她知道唐熠的人品摆在那里，不会在家世背景上撒谎，但不见家人，还是感觉这段关系有点不踏实。她虽然在G国待了十来年，但在G国也仅限于学习和工作，从未融入过当地的人情风俗，她还是秉持传统观念，觉得婚姻是两个家庭的事。

唐熠到中午一点才回复微信，说一早上都在开会，没来得及看信息，问蒋凡晞是不是有什么急事。

蒋凡晞赶紧回复没事。

唐熠说下班来接她。

她心中一阵甜蜜，回了一颗心过去。刚熄手机屏幕，任泫寒径直进了办公室。

"如果你一定要接盛华的案子也行，但得先让他们明确列出要我们负责的范围，我们拿到手估过工作量再说。"

蒋凡晞一喜，坐直身子："如果负责范围合理，你就同意接盛华的案子了？"

"视工作量而定，一年的工作量不能超过五十个工作日。"

也就是大概平均每周一天，蒋凡晞觉得这倒是合理，如果别的项目忙，可以调用周末的时间为盛华提供服务。

她直点头："好，我跟他说。"

任泫寒转身要走。

"阿寒，谢谢你。"蒋凡晞站起身，"我跟唐熠在一起了，所以我想支持他。"

"恭喜你。"

晚上六点，唐熠过来接蒋凡晞下班。

一上车，蒋凡晞就把任泫寒的要求告诉了他，但他好像并不担心项目的问题，反而关心蒋凡晞今天还疼不疼。

蒋凡晞不自在地说："今天好多了，但还是有点不舒服。"

"要不要买点药回来擦？"

蒋凡晞哭笑不得："不需要，别瞎担心，很快会好的。"

唐熠弯了弯唇角。

蒋凡晞想起在微信朋友圈看到的西服，问："你西服是哪个牌子的？"

唐熠专注看着前路："不买成衣，一般是定制，到欧洲出长差，会拨出时间去做上几套。"

蒋凡晞想到中午在知乎看过的帖子，现学现用："bespoke（全定制西服）？"

"对。"

男人的西服bespoke级别相当于女士服装的高定，完全由客户说了算，想怎么做就怎么做，不仅价格高昂，定制过程也十分烦琐，成品出来之前，一般要去三四趟，量各种尺寸。

难怪唐熠要出长差的时候才有时间做上几套。

蒋凡晞侧过脸，看他身上版型笔挺、做工精良的西服。

握着方向盘的那只手臂露出来一截白色袖口，下方，是一枚浅蓝钻袖扣。

精致得那么恰到好处，都是真金白银堆起来的优雅贵气。

她没提自己今天在微信朋友圈看中一套八千元的成衣，暗暗下决心，要努力赚钱，以后给唐熠做bespoke。

正想着，就听唐熠问："你喜欢穿哪个牌子的衣服？周末我带你去买。"

蒋凡晞登时低头看向身上。

五月底，金城气候炎热，她上身穿一件领口处稍做简单设计的棉麻衬衫，下摆扎进紧身浅蓝色牛仔裤里，露出白皙纤细的脚踝。

"我没特别喜欢的牌子，一般就在商场随便逛逛，看到合适的就买。"

"行，那周六下午，咱们去SKP逛逛。"

蒋凡晞来金城也快一年了，但因为忙，一次都没在金城逛过街，并不知道SKP是个什么级别的商场。

直到周六下午唐熠带她去了，她才发现这是个汇聚多家奢侈品牌的商场。

开阔的弧形楼层里，高档白乳砖整洁、光可鉴人，入目全是世界顶级奢侈品牌。

蒋凡晞一身休闲打扮——帆布鞋、牛仔裤、普通白T恤，顿时感觉自己与这里格格不入。

"这家女装好像做得不错，进去看看？"唐熠忽然问道。

蒋凡晞回神："哪个？"

唐熠抬眼看向五步之外的女装店，拍了拍搭在自己手臂上的小手："就在前面，进去看看。"

蒋凡晞跟着走，到门口，看见硕大的logo，她不太关注奢侈品牌，但也知道这家的成衣不便宜。

她挽着唐熠的手臂走到衬衫区，清一色的设计、配色比较大胆的款式，只有一件当季新款白色短袖衬衫看上去比较符合她的风格。

店员很有眼力见，见她目光停留超过五秒，赶紧介绍："女士，这款衬衫采用利落的白色棉府绸精心制作，带有纽扣细节，饰以小蜜蜂标志刺绣，是经典款，十分优雅、百搭，可搭配精致的短裤……"

蒋凡晞听半天，听出一个重点，那就是要配短裤。

想到自己平时上班几乎都穿长裤和及膝裙，好像利用率不高，便跟唐熠说："我不穿短裤，算了，不要了。"但其实她挺喜欢这件衬衫的，只不过先入为主觉得它贵，压根没打算买。

她挽着唐熠就想走，唐熠那边已经吩咐店员："拿个合适的尺寸给我们试试。"

店员眼神毒辣地打量蒋凡晞身材一眼，立马将展示着的那件衬衫取下，恭恭敬敬带着蒋凡晞进试衣间。

蒋凡晞把衬衫换上，看着镜中的自己。

大牌就是大牌，看着就一件普通的白衬衫，穿起来真的挺好看，跟定做的似的。

她对着镜子侧了侧身子，越看越喜欢，换下来的时候，看了眼吊牌，顿时倒吸一口凉气。

知道不便宜，但不知道这么贵……她拿着衬衫出去。

坐在沙发上等待的唐熠起身迎过来："能穿吗？可以的话，让她们打包。"

蒋凡晞把衬衫给店员，礼貌微笑："不太合适，谢谢。"

"好的，女士，那您再看看其他款式。"店员收走衬衫。

唐熠上前，搂着蒋凡晞的腰："不喜欢吗？"

蒋凡晞笑笑："嗯，不是很喜欢。"

从店里出来，她就想回去了，衣服都不便宜，就算逛到喜欢的，也舍不得买，没劲，还不如不逛，早点回家休息。

又往前走了一段，唐熠忽然顿住脚步，扭头看向身后的橱窗。

蒋凡晞跟着看过去："怎么了？"

"那件裙子很适合你。"

蒋凡晞这才看到橱窗里，模特身上穿着一件莫兰迪粉的连衣裙。

及膝抹胸连衣裙，抹胸上方细腻的网纱包裹住整个肩胛骨部位，最上头是刺绣做工的星辰。

"这件裙子仿佛是为你而设计。"唐熠说，"走，就要这件！"

蒋凡晞特别喜欢星辰元素，一下也被迷住，钩着唐熠的手臂，随他进了门店。

店员找出她的尺寸，她进试衣间试穿。

裙子很漂亮，能展现出她玲珑有致的身材，且莫兰迪粉特别衬肤色，显得她原本就白净的皮肤更加细腻粉美。而抹胸上方那片被细网纱罩住的区域，性感的一字锁骨在星辰刺绣元素下若隐若现。虽是抹胸款，却一点都不风尘，反而因为肩胛部位的设计而显得娇俏可爱。

蒋凡晞真的很喜欢，站在镜子前转了几圈，盯着镜子中的自己，全然忘了唐熠还在门外等。

裙子换下，她照例去看吊牌的价格……

蒋凡晞最终还是没买下这件裙子。

唐熠竟只是笑，什么都没劝，拉着她继续进下一个奢侈品牌店，很快又试了套装、长裙和包。但她都觉得太贵了，最后两手空空回家。

一进门，蒋志存看她两手空空，也好奇："不是说出去逛街吗？怎么什么都没买？"

"没看到喜欢的。"

蒋凡晞弯腰从鞋柜里拿出两双拖鞋，自己穿上女拖，把男拖放到唐熠脚边，然后走到厨房倒水喝。

唐熠笑着走进客厅，在蒋志存轮椅旁坐下，也没说什么。

蒋志存生怕俩年轻人吵架，又问了一遍："没逛成？"

"有，去了商场，但是瑶瑶没看到喜欢的。"

蒋志存放心了，点点头，说："这孩子从小对打扮不上心，很少看她出门逛街或主动要求买漂亮的衣服。"

唐熠移眸看向厨房里蒋凡晞的背影。

她喜欢穿紧身牛仔裤，看上去腰细臀圆，两条腿匀称长直，手臂不算纤细，因为打鼓和工作需要检修设备，上臂有肌肉，就显得粗壮了一些。

其实蒋凡晞不算瘦。

也许在有的男人看来，她这样的身材因为不够纤瘦而不能算好看，毕竟不少男人喜欢超模那种瘦到极致的身材。

但唐熠恰恰就是喜欢她的健康、真实。

唐熠不动声色地收回目光，笑着看向蒋志存："瑶瑶精神富足，所以物质上看得淡，是您教育得好。"

蒋志存谦虚："是这孩子自己懂事。我生病前，工作很忙，一年花不了多少时间教育她。"

唐熠觉得，那大概是基因的关系吧。

可一想起这些日子跟蒋志存的接触，他又推翻了这个逻辑。

蒋志存大局观没问题，但悲观消极。

这是唐熠跟他多次深谈，从一些细微方面观察得来的结论。

蒋凡晞则不同，她看待问题很积极乐观，充满自信，几乎从未听她说过消极悲观的话。

除了因为父母关系而对感情小心翼翼。

原生家庭带来的问题深入骨髓，大部分伴随一个人一生，给其生活带来各种各样的影响。

遇到对的人，这些影响会被弱化；遇到错的人，则一发不可收拾，人生或许会越过越不顺。

蒋凡晞的问题，唐熠很清楚。他在努力做一个对她来说"对的人"。但其实，他身上同样有原生家庭的问题，他花了很多年的时间和自己、和原生家庭、和这个世界和解。他也曾迷茫过，一度厌世，但都靠着强大的信念熬过来，于是成就了今日的他。

元旦那次，蒋凡晞在茶水间因为接了佟玉英的电话而痛哭，他就知道——她还未与原生家庭和解。

六月上旬，协议经过几次修改，任泫寒同意公司接盛华的咨询业务。

这一天，蒋凡晞正在检查合同，准备明天去盛华签约，助理搬进来两个大箱子。

"蒋总，您买了啥大件啊？"

"我最近没买东西啊。"蒋凡晞站起身，"是我的快递？"

"对，"助理找到运单标，"是HY寄给您的。"

"HY？"蒋凡晞走去看寄件人信息，上头确实印着HY两个字母。

她一下想到唐熠："TY打错成HY？"

她找出小刀拆箱："给我寄了饮水机吗？这么大……"

助理也好奇地看着。

纸箱翼被分开，露出里头一个绑着白丝带的白色纸盒。

助理惊呼："是衣服啊！"

蒋凡晞已经知道另一箱是什么了。她笑着把白盒子拿出来，下面还有裙子、包的盒子……

另一个纸箱则装了鞋子和手袋，都是她那天在商场试过的单品。

助理帮着把所有盒子摆到小茶几和沙发上，兴奋道："蒋总，您拍照发微信朋友圈呀！"

蒋凡晞沉浸在收礼物的惊喜中，傻笑着掏出手机拍了一张照片发给唐熠。

凡星：[图片]

凡星：有危机感吗？

TY：生日快乐[蛋糕.jpg][爱心.jpg]

蒋凡晞微怔，看一眼日历，才记起今天是自己生日。

任泓寒走进来，笑道："买了这么多东西？"

助理："有人送给蒋总的！"

蒋凡晞把手机收起来，招呼助理帮自己把礼物放回箱子里，然后坐回办公椅，转椅往前一滑，双肘搁到桌面，招呼任泓寒坐："找我有事吗？"

"盛华的协议好了吗？好了我看看，明早要签约了不是？"

"哦，我刚看一半，看好了没问题给你。"

任泓寒点点头："跟唐熠定好签约时间没？"

时间本来昨晚要定，可蒋凡晞一跟唐熠腻歪上，就全给忘了。

她连忙拿起手机："我现在就问他，刚我俩还说话来着。"

凡星：明早我们几点过去签约合适？

TY：十点吧。

凡星：好的。

蒋凡晞放下手机："明早十点。"

任泓寒起身："行，那明早你不用来公司了，直接从家里过去方便些。我们提前十分钟在盛华碰面。"

"好。"

任泫寒出去后，蒋凡晞起身把办公室门关上，帘子也拉得严严实实，然后把礼物逐一打开。

这些都是她喜欢的，也很适合她的身材，那天之所以没买，是因为觉得太贵了。

现在作为生日礼物收到，开心之余，心情却也沉重。

生日对大部分人来说，是值得开心的一天，可蒋凡晞已经很多年不过生日了，才会一点都想不起今天是自己生日。

十三年前，她过完十四周岁生日的第二天，蒋志存从山上摔了下来。

所有人都以为蒋志存是去爬山出了意外才瘫痪的，只有蒋凡晞和佟玉英知道，蒋志存是因为重度抑郁想寻死，才选择跳山。

他帮唯一的女儿过了生日才去结束自己的生命。

从那之后，蒋凡晞的生日便与蒋志存发生意外的日子联系在一起，所以她再也不过生日了。

今天收到唐熠的生日礼物和祝福，她虽然回忆起不愉快的往事，但因为这些礼物是唐熠送的，恋情带来的甜蜜，弱化了心中的伤感。

蒋凡晞挑出粉色刺绣星空裙穿上，配上细高跟，站在穿衣镜前给自己拍了一张照。

照片里，她微微侧着身子，一手拿手机，一手掐腰，两条白皙纤长的腿在粉色裙摆的衬托下，异常白嫩、美丽。

她把照片发给唐熠。

凡星：[图片]

凡星：好看吗？

TY：很漂亮。

凡星：你是说人漂亮还是裙子？

TY：主要还是人漂亮。

蒋凡晞很满意，笑着收起手机。

晚上，唐熠来接蒋凡晞下班。

"你今天很漂亮。"

蒋凡晞笑着系上安全带："这么贵的裙子穿身上，当然漂亮了。"

随着她系安全带的动作，粉色细网纱下的肩胛骨若隐若现。

"是你人漂亮。"唐熠敛眸，看向前路，专注开车。

蒋凡晞心花怒放，说："谢谢你送我的礼物。"她下意识略过"生日"二字。

"恭喜你又长大了一岁。"唐熠空出右手，揉了揉她的头发，"二十七岁就能拥有自己的公司，不错，要继续努力。"

蒋凡晞傲娇地扯了扯唇角："没有没有，就一砢磣小公司，两个老板、一个员工，跟你们大集团比，简直没法看。"

"很多大集团一开始只是小作坊，远没有你们正规。你们短短半年时间不到，SME的案子已经成功一半。"

蒋凡晞轻咳一声，笑意掩不住，纠正道："是三个月时间不到，不是半年。"

唐熠笑："好好努力，需要投资，跟我说。"

蒋凡晞也跟他笑嘻嘻的："做咨询的，再扩张，也就那么点投入。如果需要追加投资，那肯定是要转实业了。我们没这个打算，所以你应该没机会做我的'投资人爸爸'。"

唐熠不甘心地挑眉问："那可以有点其他法律上的关系吗？"

蒋凡晞怔住。

她听出他在暗示俩人可以成为夫妻。

她心有期待却又佯装淡定："什么？"

唐熠侧过脸看她一眼，笑了下，视线又回到前路。

"比如……'甲方爸爸'。"

轰的一声，有什么从高处掉落。

蒋凡晞极快地掩住心底的失落，大方笑道："明天协议一签，你就是我们的'甲方爸爸'没错啦！"

"任泫寒那边没问题了？"

"嗯，协议他下午看过了，没问题，我们明早按约定时间过去签约。"

第十五章　赏星

蒋凡晞敲打着活泼甜蜜的鼓点，目光落在黑压压的舞池里，搜索唐熠的身影。她自然而然地笑着，仿佛这首歌就是她对唐熠的表白。

翌日，蒋凡晞和任泫寒到唐熠办公室签约。

俩人刚出电梯，站在大厅和其他人说话的周恒赶紧迎了过来，客气地说道：“唐总在办公室，请二位随我过来。”

蒋凡晞对周恒笑了下：“周助，好久不见。”

周恒微笑颔首，带他们去见唐熠。

经过自己之前的办公室，蒋凡晞低声和任泫寒说：“我之前在这间，唐熠在我隔壁。”

任泫寒看一眼两间并排着、并不宽敞的办公室：“唐熠身为集团CEO，办公室在你隔壁？”

蒋凡晞低声回道：“我也不清楚。”

周恒听到了，笑说：“唐总原先一直在A国集团总部办公，偶尔才回金城，就没另外装修办公室，直接用空置的。”

“真不知该说他低调还是不懂。”蒋凡晞语气里已然有一种“我家宝宝真单纯”的调调，“一跨国集团CEO跟一群技术员待在一层，那些个总经理、副总经理的办公室都在他头上呢，他也不怕被人压着。”

她说完，食指指了指楼上。

周恒笑笑，没说什么，推开唐熠办公室的门。

唐熠正看着电脑屏幕，见他们进门，起身迎过来，热情招呼道：“二位请坐。”

蒋凡晞入座，从公文包里拿出协议，一式两份，放到茶几上："协议我检查过了，你们再看一下有没有什么问题。"

周恒立即取走协议："我拿去让法务审核一下。"

"应该的。"蒋凡晞说完看向唐熠，发现他今天一反常态穿了件暗格纹深蓝色衬衫。

印象里，唐熠从不穿有线条或图案的衣服。

西服、衬衫、大衣、毛衣、T恤、风衣全都是纯色的。

他今天穿的这件，是那天逛商场时，蒋凡晞随口夸过的："那件衬衫还挺好看的，颜色很正，像星空。"

所以唐熠之前跟她逛完街，不仅暗暗记下她试过的款式和尺寸，连她随口夸过的男装都记得。取悦她的用心也太明显了。

蒋凡晞唇角溢出笑，想象唐熠拎着大包小包出商场的模样。

周恒很快把法务部门审核好的协议拿了回来。

唐熠在甲方处唰唰签下大名，与任泫寒交换协议时，抬眸看一眼手里拿着合同章的蒋凡晞："你俩一个管章，一个负责签字？挺好。"

"是，我们当时说好了，所有项目都要大家同意才能接。"

蒋凡晞笑着接过双方签好名字的协议，合同章往印台上一按，十分大气地盖了上去。

"手沾上印油了，"任泫寒抽了两张纸巾塞到她手里，"擦擦。"

蒋凡晞抬手一看，小拇指指侧果真沾上一条红油。

她连忙用纸巾擦，擦完了，任泫寒轻轻拿走纸巾，扔在茶几边的垃圾桶里。

"好了，给你吧，周助。"蒋凡晞把协议交给周恒，"盖好章直接拿一份给我们带走就行。"

"好的。"

周恒离开办公室前，看一眼唐熠，后者脸色不大好看。

任泫寒刚才帮蒋凡晞抽纸巾、丢纸巾的过程周恒也看到了，不知唐熠心里做何感想。

拿到协议，蒋凡晞和任泫寒打算回公司。

唐熠留人："吃了午餐再走？"

蒋凡晞婉拒："我们下午还得去SME看看3D打印车间的施工进度，路上随便吃点就好，就不在这儿吃饭了。"

她其实是不想见到以前的同事，又明知唐熠会留她在公司吃饭，便把去SME的行程安排到同一天的下午。

唐熠没勉强，交代周恒："派一辆车送蒋总、任总去SME。"

周恒意会："好的，唐总。"

再过一周，SME定制的数千台3D打印机将运抵金城，打印车间最近面临验收，蒋凡晞必须经常过来监工，否则工程出现问题影响投产，HanRen是要付违约金的。

她和任泫寒一圈看下来，没什么问题，便上办公室跟程凯打个招呼再离开。

总经理大办公室里，程凯正和一位中年男士泡茶聊天，见他们过来，便招呼他们进去喝茶。

程凯为中年男士介绍："这两位就是这次帮我们做3D打印车间的工程师！那叫一个厉害！别人搞了半年都搞不起来的项目，叫这俩年轻人搞起来了！"

那人笑着看过来，跟他们点点头，而后又看向程凯："国外回来的？以前做什么的？"

程凯有意引荐，提点蒋凡晞："这位是金叉集团的高总。"

金叉集团是做大型叉车的，设备里有许多零件都靠SME或盛华这样的企业提供。

蒋凡晞秒懂，立刻拿出名片，双手递给对方："高总您好，这是我的名片。希望将来能有机会跟您学习。"

任泫寒亦递上名片。

高总挑眉，略略看一眼名片，泛着精光的小眼睛打量蒋凡晞："开咨询公司之前，做什么的？"

其实还是好奇她过去什么经历，竟然能搞定程凯。

蒋凡晞说："我之前在G国一家智能生产线公司做设计师。"

"G国回来的？我说呢！"高总说完，再没理蒋凡晞，跟程凯聊起其他的。

"之前盛华不是也搞了个无人车间？听说搞得一个头两个大。我们看着这种前车之鉴也怕啊！这不才一直没敢去搞无人生产。"

"巧了！"程凯拍了下手掌，"盛华那烂摊子，让这位蒋总给收拾好了！现在已经投产大半年了，好像情况还不错！"

"是吗？"高总这回总算拿正眼瞧上蒋凡晞，然而也仅仅是一眼，接着就又回头跟程凯聊上。

"那唐世明的小儿子运气不错，可又怎样？把一个不懂技术、生产的年轻人发配来下面的厂子抓生产，没抓起来，到时候就顺理成章踢出局喽。"

程凯摇摇头，一副你不知内情的模样："安家的股份到时候也会给到唐熠手上，如果老唐公平点，再把自己的股份分一半给唐熠，那唐熠手头的股份加起来大概要超过唐焌。谁能让大股东出局？"

高总疑惑："这安家凭什么把股份给唐世明的小儿子？"

"安家早把唐熠当女婿看了。"程凯说得口干舌燥，喝一口茶，又说，"女婿不得是半个儿子？"

"啧啧啧，这么一来，直接少奋斗三十年啊！"高总一脸艳羡，抬手摩挲着自己的双下巴，"所以说还是年轻好啊！"

说得好像他年轻个二十岁就能做总统女婿似的。

蒋凡晞平静地听着，凉意已是从脚底直穿脑海。

任泫寒见她脸色不对劲，赶忙拉着她跟程凯告辞。

出了SME厂区，任泫寒拦下一辆的士。

蒋凡晞不上车："我想走回去，反正也不远。"

任泫寒看一眼当空烈日，又看看她不太好的脸色，车门一关："那我陪你走回去。"

俩人散步一般往公司方向走。

"阿寒，"蒋凡晞沉默良久后出声，"你相信程总和高总说的话吗？"

任泫寒知道她指什么，思考几秒，摇摇头："这件事有矛盾的地方。正常来说，如果唐熠可以依靠跟安家联姻获得股份，那么他目前最重要的事情不是在国内抓生产，而是赶紧结婚拿股份。毕竟手上有股份，更好做事。"

蒋凡晞听言，心情稍好。

刚才看程凯言之凿凿的，再联想到盛华内部传说的唐熠在A国有未婚妻，她一颗心就像吊在半空中，七上八下，十分不踏实。

不是不相信唐熠，但也没办法完全相信。

蒋凡晞又回公司处理了点工作，回到家，已是晚上八点多。

看护推蒋志存下去遛弯，她自己热了点饭吃，正准备进房间洗澡，门铃声响起。

是唐熠。

蒋凡晞有点惊讶："你今天怎么这么早？"

唐熠最近忙第二无人车间的项目，每天都要工作到晚上十点多才下班，有时候早一点结束工作，就过来陪蒋志存说说话，有时候晚了，便直接回家，睡前再和蒋凡晞打个电话聊几句。

"嗯，今天结束得比较早，就直接过来了。"唐熠把手上的纸袋递给蒋凡晞，"原麦山丘的面包，给你和叔叔明天当早餐。"

蒋凡晞接过："谢谢，我喜欢它家的面包。"

她把面包拿到厨房放好，拿了一瓶矿泉水出来，矿泉水递给唐熠的同时，说："我有个事情要跟你求证。"

"你说，我听着。"

唐熠在沙发上坐下，拧开盖子，仰头喝水，锋利的喉结随着吞咽的动作上下滑动。

蒋凡晞别开目光，冷静说道："之前我问过你，在A国是不是有未婚妻。"

唐熠拧着瓶盖，神色认真："我没有和任何人订过婚，这点我确定。"

"那安家是怎么回事？"

唐熠不说话了，已经拧上了的瓶盖又拧开。

"当初我父亲创立盛华集团资金不够，他有一位安姓朋友投资了，所以这个人现在也是盛华的股东之一。"

蒋凡晞瞧着他反反复复拧瓶盖的动作："还有呢？"

唐熠看着她，眼神磊落："安家和我父亲走得近，但那是他们的事情，跟我没多大关系。"

"还有呢？"

"没有了。"

蒋凡晞心凉了半截："如果你娶了安家的女儿，是否能获得安家在盛华集团的所有股份？"

唐熠眼神有了极细微的变化，但只是一瞬间，很快又恢复从容镇定："我从没这么想过。"

这解释太无力了。

蒋凡晞冷静总结："反正现在的情况就是你在A国那边有一个适合结婚的对象，这个对象还是能帮到你的。"

她单手扶额，低笑道："都怪我之前没搞清楚，晕乎乎的就跟你在一块儿了。这件事，我也有责任……"

傍晚任泫寒那一番话她一直记着，在回家的地铁上也一直琢磨着，越琢磨越觉得这事不可能。

如果真有那么一个能贡献股份的对象，唐熠干吗还大老远跑到国内抓生产干业绩？

在与唐熠正式谈这件事之前，她一直告诉自己这件事不可能，一点都不客观。

可事实证明，空穴来风未必无因。为什么要传他有未婚妻，还传得有鼻子有眼的？原来是真的有门当户对的对象。

蒋凡晞越想越恼，生怕再说下去会翻脸。

她强忍着情绪看一眼时间。

九点半了，蒋志存快回来了。

"我觉得你并没有诚意跟我解释这件事，"蒋凡晞起身，"这让我很没有安全感。"

她极力压抑心口的憋闷："我累了，你先回去吧。"

唐熠坐在沙发上没动，脸色不大好看。

他今晚提前过来，本想跟蒋凡晞谈谈她与任泫寒的合作，却不想安琦的事情被她知晓。

他一时间也不知道该怎么解释比较好，冷静片刻，终是站起身："好，那我先回去了，代我问候叔叔。"

蒋凡晞先走过去开门，送客的意味很明显。

蒋凡晞的心情糟糕透顶，刚和唐熠确定关系不到两个月，就出了这档子事。

这比发现唐熠出轨还叫她难受。

如果是出轨，直接分手得了，可现在只是知道唐熠有那么一个对象在A国。

分手，舍不得，也没到那个时候。

继续在一起，又没安全感。

人们眼中正确的方法大概是她不必去烦恼大洋彼岸的陌生女人，毕竟唐熠现在是她男朋友。她只需要好好经营事业、呵护跟唐熠的感情，唐熠自然不会有其他心思。

可是……

为什么要她努力了，好好经营了，才能换来男人的没有其他心思呢？

如果她不努力，她吃醋了，她闹了，男人这时候有了其他心思，就不用被谴责？

人们反而会说——你看，都是她不懂事，男人才会去跟别人好。

她越想越烦！

理工女的脑子没有那么多弯弯绕绕，蒋凡晞第一次遇到这种事，脑子不够用，偏偏唐熠还是那副态度。她拿手中擦头发用的毛巾用力抽了凳子几下，权当是打了唐熠解气。

"嘀嘀"，手机进了微信。

她赶紧打开看。

TY：睡了？

蒋凡晞还生气，不想回，就那么晾着。

过了几分钟，又进来一条。

TY：我对安家的股份一点兴趣都没有，与安家的女儿也没任何私交，联系方式都没有，你不要担心。

蒋凡晞稍稍舒心，终于回了几个字过去。

凡星：那你之前为什么不说清楚？

TY：因为它在我心里根本不算个事。

凡星：那什么在你心里才算个事？

TY：你的事，你家的事。

蒋凡晞满意了，唇角溢出笑，连打字的大拇指都活跃了许多。

凡星：以后什么事情都不许瞒着我！

TY：好。

那之后，蒋凡晞心情平静了几天，也照常和唐熠见面，但心里还是有一个疙瘩。

她自知这疙瘩不到她和唐熠结婚不会消失，但也没办法，只能忍着。

打印机运抵金城的前一个周末，她难得有空，就和乐队上酒吧演了个周末专场。

她在后台准备，唐熠就在吧台边上喝酒，等待演出。

械客乐队自从二月十四号情人节那天在成都演完最后一场就再没演过，难得今天有专场，粉丝沸腾不已，有些外地歌迷甚至提前一天组团来金城。

"那么久没演，我都手生了，一会儿弹错你们可别说我啊。"魏楠调完贝斯弦，又用毛巾擦贝斯，把贝斯擦得干干净净的。

司辰在试弹吉他，抬头看过来，笑了下，又低头看向吉他弦。

曾嘉愁眉苦脸的："哎，我咋觉得有大事要发生啊！心里怪慌的。"

蒋凡晞在把玩鼓棒，两支定制的粉色鼓棒在她十指间灵活地来回绕动。嘴里的泡泡糖吹出一个大泡泡，"嘭"一声破了，泡泡糖又被舌头卷回嘴里，继续嚼着。

曾嘉探来一只手："来一支烟。"

蒋凡晞白他一眼："没有。"

曾嘉皱眉："你不随身带烟吗？怎么会没有？"

"我好些日子不抽烟了。"

曾嘉还来不及反应，魏楠"哟"一声看过来："发生啥事了啊？你戒烟？"

械客其他成员的吸烟史比蒋凡晞更长，烟瘾也更大，深知无故戒烟，要么身体不适，要么对象讨厌。

没听说蒋凡晞身体出了毛病，那戒烟的原因就是……

"哎呀！"曾嘉忽然大喝一声，人蹿到蒋凡晞跟前，"干吗戒烟？你找对象了啊？"

蒋凡晞懒得理他，起身去外头打电话。

曾嘉眼角发红，指着她倚在门外的身影，颤颤地说道："你们瞧瞧你们瞧瞧，打个电话都要避着咱们！"

魏楠收回视线，看向司辰，说："难道是在跟那个计算机仔谈？"

司辰没说话。

曾嘉双肘撑着双膝，低头扒自己的头发，痛苦道："肯定是他！这玩意儿他算个啥！凭啥不让蒋蒋抽烟？……"

"接下来这首歌是《夏之恋人》。"司辰调整麦克风，"送给这个夏天，送给你们！"

这是械客所有歌里唯一的欢快甜蜜的情歌，场内歌迷们沸腾起来，挥舞荧光棒，大喊："械客械客……"

灯光变暗，乐器声先后进入，最后汇聚成甜蜜的前奏。

司辰站在直立麦克风前，弹着吉他，轻声浅唱。

"夏日的恋人啊，你像草莓果冰，甜美了我一整个夏天……夏日的恋人啊，不能和你分开，让我们一起走过四季……"

蒋凡晞敲打着活泼、甜蜜的鼓点，目光落在黑压压的舞池里，搜索唐熠的身影。她自然而然地笑着，仿佛这首歌就是她对唐熠的表白。

"你是我夏日的恋人，你是我一生不变的爱恋……我爱你，我的夏日恋人……"

一曲结束，舞台灯光亮起，司辰收弦，对着全场歌迷说道："大家下面还想听哪首歌？可以通过微信公众号发送歌名。"

工作人员送水上来。

乐队连续演了一个多小时，又渴又累，趁歌迷点歌的时间稍稍休息。

"哇！好帅啊！"

舞池突然骚动起来。

蒋凡晞看过去，就见一位打扮不俗、有点面熟的年轻男士跑到舞台下。

他把银色"军火箱"往舞台上一推，大嚷："兰博基尼最新款二座超跑！E国皇室珠宝！带私人码头的别墅和游艇！都是我送给鼓手姐姐的定情信物！"

蒋凡晞定睛看向对方。

这货就是那次在成都送了礼物到她房里的富二代，好像还是唐熠的朋友。

蒋凡晞迅速看向人群，可没看到唐熠在哪儿，更看不到唐熠现在做何表情。

霍傑转身看向全场歌迷，自信地说道："鼓手姐姐没有拒绝！你们说这算答应吗？"

歌迷不嫌事大，齐声大喊："算！算！……"

霍傑胆肥了，阔步往舞台旁边的楼梯走，想上舞台。

蒋凡晞回神，站起身，手举鼓棒指着他，大喝："站那儿别动！"

霍傑顿住脚步，抬起双手做投降状。

歌迷哄笑。

蒋凡晞担心唐熠出面，牙一咬，说："这位先生，你别再来烦我了，我已经有男朋友了。"

"没事！"霍傑笑得豪气，"你把他电话给我，我来跟他谈！我往他脸上砸个一千万，他立马就给我爬！"看样子这货是死皮赖脸了。

蒋凡晞赶紧拿出手机给唐熠发微信，要他别冲动。

她知道唐熠肯定看着这一切，这时他若出面，被歌迷拍到照片发网上，那就麻烦了。

曾嘉吼道："保安！叫保安！把这疯子搞出去！否则我们不演了！"

早已候在一旁的保安迅速上前，控制住霍杰，连同他的礼物，一起扭下舞台。

霍杰大嚷："离我远点！我是谁你们知道吗？得罪我有你们好看！"

现场秩序恢复正常。

乐队又演了四五首歌，今晚的专场正式结束。

蒋凡晞走到舞台中央，与队友们手搭背，鞠躬答谢歌迷："感谢大家！下次再见！"

歌迷尖叫："安可安可！械客械客！安可……"

舞台灯光暗下，大家收拾各自的乐器，一起回后台。

只是今天，后台氛围再没有往日的轻松。

蒋凡晞因为霍杰三番五次的表白烦躁不堪，曾嘉因为她亲口承认有男朋友而失神，司辰一向话少，话多的魏楠见蒋凡晞和曾嘉怪怪的，也不多言。

大家各怀心事整理着物品。

蒋凡晞只有两根鼓棒，往包里一塞就完事，正想打电话跟唐熠会合，曾嘉忽然问："你真找男朋友了？"

魏楠朝司辰使了个眼色，俩人背起乐器包先离开了后台。

蒋凡晞将手机收起，抿唇点头："嗯，五月一号在一块儿的。"

曾嘉哽声："就是跟你一起创业的那个计算机仔？"

"不是。"

"那是谁？"

蒋凡晞犹豫要不要公开。

魏楠在外头嚷："怎么冤魂不散啊你！走走走！赶紧走！没见哥几个在？"

霍杰又来了？

蒋凡晞一阵头疼，从包里抽出鼓棒，打算出去抽霍杰，一转身，就见唐熠被司辰、魏楠堵在门口。

她赶紧跑过去，拉开魏楠，笑着问唐熠："你怎么找到这里的？"

唐熠弯唇："我跟工作人员说我是你男朋友，他们就放我进来了。"

"我拿包！马上出来！"蒋凡晞转身，就见曾嘉脸色很差地盯着自己看。

她别开目光，从曾嘉身边经过时，低声说："我和唐熠在一块儿了。"

曾嘉红了眼眶。

蒋凡晞背好包、戴上鸭舌帽，挽着唐熠跟朋友互相介绍。

司辰不言。

魏楠假笑，浅浅地跟唐熠握了下手："魏楠，蒋蒋在亚琛工大的师兄，也是搞机械的。"

唐熠客气地说："你好，唐熠。"

他看向双目通红的曾嘉，视线回到司辰和魏楠身上时，笑了下："有时间一起吃饭。"

魏楠维持假笑："好的好的，一定有机会的。"

蒋凡晞跟众人招呼一声，和唐熠手牵手离开。

外头，歌迷都已离场，只有两位阿姨在打扫现场。蒋凡晞大胆牵着唐熠的手。

他们去电梯间等电梯。

唐熠问："键盘手怎么回事？"

"嗯？"蒋凡晞不自在，"他没事啊。"

唐熠垂眸睨她，唇角淡淡地扯起弧度："他喜欢你？"

"没有啊，我们就是认识很多年的好朋友，然后大家一起做乐队。"

"好朋友？"唐熠冷笑，"好朋友吃你男朋友的醋？"

"不是……他不是那个意思……"

蒋凡晞支支吾吾解释着，电梯门"哗"一声开了。

唐熠脸色微变。

蒋凡晞循着他的视线看去。

电梯里，霍傑和同伴顾炀在一起，这会儿正跟唐熠大眼瞪小眼。

蒋凡晞这才想起来，他们三个人是认识的，之前一起去过成都。

她头皮一阵发麻，拉低帽檐，往唐熠身后躲了躲。

唐熠垂眸看她，晃了下俩人牵着的手："我们进去吧。"

"好。"蒋凡晞依旧躲在他身侧，期盼霍傑不要认出自己。

结果，电梯门一关上，就听霍傑大喝一声："唐熠！你挖我的墙脚？"

顾炀打圆场："好了，老霍，你这样可没意思了！人鼓手姐姐也没答应你啊。"

霍傑已是深受刺激，睁着赤红的双眼瞪唐熠："我上次就不该约你去成都！你这个卑鄙小人！"

唐熠起先没说话，紧绷着脸，等到霍傑不嚷了，才嘲讽道："什么？要往我脸上砸一千万，让我爬远点？"

霍傑一噎，不吭声了。

顾炀不动声色地走到他和唐熠身边，讪笑着做和事佬："阿傑开玩笑呢，没那回事！真的！我保证！"

唐熠给面子地笑笑："是吗？如果是开玩笑就算了，我可以不追究。"

这等于在给霍傑台阶下，结果，霍大少有台阶不下，非表演高空弹跳。

"算什么算？"他大嚷，"唐熠你这个卑鄙小人，挖我的墙脚，这个要怎么算？"

蒋凡晞听不下去了，从唐熠身后站出来，恶狠狠地看着霍傑："你够了啊！你谁啊？我根本不认识你！你再在我男朋友面前瞎说，我报警了啊！"

唐熠手往后一别，又把她拉回到自己身后，生怕被霍傑多看一眼。

霍傑被打脸，急得面红耳赤，眼巴巴地望着蒋凡晞："鼓手姐姐，我跟你说啊，这位老哥家里有俩兄弟！你以后嫁过去，是要被妯娌欺负的！"说着，手又指向自己："我独生子！你跟我在一块儿，没人欺负你！"

蒋凡晞："……"

唐熠："……"

顾炀听不下去了，嫌丢人，赶紧把霍傑扭出电梯，直到车开出地库，才开骂："我说你脑子有坑是吧？刚看人家牵着手，就该明白是怎么回事！在那儿闹什么闹？"

霍杰手肘撑着窗沿，五指攥成拳头，咬牙切齿："我先看上的！唐熠他夺人所好！我怎么就不能跟他吵了？"

顾炀摇摇头，回想一阵，说："那鼓手之前好像在唐熠手底下做事，是什么顾问来着……"

霍杰瞪着红眼睛看过来，嚷道："什么？唐熠那卑鄙小人搞职场潜规则？我要叫我爹打电话告诉他爹！不尊重女性的臭玩意儿！"

顾炀一阵无语："如果我是姑娘，我也选唐熠，你这款……啧啧啧……"

霍杰扯着嗓门："我这款咋了？人俊身材还棒棒！"

"人家唐熠多斯文绅士，你看看你，一般姑娘吃不消。"

接连受到发小的打击，霍杰心态崩了，大骂顾炀没良心。

另一边，唐熠送蒋凡晞回家。

蒋凡晞心情烦躁，情绪复杂。

霍杰的出现，打乱了她所有的计划。

她原本是想找个机会好好跟曾嘉说说，结果因为霍杰的死缠烂打，她不得不公开自己有男朋友的事实。

刚才唐熠来后台，她怕他和曾嘉起冲突，匆匆把人带走。

也不知道曾嘉这会儿是个什么情况。

蒋凡晞越想越担心，给司辰发了微信。

凡星：你和楠子跟嘉子在一块儿吗？他现在啥情况？

几秒后，司辰发来一张照片。

桌上一堆签子，唯一入镜的曾嘉红着眼眶，盯着眼前的啤酒出神，手边放着一包红中华。

蒋凡晞心想：这货不抽中华啊。

手机一振，又进来一条微信。

司辰：他没事，有我和楠子陪着，你别担心，自己注意安全，有事打电话。

蒋凡晞心头一暖，发了个"好"字过去，熄了手机屏幕。

开车的唐熠看过来，问："跟谁发信息？"

"阿辰，就是我们乐队的主唱。"

唐熠没再多问。

蒋凡晞叹了叹气，转而问："那个叫霍傑的，是你朋友？"

"他和顾炀走得近。我姥姥家和顾家在一条胡同里，我和顾炀从小一块儿长大，间接也认识霍傑。"

"所以也不算好朋友？"

"算朋友，不算好朋友。"

蒋凡晞想到一个人："那谁是你的好朋友呢？井勤？"

唐熠点点头："嗯，我很小就认识井勤了，关系很不错。就是这些年各自忙碌，很少联系。"

蒋凡晞脑中火花一闪。

之前在T国，井勤以为她和唐熠是朋友，所以赏脸跟她吃了一顿饭，还捎带透露韩先生人在国内。

现在，她是唐熠的女朋友，井勤看在唐熠的面上，会不会愿意帮忙联系资助人？

可蒋凡晞转念一想，唐熠不喜欢她寻找资助人。她能明显感觉出唐熠对资助人的敌意，所以想通过唐熠从井勤那儿打听，也不现实。

"唉。"

"叹什么气？"

蒋凡晞无力摇头："没什么，就是觉得处理人际关系好麻烦，还是更怀念以前单纯的圈子。"

唐熠侧过脸看她："你做得很好。程凯这人多难对付，你这个年纪能跟他周旋，已经很厉害了。"

一句话说得蒋凡晞信心又回来了。她侧身面向唐熠，亮晶晶的双眼望着他："是吗？那咱俩之前还谈判过呢，你当时觉得我厉害吗？"

回想起俩人初次见面那场谈判，唐熠唇角弯了弯。

他是受过专业商务谈判训练的，这些年一直在跟各种角色进行各种谈判，蒋凡晞一个毫无谈判经验的技术员，竟能从他设计好的谈判桌上拿到自己想要的东西。

只能说她有还未挖掘的天赋。

"知道我那天为什么一到盛华就直接去你办公室跟你谈判吗？"

蒋凡晞瞎猜："利用我初次见到你的紧张，扰乱我的阵脚？"

唐熠笑道："聪明！其实那天的谈判，我预先设置了两个极值，分别是税前一百二十万元的年薪、税后五百万元的一次性项目费用。"

蒋凡晞反应几秒："所以，我当初如果要税后五百万元的报酬，项目做完就走，你也会答应？"

唐熠肯定道："是。"

蒋凡晞回过味来，用力拍了一下他的大腿："我！你真的好鸡贼！坑了我两百万元！你这个臭奸商！"

唐熠抬手揉她的脑袋，口气温柔："你还年轻，面对问题难免急躁，凡事试着多给自己一点时间和空间，也许会有惊喜出现。"

蒋凡晞是同意这个说法的。

工作上，她确实性子急，别人是"今日事今日毕"，她恨不能把明天、后天、大后天的工作都提前做好。好处是效率奇高，往往比计划时间早完成工作；缺点是很辛苦，总比别人多做了很多事情。

想起这些，蒋凡晞自顾自地笑道："所以作为我的搭档，阿寒感觉应该还不赖吧？"

唐熠脸色微变："你有没有想过，一天到晚和任泫寒一起工作，合不合适？"

"这有什么不合适的？"蒋凡晞口气笃定，"我们十二年前就搭档拿过世界杯冠军。现在，理念合拍，合作也特别和谐，非常合适！"

唐熠深吸一口气，没说什么，但脸色仍是不大好。

蒋凡晞也不说话，她知道唐熠在想什么，但她不可能为了不让他吃醋而跟任泫寒拆伙。

男朋友重要，事业也很重要。

第十六章　意外

鼻腔和周身全是唐熠身上的味道，仿佛唐熠此刻就躺在她身边。

此刻，她格外想念唐熠。

身处他生活过、有他痕迹和气味的环境，却拥抱不了他，长夜漫漫，思念蚀骨，睡意全无。

七月上旬，盛华斥巨资定制的五条智能生产线即将运抵金城，蒋凡晞和任泫寒拨出一天时间检查水电网路。

李工全程陪伴，很是配合。他是典型的金城大老爷们，热衷谈天说地，得知蒋凡晞从盛华离开后成立了咨询公司，一个反手，赚了盛华五百万元，羡慕得不要不要的。

他把蒋凡晞当榜样，盛情邀请她和任泫寒一起到办公室喝茶。

透过透明玻璃墙，蒋凡晞看到隔壁唐熠办公室里有一位女士。对方三十出头的样子，棕色长鬈发，白色双排扣掐腰连衣裙，银灰色的星沙尖头细高跟，打扮很是优雅时尚。她坐在唐熠斜对面，和唐熠说话时，一双狭长妩媚的眼睛就直勾勾地盯着唐熠看。

蒋凡晞皱眉问李工："和唐总说话的那人是客户还是供应商？"

李工压低声音："那是美弗前运营总裁的秘书。"

"唐熠打算挖对方过来做运营？"

她的视线仍放在对方身上，透过厚厚的玻璃墙打量着。

李工看一眼那边，说："唐总想争取成为美弗电气的配件供应商，但那边的老大一直不同意见面，所以唐总现在和这位聊着，估计也是想看看对方能不能帮忙引荐。"

"美弗电气？"蒋凡晞诧异，"世界百强企业排名十几的那家？"

李工频频点头，竖起大拇指："如果唐总能拿下这个客户，那不得了……"

他畅想着唐熠拿到美弗的单子,他们这帮跟着唐熠做事的人便能鸡犬升天,盛华所有制造分部假以时日便能全面推进智能化。

蒋凡晞眼睛转了几转,又问:"美弗电气的老大是不是已经有中意的合作对象了?"

"听说美弗电气的老大有意将单子给SME……"

"好了!"任泫寒忽然出声制止。

蒋凡晞脸色略微不自在,但也没说什么。

任泫寒起身:"走吧,咱们打车回公司,不等了。"

回去的路上,俩人都没有说话。

蒋凡晞垂眸看着与唐熠的微信对话框。

她刚发过去两句话。

凡星:我还有事,先回公司。

凡星:晚上不忙了给我打电话。

唐熠没回,应该是还在谈事情。

任泫寒不时侧过脸看她,欲言又止。

他想提醒蒋凡晞不要感情用事,又担心引起蒋凡晞的反感,踟蹰半响,出于对公司和蒋凡晞的责任,还是委婉提醒道:"不要将工作和感情混在一起。"

蒋凡晞过了好几秒才回神看向他,"哦"了一声,又落眸看向手机:"我知道。"

唐熠到晚上十一点多才打来电话。

他喝了酒,反应比平时慢半拍,根本没法好好说话。

蒋凡晞对他应酬异性还喝酒的行为很是生气,没说几句就把电话挂了。

她一晚上没睡好,第二天到公司时,不仅头脑昏沉,胃也有点不舒服。刚倒了一杯牛奶,唐熠的电话过来了。

蒋凡晞还气着,接起电话,"哼"一声,说:"酒醒了?没醒不要和我说话!"

"醒了。"电话那头,唐熠声音有点沙哑,不如以往清润。他轻咳一声,说:"抱歉,让你担心了,以后我会尽量避免此类应酬。"

还没问责就主动认错,必然有妖!

蒋凡晞嗅到不正常的气息,突击道:"昨晚的应酬,发生了什么愉快的事情?"

她说的不是"不愉快",而是"愉快"。

唐熠反应也很快:"应酬哪有什么愉快的。"

蒋凡晞酸酸地说道:"对着那么一个大美人吃饭喝酒,还不愉快啊?"

唐熠知道她在吃醋了,笑说:"下次如果要应酬女士,我带你一起。"

"我才不去!"蒋凡晞换手拿手机,另一只手搅着牛奶杯里的牛奶,"你以后也少应酬,我不喜欢你那么晚还不回家。"

"好,听你的。"

电话那头有人在喊"唐总",蒋凡晞听到了,说:"好了,你先忙,晚上下班了再说吧。"

"好。"唐熠挂了电话。

蒋凡晞捧着牛奶杯发呆,长长叹了一口气。谈恋爱真麻烦,所有空闲的时间都用来想对方、担心对方。

昨晚先是担心唐熠和异性应酬太晚,好不容易等到他回家了,又担心他喝了酒会不会洗澡摔倒,或者半夜呕吐呛到气管引起窒息……

搞得她一晚上也睡不踏实。

傍晚,唐熠过来接蒋凡晞下班。

蒋凡晞想跟他谈美弗的事情,便没回家吃饭,俩人找了个安静的餐厅,边吃边聊。

"你昨晚的应酬跟美弗有关?"蒋凡晞切着餐盘里的牛排,"应酬了一晚上,有得到什么可靠消息没?"

唐熠神色淡淡:"没有。"

蒋凡晞知道他不会做无用的应酬,回答"没有",不过是不想让她多过问这件事,因为美弗电气有意与SME合作,她现在在做SME的案子,有点敏感。

她切着牛排，转而说："那先不说美弗，说说你吧。"

"嗯？"唐熠对她笑了下，"想知道什么？"

"我之前在盛华听过一些传闻，你同父异母的哥哥唐焌好像不太想让你留在集团？"

"是这样没错。"

"因为资源向他倾斜，所以你才会主动请缨回国抓生产，想通过提高产能与利润证明自己的能力，积累与他相抗衡的力量？"

唐熠笑着放下刀叉，拿起餐巾纸轻拭唇角。

"其实说到底，我就是想赚钱。集团利润关乎我的分红，我肯定希望利润情况越来越好。唐焌不喜欢做实业，大概因为做实业太累，或者他没那个兴趣，哪一天让他当了董事长，把实业项目全收了，钱都拿去做来钱快的投资，很难想象盛华以后会是什么样子。"

他看着蒋凡晞，眼里是理性的火花："实业才是发展的根本，这点你清楚。"

蒋凡晞赞同地点点头。

想到他并不注重物质，也不见他有太过挥霍的行径，便问："你赚那么多钱想做什么？"

她以前觉得唐熠是个爱财的俗人，可随着俩人的深交，她推翻了这种看法。

"总有些时候、有些人会需要你的帮助和支持。比方说，当年资助你去留学的资助人，他平时应该也很努力工作赚钱。"

蒋凡晞顿时就热了眼眶，红着眼睛笑："我就知道你不是那样的人。"

唐熠抽一张纸巾递给她，故意逗她："我是哪样的人啊？"

蒋凡晞接过纸巾，轻轻点了点眼角："反正就不是那样的人……我不说。"

"估计不是什么好人。"

过了几日，SME的3D打印机终于到了金城，蒋凡晞一下忙碌起来，除了要监督厂家的安装，还着手准备调试工作。

程凯时不时来打印车间转悠，有时候蒋凡晞在调试，他就在一旁兴致勃勃地看着，看到神奇之处，忍不住夸道："瞧这技术，真是牛！"

蒋凡晞懒得理他。

一来忙，二来车间的中央空调还未开启，天气热，人烦躁。

程凯见她不理人，转悠几次后来得少了。

这一天，蒋凡晞有事汇报，直接上总经理办公室。远远地，她看到程凯背对着办公室门讲电话，坐外头的秘书低头看手机，便直接走了进去。

"津川总裁中午到了金城，住在丽思，"程凯抬手看腕表，对电话那头说，"这会儿应该已经到酒店了。你去看看他有没有想去的地方，下午先带他逛逛，我晚上过去。"

说完，报了四个数字，似乎是酒店房号。

蒋凡晞顿住脚步——美弗电气的总裁来了，住在丽思酒店某个房间。

她不动声色地往后退了几步，站在门外等待。

程凯又讲了一会儿电话，转过身，见到她站在门口，走出来，问："你找我？"

蒋凡晞几步迎过去，将技术员不足的事情反馈给他。

她这几天忙得昏天暗地，没怎么和唐熠见面，晚上聊天时，也很少聊到工作。她不知道唐熠打听到美弗总裁今天到金的事情没，也不清楚唐熠是不是已经找到路子可以见到对方……

想得深了，她整个人呈失神模样，任泫寒喊了她两声，她没反应，他走过来拍了拍她的肩膀。

她猛地回神，惯性看向调试中的打印机，里头正进行第二层打印，一切正常。

她看向任泫寒："怎么了？"

"在想什么？"

蒋凡晞看回打印机，轻叹一声："我刚才上去找程凯，无意中听到美弗总裁已经到金城了，也听到住在哪个酒店、哪个房间。"

任泫寒皱眉："你打算告诉唐熠？"

蒋凡晞没答，片刻后摇摇头："没有。"

"最好不要去做这种事。"

想起那天李工说，美弗总裁因为自己也是J国人的关系，所以首选本国企业SME合作，丝毫不给其他企业机会。

蒋凡晞气不过，愤慨道："我只是觉得美弗集团可以有更多选择，因为底下某个总裁的裙带关系而认准一家供应商，这不是什么好事情。我相信美弗集团的高层也不想看到这种事情。"

任泫寒眼神犀利地看着她："你是觉得唐熠也该拥有在美弗总裁面前争取一次的机会？"

被他说中了，蒋凡晞没有辩解。

打印机里，配件打印好，蒋凡晞戴上防护手套，打开机盖将其取出，双手捧着，小心翼翼放到一旁的工作盘里。然后，人走到控制台前，换手套，重设程序，进入下一个调试程序。

她手法娴熟地按着屏幕上的软键盘，快速将一串串长短不等的编程敲击出来，完全无须其他辅助或提醒。

一千多个枯燥抽象的产品打印编程仿佛刻印在她的大脑里，随时可以被调用。

在任泫寒眼里，她是个天才，她可以拥有更广阔的舞台，他不想看到她因为谈一场恋爱，为了一个男人，前途尽毁。

他走到蒋凡晞身旁，看了眼四周，压低声音："我不知道你是怎么从程凯那里听到美弗总裁的下落的，到底是他故意泄露给你知道，想借此考验你，还是无心之举。但不管怎么样，你都不准有半点将它告诉唐熠的想法。如果你不想从此离开这一行，就最好什么都别说！"

蒋凡晞面色如常，手还在屏幕上快速敲击，什么都没说。

任泫寒不知她听没听进去，失望地摇了摇头，去调试其他机子。

七月底，SME迎来两件喜事。

筹备了四个多月的3D打印车间正式投产，同时与美弗电气签订巨额订单，成为美弗电气在国内又一重量级供应商。

刚投产那几日，圈里多家有意做3D打印的企业主结伴前来参观。面对神奇、省材的3D工业打印技术，众人啧啧称奇。

程凯一时间风头无两，但他没忘了蒋凡晞，一路带着她认识企业主。蒋凡晞也上道，做足了工作，手中一摞名片发出去大半。

唐熠也说要过来参观，可蒋凡晞大半天应酬下来，都没见着他的影子。

她给他打了好几通电话。

电话那头风声阵阵，三伏天，金城一切都要被烤化了，哪儿来的风？

蒋凡晞看了眼窗外的艳阳天，问："唐熠，你在哪儿呢？"

唐熠轻咳两声，声音有点怪，很紧张的感觉："我刚到机场，要回A国一趟。"

蒋凡晞隐约察觉到不对劲，急急问道："A国发生什么事了吗？"

"我父亲脑出血，一小时前被送到医院抢救，现在还没出来。"

蒋凡晞惊得捂住嘴巴："那你赶快去吧！注意安全，到了和我说一声。"

"好，事情处理好了我就回来，你好好照顾自己，有事需要帮忙，到盛华找何谦。"

唐熠把电话挂了，蒋凡晞却还在发蒙。

如果唐熠的父亲这次没躲过，那唐家和盛华是不是要变天了？

唐熠在那边，面对关系疏离的亲戚，还有一个视他为眼中钉的哥哥，能安然无恙吗？

翌日，唐熠从芝城来了电话，说唐世明已经出了手术室，目前还在重症监护室观察。

蒋凡晞稍稍放下心，安慰过后，小心试探性地问："出院后，生活能自理吗？"

"应该可以，过几天医生做了全面评估，我再告诉你详细情况。"

电话那头，唐熠的声音明显松弛了许多，蒋凡晞就猜唐世明应该能脱离危险。

"刚才听说一个不到三十岁、跟我父亲一样病状的年轻人走了。"

"走了？"蒋凡晞不解，"出院了吗？"

"死了。"

蒋凡晞四肢凉了下。

"他和女友原本计划下周结婚，女友已经怀孕了。"唐熠声音低下去，"世事无常，明天和意外不知哪个会先来。"

蒋凡晞沉默。

没有人比她更理解"意外"两个字的分量。

"瑶瑶，等我回去，我们搬出来一起住吧？"唐熠轻声说道，"我们都太忙了，见面的机会太少，我不想继续这样，我想在有限的生命里，尽可能与你在一起。"

蒋凡晞何尝不是。

她吸了吸鼻子，说："好！等你回来，我们一起找房子！"

随着唐世明病情的逐渐稳定，唐熠每天都会掐点给蒋凡晞打电话，一般在晚上十点后。

这个时间点，A国那边临近中午，唐熠往往在医院陪护，俩人说不了多久就得结束电话，但陆陆续续的联系和信息积累，蒋凡晞对唐熠回国的时间也有一个大概的判断。

忙碌之余，她开始在网上看房子。看着那些设计温馨的房子，她脑海里全是自己和唐熠生活在里头的甜蜜片段，心中溢满了对未来的期待。几天下来，她已选到几套中意的房子，打算等唐熠打电话过来，再同他商量商量。

结果这天晚上，唐熠并没有如期致电。

蒋凡晞以为医院那边忙，就没打过去打扰他，一直等到第二天深夜，唐熠还是没打过来。整整失联两天。

这种事情在他们恋爱后从未发生过。

蒋凡晞有点慌。唐熠不是会无故失联的人，再忙都会抽时间给她发信息报平安。

意识到唐熠那边情况不对，她立刻打了电话过去。

深夜一点，只有一盏昏黄台灯的房间里，手机屏幕发出的光，映出蒋凡晞惨白的脸。

手机接通，十几秒的嘟嘟声后，传来机器人女声，提示电话无人接听，请稍后再拨。

蒋凡晞又拨了一次，还是没人接。

她转而给唐熠发微信。

你怎么不接电话呢？发生什么事了吗？

如果太忙没法接电话，给我回个信息好吗？

看到信息给我回吧，回个表情都好，让我知道你平安。

一夜过去，蒋凡晞发给唐熠的数条微信石沉大海，而电话也从一开始的无人接听变成关机。

蒋凡晞知道唐熠出事了。她立刻给周恒打电话。

一开始，周恒那边也没接，很久之后才给她回过来。

"周恒，唐熠呢？信息不回、电话关机，他没事吧？"

电话那头沉默了几秒，传来周恒恭敬却疲惫的声音："蒋总，唐总因涉嫌危险驾驶，被芝城警方逮捕，手机被警方扣下，可能是没电了。"

蒋凡晞大骇，急急问道："人有没有事？有没有受伤？"

"没有，人没事。"

"那撞到人了吗？"

"也没有。"

蒋凡晞稍稍放下心，坐到身后的办公椅上，长长吐出一口气："人没事就好。可怎么会被逮捕？逮捕的理由是什么？"

周恒没正面回答，转而说："这边有律师会处理，您不用担心。我有事先挂了，再联系。"

"喂，周恒？……"电话那头已是冰冷的忙音。

蒋凡晞失神半晌，立马打开电脑搜索芝城危险驾驶的案例。几乎所有信息都在说，被逮捕，说明案件性质比较严重。

周恒说已经找了律师处理，那是可能面临起诉吗？

蒋凡晞坐不住了，脸色惨白地去隔壁办公室找任泫寒。

"阿寒，我想去A国，你知道最快的签证下来要几天吗？"

任泫寒知道唐熠最近回了A国，见她如此着急，顿时猜到什么："唐熠在A国出什么事了？"

"危险驾驶，已经被逮捕了。"

任泫寒立刻拿出一张纸，在上头唰唰写下几行字，递给蒋凡晞："你去准备这些材料，我跟A国的朋友联系一下，让他们帮你出一份紧急商务邀请函。"

蒋凡晞扫了眼纸上的内容，说了声"谢谢"，赶紧出去招呼助理帮自己准备资料。

她回办公室，一边打电话让蒋志存把户口本和房产证找出来，一边在网上填表格，打印银行流水。

一个小时后，任泫寒送商务邀请函过来。芝城某家IT公司给她出的函，里头详细说明了邀请她紧急赴外的事由。

翌日，任泫寒陪蒋凡晞前往大使馆面签。蒋凡晞英语流利，状态不错，记录良好，有海外学习、工作的背景，且现在是金城一家公司的负责人，面签顺利通过。

一出面签室，她立即通知周恒自己即将过去陪唐熠，让周恒把地址发给自己。

周恒却说需要请示唐熠。

蒋凡晞觉得，唐熠可能不太希望她去，可她不能不去。

在得知唐熠因为危险驾驶被警方逮捕三天后，蒋凡晞登上前往芝城的航班。

飞机起飞前，她跟周恒通过电话，得知唐熠现在还被关在警局，律师在帮他申请保释。

挂电话前，蒋凡晞最后又问了一次："他到底在开车的时候做了什么事情？超速？酒驾？醉驾？"

周恒说："等您见到唐总，再亲自问他吧。"

金城直飞芝城的那十二个小时里，蒋凡晞一秒都不曾合眼。

她始终不相信唐熠那么沉稳的一个人，会做出危险驾驶的事情。

可问周恒，他什么都不透露，连她要个地址，都说要请示唐熠，后面请示出什么结果了也没吭声。

明知周恒只是公事公办，但蒋凡晞心里还是憋闷，甚至想：是不是因为她只是唐熠的女朋友，所以周恒才这态度？如果她是唐熠的太太，周恒是不是就不会这样？她倒不是说恨嫁，而是这些天日夜为唐熠操心，却又得不到有效信息，实在无力。

十几个小时后，蒋凡晞终于见到周恒。

"现在是什么情况了？唐熠被保释出来了吗？"

周恒启动车子，沉默着摇了摇头。

蒋凡晞一颗心又被勒紧几道，强撑着精神，问："能带我去见唐熠吗？"

"律师已经在处理了，我们等通知吧。"

"好吧。"蒋凡晞长长地叹了一口气，无心观赏窗外飞驰而过的芝城街景。

周恒问她要住酒店还是唐熠的公寓，她想也没想，直接说想住唐熠的公寓。

想到要独自一人住在到处是唐熠的痕迹的家，蒋凡晞忽然眼睛酸涩，喉咙哽咽："他现在到底是什么情况？严重吗？什么时候能出来？"

她对A国司法一无所知，更不知唐熠的危险驾驶情况有多严重。

因为未知，所以更为恐惧。

周恒通过后视镜看来一眼，说："除了危险驾驶，还涉及袭警，所以法官拒绝保释。"

"袭警？"

蒋凡晞大惊，身体前倾，手紧紧抓住副驾椅背："唐熠怎么可能会做这么冲动的事情？"

周恒脸色不好："我不清楚，等您跟唐总见面了再问他吧。"

车子驶入西卢普区，等红灯的时候，周恒接了一通电话，随后在绿灯亮起时掉头往回走。

蒋凡晞发现了，问："可以去见唐熠了吗？"

"律师让我直接带您过去，您那些证件都在吧？"

"在的。"蒋凡晞赶紧打开背包确认证件。

半小时后，她和周恒到达位于库县的警局。

人很多，各种语言、各色人种都有，很嘈杂。

律师要蒋凡晞提供证件，蒋凡晞心急，再加上没听清楚，干脆把自己所有证件都交给律师。

律师是位白人男性，穿着西服，提着公文包，在蒋凡晞那一堆证件里挑出有用的拿走，让她与周恒在原地等。

蒋凡晞心急如焚，在角落来回踱步。

过了一会儿，律师回来了，跟周恒说了几句话后，示意蒋凡晞跟自己走。

蒋凡晞终于在一个又灰又暗的小房间里，见到数十日未见的唐熠。

唐熠被警察从另一个门带出来，瘦了一大圈，胡子拉碴的，平日里工整码到脑后的黑发，此时垂落到额边，人看上去很憔悴。

他见到蒋凡晞，眼睛亮了一亮，对她笑了一下，笑容依旧温暖。曾经那样干净帅气、优雅从容的男人，现在却毫无形象地被关在警局里，前路未明。

蒋凡晞拼命压下想哭的冲动，一口气堵在喉咙，脑袋发胀，眼眶酸涩。

"我没事，"唐熠入座，淡然地笑着，"过几天就出去了，你不要担心。"

蒋凡晞侧过脸去，眼睛拼命往上抬，不让眼泪滑落。

"嗯，我知道，你会没事的。"她抿唇笑着，故作镇静，"我第一次来A国，等你出来，要带我去玩啊。"

"好。"

她有心逗唐熠开心，又说："我今天才发现，原来你有络腮胡，好帅啊！我就喜欢有络腮胡的男人！"

唐熠失笑，侧过脸给她看："有男人味吗？"

她红着眼睛笑，笑着笑着，就笑出了眼泪："你胡子别剃，等回去了，我帮你剃好不好？"

她努力笑着："我突然发现我们有好多事情没有一起做过，这次你回去，我每一样都要试一下。"

唐熠敛眸，温柔回道："好。"

律师在旁提醒："时间不多了。"

蒋凡晞赶紧切入正题："那天晚上你喝酒了？你为什么危险驾驶和袭警？"

唐熠敛笑："我没有喝酒，也没有袭警。"

蒋凡晞错愕："那……"

唐熠明显不想说太多，语速加快交代道："你这阵子就住我公寓，想去哪儿玩，让周恒带你去……去买点你喜欢的东西。我很快会出去，不要担心，别再来这里了。"

蒋凡晞也感受到他那份急迫，急急问道："唐熠，你介不介意我同学知道你的案子？她是哈佛的法学博士，她可能会有办法……"

唐熠无声摇头，示意她不要再多过问这件事。

他很快被警察带走。

蒋凡晞起身目送他，随着那扇小门的关上，眼泪终于决堤。她都没来得及问唐熠在里面有没有被欺负，能不能吃饱睡好，人就被带走了……她刚才就不该浪费时间开毫无意义的玩笑。

从会面室出来，蒋凡晞立即问律师："唐先生否认自己危险驾驶和袭警，那警察为什么要逮捕他？这里面是不是有什么误会？"

律师摇摇头，无奈道："警察在半路将唐先生拦下，通过吹气测出酒精浓度超标，认为唐先生酒驾，但唐先生坚称自己没有喝酒，提出到医院做血液检测，警察未同意，于是双方发生肢体冲突。"

不是袭警，而是发生肢体冲突？

蒋凡晞追问："警察也动手打了他？他有没有受伤？"

律师解释："没有。"

蒋凡晞再次确认："那警察有没有受伤？"

律师说："根据唐先生的口供，他不认为自己袭警，警察也没有受伤。"

言外之意，唐熠并没有袭击警察，仅仅是因为希望到医院进行血液检查，所以被捕。

蒋凡晞火大："既然唐先生提出做血检，警察为什么不同意？警察当场认定他酒驾就不合理，这才导致了双方的冲突？"

律师以手扶额："唐先生不太配合，不配合警方调查，也不配合我，所以没有人知道那天晚上怎么回事，要不你劝劝吧。"

回公寓的路上，蒋凡晞试探周恒："唐熠说自己没有喝酒，但吹气枪吹出了酒精浓度，怎么会这样呢？"

周恒沉默。

蒋凡晞敏锐地发现异常，问："他当时从哪里上的车？车上有没有其他人？"

周恒："不清楚。"

车子驶入卢普区，回到来时的那条路，蒋凡晞知道快到唐熠的公寓了。

虽然在警局见到了唐熠，也和唐熠说上了话，但她心情仍十分沉重。

她问周恒："唐熠的父亲知道唐熠被抓了吗？"

"知道的。"周恒说，"您住在唐总的公寓，唐家人有可能会过去跟您见面，如果您不想见，可以直接拒绝。"

蒋凡晞现在没心情考虑唐家人待不待见自己，她只关心他们有没有在帮唐熠想办法。

她再次问周恒："唐熠的父亲对唐熠的案子是什么意思？"

"律师是他们聘请的，也在找各方关系，但走A国的司法程序需要一定流程。"

蒋凡晞稍稍放下心，没再追问。

明亮干净的电梯厢缓缓往上升，很快就要到唐熠在这里的家了。

蒋凡晞却一点喜悦都没有，心中一根弦紧绷着，不得轻松。

周恒帮她录好指纹，行李箱放在玄关处，人没进屋，就站在门口说："楼下有超市，衣帽间的保险柜里有现金，唐总交代，您如果需要，可以自己取用，密码是951205。"

蒋凡晞在心里念了一遍，觉得这串数字似乎是生日，随口问道："这是谁的生日？"

周恒摇摇头："我不清楚，您早点休息，有事给我打电话。"

大门落锁。

蒋凡晞换上拖鞋，走进客厅，环视一圈。茶几上盖着一本看了一半的书，放了一瓶快喝完的矿泉水、一个原木色的食品袋；茶几旁的垃圾桶是满的，里头装满生活垃圾；一条卡其色薄呢毯子卷成一团堆在沙发上。

种种迹象表明，这屋子还没被收拾过，就停留在唐熠被逮捕的那一天……

蒋凡晞心情低落，蔫蔫地把行李箱塞进衣帽间，看到角落黑色的保险柜，脑中闪过那串神秘的日期。

951205。

这是唐熠前女友的生日？

1995年，这不才二十三岁？

好年轻……

心脏钝钝地疼，蒋凡晞抬手捂了捂胸口，离开衣帽间。

她在屋里转了一圈。

公寓不大，两室一厅一厨一卫。

装修偏日系，米色系壁纸，浅原木色地板，家居家具亦是米咖色系。

这个家的风格就像唐熠给人的感觉，乍看之下稍冷，但走近了，才感到温暖柔软。

那个并不坏，甚至还有点暖的人，现在却在警局的拘留室里煎熬着。一想到唐熠的处境，蒋凡晞就难受。她怕自己没事做会瞎想，便不顾已经疲惫至极的身体，开始动手打扫公寓。刚把茶几和餐桌收拾好，就有人按门铃。

是唐熠的哥哥唐焌。

蒋凡晞知道自己不应该过早接触唐家人，但为了多打听消息，她只能跟唐焌到楼下的咖啡厅细聊。

"唐熠一直不配合警方调查,对律师也不愿意说实话,现在案件进入僵局,再这样下去,他将面临被起诉和监禁。"

一听到唐熠可能会坐牢,蒋凡晞更急了:"知道他为什么这样吗?"

唐焌眼底闪过极细微的嘲讽,但很快敛起,重新表现出关心的模样:"案发的时候,唐熠车里其实还有一个人。我想他不配合的原因,应该是不想让那个人曝光吧……但如果能说动那人为他做证,案件或许会有转机。"

蒋凡晞眼中生出希望:"谁?那个人是谁?"

唐焌喝一口咖啡,慢条斯理地说道:"你知不知道唐熠有位女性朋友叫安琦?"

安琦?拥有盛华股份的那个安家的独生女?

蒋凡晞不敢确定:"我不知道。"

唐焌放下咖啡杯:"唐熠那天和安琦在餐厅吃饭。吃完饭,俩人一起开车走了,他在回住所的路上被警察逮捕——"

说到这里,他转而自言自语:"唐熠向来性格稳重,可能是跟安琦一起喝了酒,导致行为冲动……或者想在安琦面前表现一把,所以挑衅警察……"

他声音不大,却叫蒋凡晞听得清清楚楚。

蒋凡晞大声纠正道:"不是的!唐熠说他没有喝酒!他提出要去医院抽血检验,是警察不同意,执意要给他扣上酒驾的罪名,他才跟警察起冲突的!"

她字字句句都在维护唐熠,但其实心脏已被唐焌刚才那番自言自语插上了刀。

唐焌笑笑:"如果没有喝酒,那事情就好办了。现在就怕他喝了酒。"

他话锋一转,又问:"如果我没记错,你之前在金城分部担任过技术顾问?"

蒋凡晞失神点点头。

唐焌意味不明地看着她:"我挺看好你和唐熠。你有技术,偏偏还是搞智能生产的,帮得上唐熠。唐熠他现在太缺能帮他的人了。"

话说着,他拿过桌上的杯垫和笔,写下一串号码:"这是安琦的联系方式,你如果想让唐熠早点出来,就说服她站出来为唐熠做证。拘留所那地方,什么三教九流的人都有,唐熠被控袭警,估计跟很多犯罪嫌疑人关在一起,会不会被欺负都不知道……别待会儿放出来，人被打残了……"

他字字句句都在诛蒋凡晞的心。

蒋凡晞痛到想哭，接过字条的同时，哽着声音说了声"谢谢"。

唐焕走后，她立刻给安琦打去电话。

操着纯正美式口音的年轻女人接起电话："嗨，哪位？"

蒋凡晞也用英文回道："安小姐你好，我是France……请问你现在有时间吗？关于唐熠的案子，我想和你谈一谈。"

对方问："你和唐熠是什么关系？你是他的律师？"

蒋凡晞考虑几秒："我是他女朋友。"

电话那头安静几秒，传来女人的讥笑："你确定你是唐熠的女朋友？唐熠可从没告诉过我们他有女朋友呢。"

蒋凡晞心一凉，强撑着精神说："我就住在唐熠的公寓，你若不信，可以来他公寓与我见面。"

那边又安静了，片刻后，传来女人恶狠狠的声音："好，我过去！你最好在他的公寓等我！"

蒋凡晞知道一会儿免不了一场恶斗，但为了说服对方为唐熠做证，她只能硬着头皮上。

她到附近商场买了一只录音笔和若干水果，回到公寓后，把手机设置成视频拍摄模式，掩在直对沙发的电视柜里，然后去厨房洗水果、泡咖啡。

做好这一切，门铃声适时响起。

蒋凡晞把录音笔打开，放到口袋里，然后走去开了门。

打扮不俗的安琦站在门外。

她一身着侈品高定连衣裙，头顶棕色大波浪，手上的挎包价值不菲。人看上去很有气质，也很美艳。确实贴合绯闻里的形象——富有的名媛，有名的电影演员。

蒋凡晞深吸一口气，开门，面带微笑："嗨，请进。"

安琦恶狠狠瞪她一眼，冷哼一声，踩着高跟走进屋里。

蒋凡晞跟进去，往沙发区走："请这边坐。"

安琦优雅入座，昂贵的手提包放在身侧。

她上下打量打扮朴素的蒋凡晞，轻蔑地笑着。

蒋凡晞入座，态度友好，邀请过她喝咖啡后，直切主题："我听说唐熠出事那天，你就在车上？"

安琦双臂环胸，翻了个白眼，不答反问："唐熠从没说过自己有女朋友，你让我怎么相信你就是他的女朋友？"

蒋凡晞笑了下："不是他的女朋友，我又如何能住进他的家里？又如何能知道你的电话号码？"

她宁可安琦抓着她的头发撕一通，也不愿意现在这样。

时间紧急，安琦若一直在她是不是唐熠女友的问题上绕圈子，浪费的每一分每一秒，都是唐熠在警局的煎熬。

想到这些，蒋凡晞就焦虑："要不这样吧，你可以找周恒求证，甚至找唐熠的哥哥求证。"

"什么！"安琦站起身，尖声问，"唐焌哥也知道你？"

蒋凡晞点头："嗯，我们傍晚刚见过面。"

安琦震惊地瞪大了双眼。

她难以置信眼前这个看上去寒酸气十足的女孩会是唐熠的女朋友，甚至唐家人都知道这个女孩的存在。

她气得双手握成拳，涂了正红色甲油的长指甲深深陷入手心却不觉疼痛，咬牙切齿道："是！那天我是在车上！我知道发生了什么事情！但我不会为唐熠做证！"

蒋凡晞平静地看着她："为什么不能为唐熠做证？据我所知，你父亲和唐熠的父亲是朋友，你这样好吗？"

"我为什么要替他做证？他是我什么人？他和我一点关系都没有！我不会为他做证的！"

蒋凡晞不再劝，转而问："唐熠那天没有喝酒对吧？他要是喝酒了，是绝对不会开车的，他不是那种冲动的人。"

安琦没吭声。

蒋凡晞继续问："当时，警察认定他酒驾，他提出要去医院抽血检验，但警察拒绝了，对吗？"

安琦仍是不说话。

蒋凡晞这下知道了，事实应该就是如此。

她试探安琦："你当时在车上，看到他被警察打了，你不心疼吗？"

安琦原本还愤懑的脸色略有松动，说："警察没打他，是他拒绝上警车，警察要拿手铐扣他，他不愿意被扣，于是两三名警察出来制服他，然后就发生了冲突，警察就说他袭警。"

"你觉得是他主动袭警的吗？"

"不是。"安琦说着，拿出自己的手机，点开一段视频，"我那天在副驾，把当时的情况都拍下来了。"

蒋凡晞眼睛一亮，生出希望："可以把这段视频发给我吗？"

安琦挑眉看着她："可以，你要救他是吧？你跟他分手，并且从此在他身边消失，那我就去警察局为他做证，还把这段视频拿出来！"

蒋凡晞眸光一沉，脸上客气的笑收得干干净净。

安琦慢条斯理地把手机收进包里，提着包站起身，居高临下地睥睨着她："就算我得不到，我也不愿意让你得到！"

人走后，蒋凡晞把录音和视频发给周恒，并附言：看看能不能有什么用处。

周恒回复说立刻通知律师。

蒋凡晞合上电脑，脑子一团乱。

她走到落地窗边。

不远处的密歇根湖今晚有烟火表演，很绚丽也很壮观，可她无心欣赏。

唐熠还关在警局，什么时候能出来都不知道。

她心情持续走低，仿佛回到蒋志存发生意外的那一年……

迷茫，害怕，看不到未来。

自得知唐熠出事至今已过去五天，她不曾有一丝抛下他的想法，只想与他共渡难关。

可唐熠……不配合。

她不知他为什么要这样。是因为知道安琦会拿做证要挟，他不愿妥协，所以干脆打算略过安琦当时也在车中这一事实？

可安琦不愿做证，与他配合调查，并不存在矛盾。他仍然可以跟律师实话实说当时车上发生的一切，还有他为什么要危险驾驶……

想多了，蒋凡晞开始头疼。

整整三十个小时没合眼，她觉得大脑已经要爆炸了，再也理不出任何头绪。

洗好澡出来，蒋凡晞找出干净的四件套，把多日没人睡过的床单和枕套都换下来丢进洗衣机。

她锁好门窗，躺到床上，窝进唐熠的被窝里。被子蒙住脑袋，她用力吸了几口气。

鼻腔和周身全是唐熠身上的味道，仿佛唐熠此刻就躺在她身边。此刻，她格外想念唐熠。

身处他生活过、有他痕迹和气味的环境，却拥抱不了他，长夜漫漫，思念蚀骨，睡意全无。

她在床上翻了一会儿，还是睡不着，干脆掀开被子下床，趿着拖鞋，在不大的公寓里踱步，缓解心中的焦虑。

蒋凡晞一夜未眠。

第二天，周恒来接她去律所见律师。

"昨晚您发给我的录音和视频，我发给了唐董。唐董连夜跟安家交涉，安琦小姐已经将当晚的情况说清楚，也答应为唐总做证，律所的调查员昨晚连夜出去找证据。唐总很快能被释放，别担心。"

蒋凡晞不知道他们这样操作是不是就万无一失，追问："只要律师找到证据，唐熠就会没事了对吗？"

周恒点点头。

蒋凡晞又问："会留案底吗？"

周恒说："不会的，唐总是无辜的。"

蒋凡晞放下心："那就好。"

"周，"律师走过来，眉开眼笑道，"我们的调查员已经取到证据了，走，去看看！"

周恒露出这些时日以来第一个笑容。

蒋凡晞终于觉得事情是真的有转机了，为确保万无一失，她跟着去看证据。

电梯里，周恒问律师："是找到了什么样的证据？"

"可以证明唐先生当晚并没有喝酒的证据。"

蒋凡晞问："那危险驾驶和袭警呢？"

律师回头看她，笑道："安琦小姐提供的视频里，已经可以解释唐先生当时的举动并未构成袭警。而危险驾驶，也有足够的理由解释。"

蒋凡晞安心了，跟着他们走出电梯。

这是她第一次见到现实生活中的A国律所，与影视剧里的很不同，但她没心情去观察到底有什么不同，满心都在律所找到的证据上。

她跟在律师和周恒身后去到会议室，里头已经有一男一女在等待，见到律师进去，两台笔记本电脑同时打开。

律师脱下西服外套，入座，按一下笔记本电脑键盘上的空格键，两段视频画面开始播放。

蒋凡晞和周恒全神贯注地盯着画面。

两个视频，一个画面清晰，取景角度是车里，稍有晃动，将唐熠和两位警察对峙的画面收入镜头里。蒋凡晞知道这是安琦用手机拍的。

另一个画质也还行，画面似乎是在马路上，迎面不断有车辆驶过，但车速不快，每一辆驶过的对面车车里的情况都看得相当清楚。

蒋凡晞更关心唐熠当时有没有被警察殴打，目光便一直停留在安琦拍摄的视频上。

忽然，律师大喊一声："噢，上帝！这很危险！她是疯了吗！"

蒋凡晞循声看向另一个视频。

这时，律师刚好在键盘上按了一个键，画面开始慢放，令蒋凡晞心碎的一幕，猝不及防闯入眼中。

画面里，安琦手里拿着一个玻璃瓶，仰头喝着什么，然后侧过身去，双手捧着正开车的唐熠的脸颊，把唐熠的脸掰向自己，贴上去。

再然后，唐熠的车就开始高速往前冲，直接冲過提供行车视频的这辆车。

画面暗了几秒，接着是下一个画质、色彩稍有不同的片段，可能是另一辆车的行车记录仪拍下的。

这时，安琦和唐熠已经分开，安琦坐回原位，可车子已经从高速狂奔的状态变成蛇形前行。画面里，唐熠着急地打着方向盘，似乎是想将蛇形前进中的车子恢复正常。

"唐先生口里含着酒，"律师按下暂停键，手在唐熠脸上比画了个圈，"脸颊鼓鼓的。"

说完，再度按下空格键。

画面又暗了几秒，继续进入下一个画质不同的视频——

一辆警车将唐熠的车拦下，然后唐熠停车，主驾车门被打开，唐熠快速往外吐了一口橙黄色的液体，再然后，警察冲上去，将他控制住，拿出吹气枪要他吹气……

蒋凡晞一脸惨白，怔怔望向周恒，周恒脸色也很差，看着她的眼神带着怜悯。

律师站起身，说："结合安琦小姐的证词，加上这几份视频证据，唐先生没事了！我马上去警察局提交证据！"

周恒说了一声"OK"，没再多言。

蒋凡晞大脑一片空白，可心里有一个声音在大声说——快去确认！

她快步上前，按下后退键，画面开始后闪，直到喝了酒的安琦贴上唐熠，她才按下播放键和放大键。

放大的画面里，她看到唐熠侧过脸，与安琦嘴对嘴……

蒋凡晞全都懂了……

原来这就是唐熠不配合的原因。

他车开到一半，被喝了酒的安琦用嘴渡酒，然后车子开始超速、蛇形前进，引起警察的注意，将他的车拦下。

但他没把那口酒喝下去，停车后，立即将口中的酒吐掉，但口腔里还留有酒精，所以才会吹出达到酒驾界限的酒精浓度。

蒋凡晞都快崩溃了，如果不是亲眼所见，她怎么都想象不到唐熠会做出这种事情……

周恒和律师在旁边说什么，她全都听不到了……

行李箱里的衣服幸好没挂起来，否则还要再收进去。

蒋凡晞把昨天穿过、还来不及洗的睡衣和外出服放到密封袋里，装进行李箱。

她只在这边住了一晚，没什么东西需要收拾，除了洗手间里的一些个人用品，剩下的便是电脑。她随便一收，很快就好了。

周恒傍晚打电话过来说，唐熠被家人接走，晚上可能会很晚才回公寓。

如今，蒋凡晞已经不想再见到他。

他晚回来更好，这样两人就不必碰面。

蒋凡晞把个人用品装好，到书房拿充电中的笔记本电脑。

这是她第一次仔细观察唐熠的书房。空间不大，看上去稍显拥挤。四面墙，其中三面做成了顶天立地的书柜，塞满了书。

唯一没有做书柜的墙位于书桌对面，一侧是房门，剩下的空间立着一个长斗柜，斗柜上摆放着一个古董时钟和一排相框。

她缓步走到斗柜边，拿起最左侧的相框。

照片里，长发飘飘、身材高挑的漂亮女士怀抱两周岁左右的宝宝。宝宝圆脸嘟嘟，笑得眼睛弯弯。照片的背景是金城的某地。

蒋凡晞知道这是唐熠与妈妈。

妈妈很漂亮，身材很好，穿着高腰牛仔裤的双腿修长，妆容端庄大气，颇有二十世纪九十年代香江美女明星的感觉。

一整排照片，全是唐熠与妈妈的合影。

在长城上，在巴黎铁塔下，在伦敦眼附近，在赫尔辛基大教堂……从唐熠还是个需要抱在怀里的宝宝，一路拍到唐熠与妈妈齐肩而立。

唐熠从小就帅气，看上去比同龄男孩要高大。

蒋凡晞拿起最后一个相框。

背景是赫尔辛基大教堂，唐熠揽着妈妈，对着照片露出微笑。可细看之下，妈妈脸色不太好，人很消瘦，笑容也很勉强，好像生病了。

蒋凡晞忽然间想起唐熠说过，妈妈在他十岁时去世……所以这是唐熠与妈妈的最后一张照片，被摆在了最后。

他在正对书桌的斗柜上，把自己和妈妈从小到大的合照按时间顺序摆放，应该是很想念妈妈，也很怀念过去吧……

他那么小就没有了母亲，寄人篱下，青春期又被接到异国生活，去融入一个陌生、全新的环境。他能健康成长，应该承受了很多吧……

蒋凡晞心中动容，不忍再看照片，转身走到书桌边。

桌上有两台台式电脑、一台合上的笔记本。书桌左边放着几本书、几个文件夹，右边一本直立台历、两个棕色的真皮笔筒、一个铜制地球仪、一个老式台灯和一个相框。

她在真皮转椅上入座，看着桌上的文件夹，伸手拿过最上头那本，开始翻阅。

那是关于盛华金城分部第三个无人车间的计划案……

第二无人车间还没成功，就已经在计划第三个了。

他确实很想在盛华站稳脚跟，所以也想获得安家的股份，才会在回来看老人的同时，与安琦外出约会……

蒋凡晞心痛到流泪，把文件夹合上，放回原处。

突然间，一个熟悉的物件闯入视线，她的心跳莫名快了几拍。

笔筒旁一个简单的原木色木制相框里，装着一张没有人物的照片，背景是蓝天白云，鲜红的旗帜迎风飘扬。

如果说这张普通的照片不代表什么，那相框右上角挂着的那枚吉他拨片不锈钢元件，则让蒋凡晞差点呼吸停滞。

她抖着手，把元件取下，翻过一面，放在手心。

被摩擦得发亮的元件表面，隐约还看得出上头有一个字母H。

蒋凡晞永远都记得这枚不锈钢元件。

那是她上大三时，用自己设计的3D打印机打印出来的。

当初因为不知道要打印些什么，想了好久，最后觉得吉他拨片像心脏的形状，便打印出来，并在上头刻印了一个字母H，寓意将韩先生的资助情义记在心里。

她把元件附在给资助人的信里，通过快递寄给了人在G国的井勤，又通过井勤把这封信交给资助人。

她在信里激动地告诉韩先生，说她想到了一个替代数控切割技术的点子——利用3D打印技术淘汰掉数控机床。

也就是她之前为SME做的项目。

可为什么这枚元件会在唐熠这里？

是井勤当初没有帮她转交给资助人，后来唐熠见着有趣，被唐熠拿走了吗？

还是……

蒋凡晞无法想象今年才三十二岁的唐熠会是她的资助人。

十二年前，唐熠也才二十岁，还是个学生，那时候的唐熠，有能力资助他们吗？

而且，唐熠姓"唐"，不姓"韩"……蒋凡晞摇了摇脑袋，告诉自己要冷静。

她把相框里的照片取出来。

照片背面右下角，用圆珠笔写着一行字——20110511摄于北威州鲁尔区。

她研一那年，在鲁尔区一家中国企业门口，见到鲜红的五星红旗迎风飘扬。

那一天，北威州的天空很蓝。她随教授在一家著名G国车企参观完出来，见到祖国红旗在G国天空飘扬，心情很澎湃。她用相机拍下这一幕，回去后，给资助人写了一封信，诉说自己当时的心情，还把照片洗印出来，附在信里一起寄出去。

可为什么唐熠会有她寄给资助人韩先生的东西？

如果说唐熠在井勤那里看到吉他拨片元件，觉得好玩，跟井勤要走，倒是有可能。

可唐熠为什么会要这么一张拍摄手法并不高明，也不好看的照片呢？

为什么……

蒋凡晞怔怔地望着照片和吉他拨片元件，陷入了漩涡一般的思考。

种种现实迹象表明，唐熠几乎不可能是资助人，可……可又怎么解释她寄给资助人的物件会在唐熠这边？

难道，资助人韩先生是疼爱唐熠的长辈，因为不在世上了，所以唐熠留下纪念他的物件摆放在桌上吗？

想到井勤一直不愿透露资助人的行踪，蒋凡晞怀疑资助人已经不在世上了。

她越想越害怕，也不管G国那边现在是几点，直接给井勤拨了微信语音。

"喂？"井勤很久才接起语音，声音迷迷糊糊的，好像还在睡觉。

蒋凡晞咽了咽口水："井总，我是小蒋。"

井勤："我知道啊，你有什么事？"

蒋凡晞捏紧手机："唐熠和我们的资助人韩先生是什么关系？因为……因为我在唐熠这边看到当年我寄给韩先生的东西。"

电话那头安静半晌，传来窸窸窣窣的声音，井勤好像起床了，声音也清亮了一些："怎么突然问这个？"

蒋凡晞心急地重复道："因为我在唐熠的书房里，发现了我当年寄给韩先生的东西！"

井勤："不是，你在唐熠的书房里做什么？"

蒋凡晞吸了吸鼻子："唐熠在A国犯事了，我来看他。"

井勤大惊，吼道："唐熠出什么事了？"

蒋凡晞知道再这么扯下去没完没了，抬手揉了揉酸涩的眼睛，近乎哀求："井总，你就告诉我吧，资助人韩先生他还活着吗？他在哪里？"

未完待续

图书在版编目（CIP）数据

炽烈 / 霏倾著. -- 天津 : 天津人民出版社,
2023.7
ISBN 978-7-201-19113-3

Ⅰ.①炽… Ⅱ.①霏… Ⅲ.①长篇小说－中国－当代
Ⅳ.①I247.5

中国国家版本馆CIP数据核字(2023)第037984号

炽烈
CHILIE

出　　版　天津人民出版社
出 版 人　刘　庆
地　　址　天津市和平区西康路35号康岳大厦
邮政编码　300051
邮购电话　（022）23332469
电子信箱　reader@tjrmcbs.com

责任编辑　谢仁林
特约编辑　王琳琳　刘　彤
装帧设计　有态度设计工作室

制版印刷　三河市兴博印务有限公司
经　　销　新华书店
开　　本　880毫米×1230毫米　1/32
印　　张　10
字　　数　280千字
版次印次　2023年7月第1版　　2023年7月第1次印刷
定　　价　49.80元